1

Le Cyprien poussa la grille qui tourna en grinçant, puis il lança, comme tous les matins :

– Salut, la compagnie !

Personne ne lui répondit, mais il ne s'en offusqua pas : il en avait l'habitude.

Il ajouta en avançant dans l'allée :

– Avec la chaleur que ça va faire aujourd'hui, vous autres, vous pouvez vous vanter d'avoir la bonne place, bien au frais dessous. Alors que nous, dessus, on va se griller la couenne au soleil et avoir la pépie toute la journée.

Il inspectait les tombes en passant. Tout à coup, il s'arrêta net et dit, indigné :

– C'est quand même malheureux ! Qui c'est qui m'a foutu le Jésus-Christ des Michaudon par terre ? Bordel de Dieu de nom de Dieu, faudrait quand même avoir un peu de respect, même quand on n'est pas du même bord que les curés.

Et, sans poser la pioche et la pelle qu'il portait sur son épaule, il courba son long corps dégingandé et replaça la croix métallique sur la dalle de granit.

Il s'adressa de nouveau aux morts lorsqu'il fut arrivé à la tombe des Micoulet-du-haut.

– Me revoilà aujourd'hui avec les outils, parce que vous allez avoir une nouvelle avec vous. C'est la pauvre Marie-Louise, celle qui avait un goitre. Elle a même pas pu finir de passer cette nuit. Ils vous l'amèneront demain matin.

Il déplia le *Courrier du Centre* de la veille et l'étala à l'ombre d'un buis pour y poser son casse-croûte. On pouvait lire sur la première page deux gros titres annonçant, l'un que la Luftwaffe poursuivait avec succès son attaque victorieuse contre les ports et les aérodromes anglais, et l'autre que l'aviation anglaise avait commis de lâches agressions contre des villes tunisiennes, tuant des civils et détruisant des hôpitaux.

Avant de se mettre à creuser, il rejeta en arrière sa casquette dont la visière était auréolée de suées anciennes, puis il laissa errer son regard autour de lui. Il pouvait être fier de son cimetière. C'était lui qui l'avait transformé au fil des années depuis qu'il lui avait été confié par le maire de Saint-Sernin-la-Montagne dix ans plus tôt, en 1931.

Les plantes vivaces qui formaient d'énormes gerbes çà et là ; les bordures d'œillets, de pensées ou d'alysses corbeille d'or ; les touffes de giroflées, les parterres de tulipes, de pivoines ou d'iris, les pervenches le long des murs sur lesquels étaient palissés des rosiers grimpants ; les massifs de seringats, de kerrias, de lauriers et de buis où bâtissaient les merles au fond du cimetière, tout cela, on le devait à Cyprien. Tous les habitants de la commune de Saint-Sernin-la-Montagne reconnaissaient que c'était un beau cimetière. Et tous pensaient que pour en trouver des mieux entretenus, des plus fleuris, il fallait sûrement aller loin. C'est ce qu'affirmait Mérillou-Bossu qui, au temps de sa jeunesse, avait travaillé pour une grande entreprise de pompes funèbres, et qui pendant quinze ans avait roulé sa bosse aux quatre coins du département.

De plus, c'était un cimetière modeste : on n'y voyait aucun de ces grands monuments funéraires qui font les fiers au milieu des tombes du pauvre monde comme pour les narguer. Pas une seule dalle en marbre. Pas de lanterne des morts non plus, ce qui, tout compte fait, est nuisible, car ce genre de curiosité attire bêtement des touristes et, comme ce ne sont pas leurs défunts, à eux, qui sont là, sous leurs semelles, ils marchent sur n'importe quoi, sans faire attention à rien.

Enfin, le cimetière était bien placé. Au cœur du bourg, derrière l'église.

Les jours d'enterrement par beau temps, il aurait été possible de transporter directement le mort près de sa tombe sans le faire passer par l'église. Il aurait pu tout aussi bien y entendre sa messe avant de descendre.

En somme, c'était un cimetière de proximité que beaucoup de communes voisines jalousaient, car souvent les leurs étaient relégués à des distances honteuses du bourg.

Cependant, certains esprits grincheux, comme il s'en trouve inévitablement partout, disaient que leur cantonnier aurait dû s'occuper davantage des vivants, par exemple en réparant les ornières et les nids-de-poule qui faisaient danser les carrioles et claquer les dents de leurs passagers sur les routes qui desservaient Saint-Sernin.

Mais, comme le faisait remarquer justement le Cyprien, on ne peut pas être partout à la fois et l'on ne peut pas plaire à tout le monde.

Il allait se mettre au travail lorsque la grille d'entrée grinça. Il se retourna et reconnut la forte carrure de Martial Poutarot. Deux garçons l'accompagnaient. L'un était son fils, Raymond, un solide gaillard âgé de près de quatorze ans, qui portait encore des culottes courtes, mais déjà une belle moustache naissante d'un noir soutenu. L'autre était son neveu, Jean-Claude qui avait dix ans, un corps frêle, un teint pâle et des yeux vifs. Tous deux étaient coiffés d'un béret. Mais Raymond portait le sien aplati comme une galette et fortement incliné sur l'oreille depuis qu'il avait vu *Ramuntcho* au cinéma. Ils avaient passé la courroie de leur sac d'écolier en bandoulière sur leur blouse grise et Raymond tenait un panier à salade à la main.

– Alors, je vois que tu te prépares à faire la place de la Marie-Louise des Micoulet, dit Martial en tendant sa grosse main velue à Cyprien.

– Faut bien qu'il y en ait un qui le fasse. Et moi, de mon côté, je vois bien ce que ton gars est venu faire ici avec son panier à salade.

Raymond dit :

– Le maître m'a collé cent lignes sous prétexte que je n'avais pas fait mes révisions pour le certificat, mais il m'a donné à choisir entre les cent lignes et trois douzaines d'escargots.

– Tu vois, ça n'a pas changé. Il leur fait le coup qu'il nous faisait dans le temps, dit Martial.

– Et eux, ils lui font le même coup qu'on lui faisait. Ils viennent les lui ramasser au cimetière, ses escargots, parce que c'est là qu'il y en a le plus et qu'ils sont les plus gros.

– Est-ce qu'il le sait, l'instit, qu'ils viennent du cimetière ? demanda Jean-Claude.

Les deux hommes se regardèrent étonnés. Ils ne s'étaient jamais posé cette question.

– Écoute, répondit Martial, il est arrivé ici en 1910. Il était jeune instituteur et jeune marié. C'est notre classe qui l'a étrenné. Le Cyprien y était, il peut te le dire. Depuis, c'est devenu une habitude de venir lui ramasser ici ses escargots de punition. Et comme il n'a jamais rien demandé, ça fait que personne ne lui a jamais rien dit.

– S'il le savait d'où ils viennent, il les mangerait peut-être avec moins d'appétit et…

Cyprien coupa la parole à Jean-Claude :

– Il n'aurait pas besoin de les craindre, mes escargots, parce que mon cimetière, c'est pas pour dire, mais je le tiens propre.

Le garçon lui répondit :

– Ça, c'est vrai, il est propre et il y a de belles fleurs qui sentent bien bon.

La pomme d'Adam de Cyprien fit deux ou trois mouvements d'ascenseur dans son cou maigre et une lueur de joie passa dans ses yeux de cocker.

– Je le sais, mais je suis content quand les gens me le disent. Alors, tu te plais à Saint-Sernin ? Tu regrettes pas trop ton Paris ?

– Je regrette surtout ma mère qui a été obligée d'y revenir à cause de son travail, après l'exode, quand l'armistice a été signé. Je regrette aussi mon père qui est prisonnier en Silésie.

Martial tapota la tête de l'enfant, puis il dit en tirant sa montre du gousset de son gilet :

– Ça va être huit heures et demie. Allez, les gars, occupez-vous de vos escargots, si vous ne voulez pas être en retard.

Cyprien leur lança, tandis qu'ils s'éloignaient .

– Allez voir dans le fond, sur la tombe du vieux Pécoud qui a défunté il y a trois ans. On dirait qu'il les attire. On en voit toujours des processions sur sa pierre. Et regardez aussi dans les pervenches le long du mur, mais faites bien attention de pas m'y marcher dessus...

– Bon, dit Martial, maintenant, on va causer de ce qui m'amène. Voilà : tu as su que notre meunier a été contrôlé au mois de février, que le moulin a été fermé pendant un mois, qu'il a eu une amende et, en plus, un an de prison avec sursis. Le tout, parce qu'il blutait sa farine au taux d'avant-guerre quand on tirait 75 kilos de farine de 100 kilos de blé, alors que maintenant il est obligatoire d'en tirer 85.

– Oui, moi aussi, j'allais en chercher au moulin de la belle farine blanche comme avant, et il ne me la faisait pas payer plus cher que la farine grise qu'il vend au boulanger.

– Aux autres non plus, Cyprien, il ne la faisait pas payer plus cher, alors qu'il risquait gros. Et nous tous, ceux de Saint-Sernin, comme ceux des villages de la commune perdus dans la montagne, on avait fait réparer nos anciens fours qui ne servaient plus à rien depuis l'autre guerre et que les rats avaient percés. Et on s'était remis à cuire notre pain nous-mêmes. Les vieux avaient repris du service et expliqué aux jeunes comment il faut s'y prendre. Comme ça, on n'avait pas besoin de nos tickets du ravitaillement et on pouvait les envoyer à ceux de nos familles qui habitent les villes où ils crèvent de faim, les malheureux. Maintenant, tout ça, c'est fini et on va tous être obligés d'acheter le pain noir du boulanger avec nos cartes d'alimentation. Et la ration n'est pas bien grosse.

– Oui, c'est vrai, mais, putain, il est tellement mauvais, tu le manges avec un tel dégoût que tu trouves qu'il y en a toujours assez.

– Nous, à la maison, il nous reste encore un sac et demi de farine. Ma mère va chauffer le four encore aujourd'hui. Après, on pourra encore faire trois ou quatre fournées et ce sera fini. Mais le plus à plaindre de tous, c'est le meunier. Il a payé son amende l'autre semaine et elle était drôlement salée. De plus, il a frôlé de peu la prison ! Alors, on a été quelques-uns à penser que ça ne serait pas bien juste qu'il paie tout seul. Et on a eu l'idée qu'il faudrait que tous ceux à qui il a rendu service partagent la note avec lui. Bref, on va organiser une collecte sans le lui dire. Et c'est pour ça que je suis venu te demander si tu voulais verser toi aussi. Je ne sais pas encore combien ça fera pour chacun, mais si on s'y met tous, ça ne sera pas la mer à boire.

– Écoute, Martial, moi, tu le sais, des sous, j'en ai pas beaucoup, mais pour une affaire comme celle-là, j'en trouverai. Tu peux me marquer avec les autres. T'auras qu'à dire quand tu les voudras, les sous. T'avais pas besoin de te déplacer pour me demander ça.

Martial lui posa la main sur l'épaule.

– J'en étais sûr, mon Cyprien, mais ça ne m'a pas coûté beaucoup de peine pour venir jusque-là. Voilà, alors maintenant que c'est d'accord, je vais te laisser travailler. Je n'ai même pas le temps de descendre au fond du cimetière sur la tombe de ma pauvre Adrienne qui est partie, comme tu le sais, il y a presque quatre ans maintenant, alors que mon Raymond était encore loin d'être élevé. J'ai trop à faire par les champs à la saison qu'on est, surtout que le mois de mai est déjà à moitié passé. Et à la saboterie, c'est pareil… Les gens commencent à se plaindre parce que je tarde trop.

– On a beau dire ce qu'on veut, mais ce qui commande, c'est le travail. Surtout toi, avec tes deux métiers. Mais moi, c'est pareil, j'ai pas à m'endormir ce matin, parce que, la tombe, faut que je sois dedans jusqu'au cou quand les douze coups de midi tomberont de l'horloge de l'église. Et ça, celui qui l'a pas fait, il peut pas savoir combien il en faut des coups de pioche et des coups de pelle pour sortir toute la terre. Et faut pas croire que ça va vite. Faut prendre le temps de foutre les premières pelletées loin de toi. Sinon, après, ta terre, qu'est-ce qu'elle fait quand le tas commence à grossir ? Eh bien, ta terre, elle retombe dedans. Elle revient où tu l'avais prise. Et alors, qui c'est qu'est le couillon ? C'est toi.

– C'est un métier comme un autre. Il faut avoir l'habitude. Mais toi, tu as la chance d'habiter à côté. Et ta femme vient te chercher juste quand la soupe est cuite.

– Oui, mais l'heure, elle est pas bien régulière. Ça peut aussi bien être midi moins le quart comme, des fois, sur le coup de deux heures. Ça dépend si ce qu'elle fait cuire a besoin de mitonner ou pas. Ça dépend aussi si elle a été jacasser avant de mettre la marmite ou la poêle sur le feu. Parce que c'est bien une brave femme et j'ai pas à me plaindre, tu le sais aussi bien que moi, mais elle arrête pas d'aiguiser son dard toute la journée. Si c'est pas avec celle-là, c'est avec l'autre. Alors le temps passe…

Martial qui s'éloignait se retourna et dit avec un grand rire qui élargit davantage ses épaisses pommettes et découvrit ses dents très blanches et solidement plantées :

– En tout cas, elle peut se vanter d'être la seule femme de la commune qui est capable de venir chercher son homme dans une tombe et de le ramener vivant à la maison.

2

Saint-Sernin-la-Montagne était l'une de ces bourgades des cimes des monts de la Marche que patronnent des saints d'altitude, des saints qui nichent haut : Saint-Goussaud, Saint-Léger-la-Montagne, Saint-Pierre-la-Montagne, Saint-Sylvestre…

Les maisons basses avec leurs murs gris et leurs toits d'ardoise ou de tuile courbe formaient deux groupes distincts sur l'un des versants de la vallée.

Dans le bas du bourg – ainsi que l'appelaient les habitants –, elles se massaient autour d'un petit pont médiéval et de chaque côté de la rivière.

Dans le haut du bourg – que l'on atteignait après avoir parcouru cent cinquante mètres en suivant une route en forte pente qui serpentait entre les prés et les vergers –, elles s'ordonnaient le long de cinq rues étroites qui convergeaient vers un assez vaste replat où avait été construite, à la fin du XIIe siècle, une église romane au clocher carré et trapu. C'était la place avec ses tilleuls, sa fontaine et son monument aux morts.

En face de l'église se trouvait le principal commerce du bourg qui groupait entre les mains des Michaudon un débit de boissons, une auberge, un bureau de tabac et une épicerie où l'on pouvait aussi acheter un peu de mercerie, de quincaillerie, de papeterie et même quelques soupçons de parfumerie.

En outre, les Michaudon possédaient un presque centenaire qui était l'une des curiosités du bourg et qu'ils exposaient par beau temps une heure ou deux par jour devant leur porte, sous les tilleuls, mais qu'ils rentraient dès la première goutte de pluie ou dès que la température fraîchissait, car ils en prenaient grand soin.

En traversant cette place pour se rendre à l'école qui était située plus haut, à l'entrée du village, Raymond dit :

– J'ai l'air fin, moi, avec mon panier à salade plein d'escargots.

Mais Jean-Claude ne l'écoutait pas. Il regardait avec émerveillement le vaste panorama qui s'étendait autour de la petite agglomération dans la luminosité de ce matin de mai.

Près des maisons, on voyait les étroites parcelles de champs et les prés entre les murettes de pierres sèches. La végétation se raréfiait peu à peu au fur et à mesure qu'on s'élevait, et les terres cultivables faisaient place aux châtaigniers ou aux brandes avec leurs genêts en fleur. Vers la cime, il n'y avait plus que des bois de chênes de taille médiocre où, en automne, on trouvait de magnifiques cèpes entre les touffes de bruyère et de myrtilles, sous les branches rabougries et envahies jusqu'aux moindres brindilles de mousses blanchâtres.

Les habitants de Saint-Sernin n'y entendaient plus hurler les loups depuis plus de vingt ans, car les quatre derniers en étaient descendus, l'un après l'autre, dès les premières semaines qui avaient suivi la démobilisation de 1918, la tête pendante et les pieds en l'air ligotés à une perche que portaient sur l'épaule les deux frères Micoulet-du-haut qui avaient repris le fusil de chasse aussitôt après avoir rendu le Lebel avec lequel ils s'étaient fait la main pendant quatre ans.

Quand Jean-Claude faisait un demi-tour sur lui-même, il voyait, au-delà de la pente qui menait vers la rivière, l'autre versant de la vallée à contre-jour à l'est, avec son relief plus désordonné.

Des mamelons se détachaient comme des îles au-dessus des fourrés et des pâturages noyés à cette heure-ci dans la brume. Un bois de sapins qui, pour le jeune garçon, semblait avoir été découpé dans une page choisie d'Erckmann-Chatrian, couronnait l'un de ces mamelons, tandis que, sur d'autres, de vastes roches granitiques mises à nu par l'érosion semblaient assoupies dans la brume, entre les houx et les genévriers, comme de monstrueux animaux préhistoriques. Plus haut, on distinguait quelques toitures d'un hameau isolé.

– C'est vachement chouette tout ça ! dit Jean-Claude. C'est autre chose que ce que je voyais en allant à l'école de la rue de Belleville, tous les matins. Et les oiseaux !.. Tu les entends ?

Raymond s'arrêta et écouta un instant :

– Oui, ils font du boucan, ce matin. Surtout les merles. Au printemps, ils s'y mettent à la pique du jour. Depuis quelques semaines, je suis obligé de dormir la fenêtre fermée, sinon ils me réveilleraient avant que le soleil soit levé. Tiens, écoute, l'oiseau qui chante si bien qu'on dirait qu'il tortille ses notes, c'est une fauvette à tête noire. Mais on n'arrive pas souvent à la voir.

Il ne se laissa pas longtemps distraire par la poésie de la nature.

– Allez, amène-toi. Il ne doit pas être loin de neuf heures et je n'ai pas envie de me taper une deuxième punition.

– On n'est pas en retard, répondit Jean-Claude. Regarde : Adrien est devant nous sur la route avec sa mère et sa grand-mère.

Adrien était un garçon de sept ans, macrocéphale, avec des yeux globuleux à fleur d'orbite. Il avait manifesté dès le jour de la rentrée d'octobre une sincère aversion pour l'école qui n'avait pas faibli depuis.

Les premiers temps, sa mère l'y conduisait à coups de baguette de noisetier sur les mollets. Ensuite elle s'était avisée qu'elle pouvait obtenir le même résultat, les cris en moins, avec un bol de crème. Elle marchait à grands pas devant lui, puis s'arrêtait quand elle l'avait dépassé d'une dizaine de mètres, se retournait et lui tendait la cuillère. Il arrivait en courant. Sa mère la lui enfonçait prestement dans la bouche, et elle s'éloignait rapidement pour recommencer le même manège plus loin.

Ainsi, de cuillerée en cuillerée de crème, Adrien se laissait attirer vers l'école. Mais, quand la grille était proche, il ne s'élançait pas immédiatement vers le bol. Il demeurait immobile, se pourléchant d'un air sournois et têtu. On sentait qu'il préméditait une fuite éclair. Heureusement, sa grand-mère veillait à l'arrière-garde, campée au milieu de la route, un bouquet d'orties à la main.

– Méfie-toi ! Il est prêt à se sauver. Prépare-toi à lui en passer un grand coup sur les jarrets.

La vieille répondit :

– N'a qu'à essayer. C'est comme s'il tenait déjà sa raclée. La peau va lui en cuire jusqu'à ce soir.

Elle ajouta, sur un ton affectueux :

– Cette carne de gamin ! Je me demande si ça va

encore durer longtemps qu'il va nous faire venir deux fois par jour jusqu'à la porte de l'école. Avec tout l'ouvrage qui nous attend chez nous ! Si c'est pas malheureux ! Sans parler de ce qu'il nous coûte, à nous manger toute cette crème qui pourrait servir à faire du beurre qui est si cher par les temps qui courent.

Et, comme il faisait mine de s'enfuir, elle se fâcha :

– Vas-tu filer ou veux-tu que je te donne de l'élan avec mes orties ?

Adrien choisit la première proposition et se remit en route, provisoirement maté.

– Le plus rigolo, dit Raymond, c'est quand sa mère a mal calculé son coup et que le bol se trouve vide avant la grille de l'école. Alors rien ne peut plus retenir l'Adrien. Il se débine ventre à terre malgré les orties, alors…

Jean-Claude l'interrompit :

– Regarde ! Il se passe quelque chose de bizarre.

Les deux garçons s'étaient arrêtés et observaient au loin la cour des grands. Ils demeurèrent quelques instants muets d'étonnement en voyant que les écoliers en ressortaient déjà, rassemblés autour de Mme Marty qui leur parlait en les accompagnant jusqu'à la grille.

– Qu'est-ce qui se passe ? demanda Raymond. Ça voudrait-y dire qu'il n'y a pas classe ce matin ?

– C'est sûrement ça. Regarde-les, ils repartent tous en courant avec leurs sacs.

– Ça serait bien la première fois, depuis que je vais à l'école, qu'on aurait un jour de congé sans s'y attendre, dit Raymond.

Mais il n'osait pas encore s'abandonner à la joie qui l'envahissait, de peur d'une désillusion.

Ils interrogèrent Jean-Paul Marceau qui passa le premier.

– C'est notre jour de veine, leur dit-il. Le maître est malade. C'est grave. Congé pour les grands jusqu'à ce qu'il y ait un remplaçant.

Il repartit en courant, talonné par Adrien qui avait profité des circonstances exceptionnelles pour s'enfuir après s'être emparé du bol de crème.

Aussitôt, Raymond donna libre cours à sa joie. Il posa son panier à salade à terre et se mit à lancer de vigoureuses tapes sur les frêles épaules de son cousin qui chancelait sous la bourrasque.

– Tu te rends compte ! criait le grand gaillard, toute une journée à nous, à faire ce qui nous plaira… Je ne m'attendais pas à un coup de chance pareil. Je ne sais pas encore comment on va passer cette journée, ni comment on va s'y prendre pour se faire plaisir, mais tu peux être sûr que ce soir il n'y en aura pas beaucoup qui pourront se vanter d'avoir été plus heureux que nous aujourd'hui.

Quand Jean-Claude eut réussi à se mettre hors de portée des bourrades enthousiastes, il n'hésita pas à mentir pour avoir le plaisir d'accroître la joie de Raymond. Il dit, tout en se frictionnant les épaules :

– Nous, des fois, à la communale de la rue de Belleville, on restait quinze jours avant d'avoir un remplaçant quand un maître était malade.

Comme l'autre paraissait incrédule, il ajouta :

– Tu comprends, des remplaçants, ils n'en trouvent plus. Il y a eu tellement d'instituteurs mobilisés, puis après tellement de prisonniers…

Le visage de Raymond devint rayonnant de joie.

– Alors, s'ils sont à court de remplaçants, ça change tout. Ce n'est pas dans un petit patelin comme le nôtre qu'ils vont envoyer le premier qui leur tombera sous la main. Tu penses bien qu'ils se le mettront de côté pour une école de ville. Et nous, on sera tranquilles pour pas mal de temps, peut-être jusqu'aux vacances.

– Mais ton certificat ?

Raymond se mit à rire :

– Le certificat, je m'en fous. De toute façon je ne l'aurai pas. Alors...

Il fit un geste désabusé de la main, puis il prit son panier à salade et alla déverser les escargots dans la haie qui bordait le fossé en disant :

– Ceux-là, ils ont encore plus de chance que nous.

Un peloton de grandes filles arrivait à leur hauteur en bavardant, sans se presser.

– Alors, qu'est-ce qu'il a comme maladie le père Marty ? leur demanda Raymond.

Marie-Jeanne Micoulet, une belle brune, grande, avec des seins déjà bien formés et qui paraissait avoir quinze ans, s'approcha et dit en posant tranquillement ses beaux yeux noirs sur ceux du garçon :

– Il a eu une attaque cardiaque. Il est tombé sans connaissance tout d'un coup. Il ne va peut-être pas en mourir, mais ce qui est sûr, ce n'est pas de demain qu'il nous refilera des punitions. Il va être transporté à l'hôpital ce matin.

Quand elle se fut éloignée, Raymond dit :

– Celle-là, je ne sais pas comment elle s'y prend, mais quand elle me regarde, même si je voulais, je ne pourrais pas détacher mes yeux des siens. Heureusement qu'elle ne me demande rien parce qu'elle me ferait passer dans un trou de rat. Ça me fait presque honte d'être comme ça devant une fille.

Milou, le fils du meunier de Saint-Sernin, les rejoignit. Il avait douze ans, une taille plutôt médiocre, un visage très brun et un sourire un peu ironique qui ne s'effaçait que rarement.

Tous les garçons de Saint-Sernin l'enviaient, non

parce qu'il était un élève brillant, toujours premier de sa division sans même se donner la peine de copier les réponses des interrogations dans ses livres, mais parce qu'il était lecteur attitré de journal aux appointements de trente sous par semaine chez la mère Ronzeau.

Cette vieille femme était devenue veuve vers Noël, alors que son mari venait juste de renouveler son abonnement au *Courrier du Centre*. Or, comme elle était illettrée, mais qu'elle voulait malgré tout tirer profit de son journal autrement qu'en s'en servant pour allumer le feu, elle avait engagé Milou comme lecteur à domicile à raison d'une demi-heure par jour.

Un autre élève, Denis Bersier, avait brigué la place en poussant la bassesse jusqu'à offrir ses services pour vingt-cinq sous. Mais Milou l'avait aisément emporté, non seulement parce qu'il avait une excellente diction, mais surtout parce qu'il était capable de traduire directement le texte en patois.

Cependant, la vieille qui était méfiante lui avait imposé une petite contrainte. Pour être sûre qu'il ne la volait pas sur la quantité et qu'il n'escamotait pas des passages, elle l'obligeait à suivre les lignes avec son doigt au fur et à mesure qu'il lisait.

Elle avait fixé une fois pour toutes l'ordre des rubriques. Milou devait obligatoirement commencer par les avis de décès, y compris ceux qui provenaient de communes lointaines dont elle ne connaissait même pas le nom. Leur lecture devait être scrupuleusement intégrale. Parfois, elle l'interrompait le temps d'un commentaire : « Il était bien jeune, celui-là, pour faire un mort. Regarde mieux pour voir s'ils ne disent pas ce qu'il a eu. » Après les avis de décès, Milou lisait les faits divers en entier, puis seulement les gros titres de la première page. Mais ceux-ci n'intéressaient guère la mère Ronzeau. Le plus souvent, elle disait : « Marche… Va à l'autre. » Parfois, elle l'arrêtait : « Celui-là, tu vas me le lire d'un bout à l'autre. » Il était cependant dispensé de la lecture des petites annonces, du feuilleton et de la page des sports. Enfin, elle le laissait partir après lui avoir donné une friandise.

Les trois garçons descendirent sans se presser vers le centre du bourg en parlant de leur emploi du temps de cette journée de liberté qui leur tombait du ciel. Les deux cousins étaient encore indécis, mais Milou savait déjà ce qu'il allait faire.

– Ce matin, je vais bricoler dans le vieux moulin que je remets en état pour moi tout seul. Il y a seulement deux mois, c'était encore une ruine, mais maintenant, après toutes les réparations que j'y ai faites, il n'y pleut plus et on ne risque plus de passer à travers les planchers. Après ça, cet après-midi, j'irai à la pêche dans mon écluse. Si ça vous dit, je vous invite. On prendra certainement une belle friture de goujons.

Les deux autres acceptèrent avec joie.

3

Les trois garçons se préparaient à rentrer chez eux, lorsqu'un homme qui arrivait de l'autre côté de la place les interpella :

– Attendez-moi, j'ai quelque chose à vous dire.

C'était Alexandre Taupard. Il avait la quarantaine, un corps trapu, un cou épais et une panse puissante qui tendait une large ceinture de flanelle.

Sa méchanceté était proverbiale. À cinq kilomètres à la ronde, on disait indifféremment « méchant comme la gale » ou « méchant comme Taupard ». Mais cette méchanceté, il ne la portait pas sur le visage. Au contraire, il avait plutôt l'air d'un bon vivant avec ses joues épanouies et ses pattes-d'oie qui s'irradiaient au coin des paupières, donnant un air rigolard à ses yeux. Et comme il était l'un des buveurs les plus réputés de la commune, il avait un nez tellement rouge et tellement lumineux que, au dire de certains, les soirs d'été, les papillons de nuit délaissaient la lampe à pétrole pour venir tourner autour.

Il habitait une ferme qu'il avait fait construire entre les deux guerres, près de la rivière et loin des autres habitations. Il disait qu'ainsi isolé il pouvait battre sa femme, tondre ses moutons et tuer son cochon sans importuner ses voisins par les cris de ces animaux.

Ce qui, bien sûr, n'était qu'une façon de parler, car tous ses voisins savaient qu'il n'était heureux que lorsqu'il pouvait leur nuire. Pour cela, il ne manquait jamais d'imagination. Il cisaillait les barbelés de leurs clôtures, arrachait ou déplaçait les bornes de leurs propriétés, ouvrait les bondes des étangs, mutilait les arbres qu'ils venaient de greffer, brisait les manches des outils oubliés dans les champs, tirait avec un fusil à canon scié sur les pigeons domestiques qui survolaient sa maison.

Il ne respectait rien. Certains affirmaient qu'ils l'avaient vu uriner sur les marches de l'église, tourné vers le vantail ou vers la place, selon son humeur. Il jetait sans vergogne aux veuves et aux femmes des prisonniers de guerre des paillardises accompagnées de gestes qui ne laissaient subsister aucune équivoque. Quant aux vieillards et aux enfants qui gênaient son passage, il rudoyait les premiers jusqu'à la limite de la fracture du fémur et chassait les seconds à grands coups de pied au derrière dont la vigueur et la précision faisaient l'admiration des connaisseurs. Il avait ses fesses de prédilection et personne ne contredisait Denis Bersier lorsqu'il affirmait que son derrière d'orphelin détenait le record des coups de pied au cul de Saint-Sernin.

Bref, on ne comptait plus les méfaits connus qui lui étaient attribués d'une manière indiscutable. Et l'on était étonné d'apprendre que trois ou quatre seulement avaient été homologués par le juge de paix ou par le tribunal correctionnel.

L'un d'eux avait, en son temps, défrayé la chronique judiciaire en raison de son originalité. En 1938, peu avant Munich, alors qu'il participait à Limoges à un défilé en faveur de la paix et contre la violence, Taupard s'était battu jusqu'au sang avec un autre manifestant à la suite d'une discussion au sujet du rôle de la Société des Nations. Ce qui lui avait valu d'être condamné à trois mois de prison avec sursis pour coups et blessures volontaires. Les autres délits n'avaient eu que très peu d'écho en dehors du canton en raison de leur banalité, car il ne s'agissait que d'injures, de faux témoignages et de menaces de mort…

Les animaux, eux aussi, le détestaient. Il n'avait jamais réussi à garder un chien chez lui. Il avait beau les adopter tout jeunes, dès qu'ils avaient atteint l'âge de comparer leur sort à celui de leurs congénères, et surtout dès qu'ils avaient la force de courir comme père et mère, ils disparaissaient et on ne les revoyait plus.

Quant aux autres chiens, ceux du village et même les errants qui ne le connaissaient pas, ils changeaient tous instinctivement d'accotement quand ils le voyaient venir en face d'eux sur une route.

Il donnait tant de coups d'aiguillon à ses bœufs qu'à la fin de leur carrière leur peau était criblée en maints endroits de trous aussi serrés que ceux d'une pomme d'arrosoir. Et, lorsqu'il vendait les malheureuses bêtes, le boucher en profitait pour diminuer leur prix, prétendant qu'un cuir ainsi ajouré ne pouvait tout au plus être utilisé qu'à la fabrication des sandales d'été à empeignes percées de trous.

Nul ne sut jamais de quelle cruauté se vengea le cheval du corbillard le jour de l'enterrement du père Pécoud quand il mordit Taupard à la fesse. Mais tous les témoins donnèrent intuitivement raison à l'animal qui, lui, jouissait de l'estime générale. En effet, depuis dix ans qu'il était titulaire de son poste, personne, y compris ceux qui n'avaient pas encore été ses passagers, n'avait eu à se plaindre de lui. Ce n'était pas un de ces excités du paturon comme on en attelle, faute de mieux, dans certaines communes et qui, dès qu'ils ont enlevé le mort à sa maison, se lancent au petit trot comme s'ils tiraient une carriole de jeunes mariés et vous mettent en un rien de temps tout un cortège en sueur, si bien que les mouchoirs sont trempés en arrivant au cimetière, là justement où ils seraient le plus utiles. Non, ce cheval était un calme qui, montées ou descentes, pluie ou soleil, traînait la voiture des morts sans secousses inutiles, toujours à la même vitesse, celle des conversations tranquilles. Et les habitants de Saint-Sernin conclurent avec logique qu'un animal aussi pondéré n'avait pu mordre cette fesse sans motif sérieux.

Quant à la femme de Taupard qu'il avait piégée à distance dans son Berry natal au moyen d'une petite annonce matrimoniale tendue dans les colonnes du *Pêcheur français*, on ne savait s'il la battait (le fait qu'il lui manquait deux incisives à la mâchoire supérieure ne constituait évidemment pas une preuve), mais elle ne se plaignait presque jamais de lui.

Elle était menue, discrète, furtive et avait, à trente-huit ans, une figure qui commençait à se rider comme une reinette au mois de janvier. Quand les gens la croisaient dans un chemin sans l'avoir entendue venir, elle les saluait en appelant chacun par son prénom, mais en marquant, comme il se doit, les nuances de respect dû à l'âge ou à la superficie des propriétés. Puis elle émettait des prévisions météorologiques à très court terme que personne ne lui demandait et dont nul ne tenait compte parce que leur réalisation était toujours soumise à plusieurs conditions. Par exemple : « Si le vent continue de tourner et si le soleil n'arrive pas à percer, m'est avis qu'il pleuvra avant ce soir. » Puis elle disparaissait, mystérieuse, silencieuse.

Une seule fois, Raymond et Jean-Claude l'entendirent se plaindre de son mari, disant à leur grand-mère que, méchanceté mise à part, il ne lui restait pas que des qualités, mais que, parmi ses autres défauts, il n'y en avait qu'un qu'elle trouvait particulièrement insupportable. La grand-mère passa mentalement en revue les tares secondaires de Taupard : il était, entre autres, coléreux, vantard, vaniteux, jaloux, fainéant, dépensier, gourmand, malpropre, coureur de jupons et, pour couronner le tout, il s'adonnait à l'ivrognerie du 1er janvier au 31 décembre. Puis, croyant deviner que sa voisine faisait allusion à ce dernier défaut, elle lui répondit, qu'en effet elle avait cru remarquer que Taupard buvait trop souvent et souvent trop. Mais Léonie qui entendait sans doute se réserver le droit de critique lui rétorqua d'un air un peu pincé qu'on avait plus de chances de trouver une cuillère en argent dans la litière d'une étable à cochons qu'un homme parfait sur cette terre. Puis elle précisa que le défaut qui la révoltait, qui la rendait furieuse, c'était la manie qu'il avait de tricher constamment lorsqu'ils jouaient aux cartes tous les deux, à la bataille, à l'âne, au menteur ou au barbu.

Taupard se dirigeait vers les trois garçons, les bras écartés, la face réjouie, souriant de toute la noirceur de ses dents.

– Tirons-nous d'ici, chuchota Milou à ses camarades.

Et il s'éloigna en sifflotant, le nez en l'air, comme soudain intéressé par l'unique nuage blanc qui flottait dans le ciel bleu.

– Oh ! que je suis content de vous voir, criait Taupard depuis le milieu de la place. Attendez-moi, ne vous sauvez pas.

– Viens, partons, dit Raymond qui sentait sa gorge se serrer.

Trop tard. L'homme arrivait, l'œil radieux, à grandes enjambées, malgré la légère claudication qu'il devait à son taureau depuis le soir où, passablement éméché, il l'avait confondu avec une vache et avait tenté de le traire.

Il était maintenant devant eux. De près, ils virent que ses pommettes étaient ornées de surprenantes arabesques vineuses et que des poils noirs et tout raides fusaient de ses oreilles. Il riait bruyamment, comme un homme qui est heureux de rencontrer ses amis par hasard.

Il jeta les bras autour des épaules des garçons dans un grand geste affectueux.

– Je suis content de vous voir, parce que j'ai deux mots à vous dire.

Il les attira brutalement contre lui, plaquant leur front contre sa veste de chasse, de chaque côté de sa poitrine. Aussitôt, leurs narines s'emplirent d'une puanteur de futaille, de carnier et de boîte à furet.

La voix de l'homme était toujours enjouée :

– J'ai une question à vous poser : qui c'est qui gardait les moutons des Poutarot, hier, aux Landes ?

Et sans leur laisser le temps de répondre, il enchaîna :

– … C'était vous !

Il les secoua violemment par les épaules et demanda :

– Et qui c'est qui a abandonné le troupeau tout seul dans le pâturage pour aller chercher les nids ?… Vous, toujours vous !

Raymond dit, en essayant de dégager sa tête :

– Oui, mais on a juste grimpé dans un chêne pour prendre les petits d'un nid de pie. Manque de chance, ils s'étaient déjà envolés. Alors ça ne nous a pas demandé beaucoup de temps, surtout qu'elle ne l'avait pas perché bien haut, celle-là, son nid. Et en tout cas, les brebis étaient toujours dans la pâture quand on est revenus.

La voix de l'homme se fit dure :

– Que tu dis ! Mais je vais t'expliquer pourquoi elles y étaient encore quand vous êtes revenus : c'est parce que Taupard, qui passait par là, les y avait ramenées. Savez-vous où il les avait trouvées, Taupard ?... Non, vous ne pouvez pas le savoir... Dans son champ de trèfle !... En train de le lui tondre !

Tout à coup, les deux garçons ne sentirent plus les effluves suffocants qui émanaient de ses vêtements et de sa peau, car il venait de leur saisir le bout du nez entre le pouce et l'index. Il tordait et triturait si fort les cartilages que la douleur devenait intolérable et que les deux garçons se mirent à se débattre violemment, lui donnant des coups de tête, tout en dansant tantôt sur un pied, tantôt sur l'autre.

– Lâchez-boi, fous be faites bal ! criait Jean-Claude ainsi que l'enfant d'éléphant de son livre de lecture quand le crocodile du fleuve Limpopo lui fabriquait une trompe en tirant de toutes ses forces sur son petit bout de nez.

Raymond serrait les dents pour s'empêcher de hurler de douleur et il lançait des coups de pied dans les tibias de leur tortionnaire, tout en regrettant d'avoir préféré, ce matin-là, ses espadrilles à ses sabots.

La brute disait :

– Alors, c'est par des coups de pied que tu remercies Taupard qui a empêché tes brebis de gonfler ?

Pourtant, sans lui, il aurait fallu les abattre. Vous voyez bien que Taupard n'est pas aussi méchant que les gens le disent. Vous saurez maintenant que Taupard est serviable et bon.

Tout en parlant, il continuait de leur pincer et de leur broyer le nez. La souffrance leur faisait endurer un véritable supplice.

– Dappe-lui dans les guilles, doi aussi, nasillait Raymond.

À force de ruer et de se débattre, ils réussirent à s'échapper.

En quelques bonds, ils furent à une distance qu'ils jugèrent suffisante pour s'offrir impunément des audaces verbales.

Raymond, le visage écarlate, hurla :

– Sale brute ! Sauvage ! Lâche !

– Barbare ! Bête puante ! ajouta son cousin.

Mais il avait tourné le dos et s'éloignait en ricanant sans leur répondre.

Jean-Claude gémissait :

– Hou ya ya ! que ça brûle !

Raymond l'entraîna vers la fontaine publique :

– Viens, on va se faire des compresses d'eau fraîche, ça adoucira la douleur.

Milou les rejoignit au moment où ils appliquaient leur mouchoir mouillé sur le visage.

– Je vous avais bien dit de vous sauver. Qu'est-ce que vous lui aviez fait à cet animal ?

Quand Jean-Claude eut résumé les griefs de Taupard, Milou s'indigna :

– Cette charogne ! Pour une brouettée de trèfle qu'il a perdue, il vous aurait estropié la figure pour la vie !...

Raymond ne se pardonnait pas sa naïveté :

– Ce salaud, il disait : « Attendez-moi, je suis content de vous voir !... » Tu parles ! Faut-il que je soille bête pour être resté sur place au lieu de déguerpir.

Milou examina les deux nez suppliciés, puis il déclara que celui de Jean-Claude était d'un rouge très vif, tandis que sur celui de Raymond qui était marbré de blanc, on pouvait nettement distinguer la forme de l'ongle du pouce du bourreau. Il les toucha tous deux plusieurs fois, mais il ne sut préciser lequel était le plus brûlant.

Ils s'appliquèrent des compresses pendant quelques minutes encore, puis quand la douleur se fut un peu apaisée, Raymond présenta aux deux autres garçons un objet sur sa paume ouverte.

– Regardez, dit-il, ce que je lui ai piqué dans la poche intérieure de sa veste pendant que je me débattais.

C'était un stylo bon marché, grenat, avec une agrafe chromée.

Milou, admiratif, éclata de rire :

– Alors là, bravo ! mon gars. T'as pas perdu le nord.

– Savoir si au moins ça écrit, ça, fit Raymond en enlevant le capuchon.

Il sortit son cahier du soir de son sac et fit glisser la plume en verre torsadé sur la couverture où elle traça un trait ondulé très fin et d'une belle couleur bleu clair.

– Ça va me faire un chouette de stylo, dit-il. Parce que le Taupard, il l'a vu, mais il ne le reverra plus. Pas question de le lui rendre. D'abord, je ne l'ai pas eu gratuitement, il me l'a fait payer et je ne lui dois rien.

Milou avait saisi le cahier et examinait attentivement le trait laissé par la plume. Son visage s'assombrit soudain. Il dit :

– Descendez vers le vieux moulin. Je vous y

retrouverai tout à l'heure. Je n'en ai pas pour longtemps.

Ses deux camarades étaient intrigués.

– Qu'est-ce qui te prend ? fit Raymond.

Milou se sauva en courant sans répondre.

Ils traversèrent Saint-Sernin, le mouchoir sur le nez, comme un village pestiféré. Puis ils quittèrent la route à une cinquantaine de mètres du pont et prirent un sentier sur la droite. C'était un raccourci qui conduisait au moulin.

Quelques minutes plus tard, ils virent leur camarade qui revenait vers eux hors d'haleine. Il tenait une enveloppe à la main. Il s'arrêta et dit sans reprendre son souffle :

– Raymond, redonne-moi ton cahier.

Il le prit et plaça l'enveloppe qu'il avait rapportée sous le trait de plume tracé par le stylo. Puis il demanda :

– Qu'est-ce que vous remarquez ?

– Eh bien, quoi ? dit Raymond. C'est l'enveloppe d'une lettre qui a été envoyée à ton père. Il y a son nom et son adresse écrits en script comme nous quand on fait nos cartes de géographie. Qu'est-ce qu'il faut remarquer de plus ?

– Et l'encre ? Vous ne voyez rien ?

Les deux cousins s'exclamèrent en même temps :

– C'est la même encre que le stylo !

– Et la même largeur de trait de plume, ajouta Milou.

– Alors, c'est Taupard qui a envoyé cette lettre. Qu'est-ce qu'il lui voulait à ton père ? demanda Raymond.

– Je vais vous le faire voir, ce qu'il lui voulait, répondit Milou en tirant une feuille blanche de l'enveloppe. Regardez vous-mêmes.

Ils lurent le texte suivant qui avait été composé

dans la plus pure tradition des lettres anonymes, avec des caractères découpés dans un journal, puis collés sur la feuille :

MEUNIER, JE T'AI DÉNONCÉ. TA FARINE BLANCHE VA TE COÛTER CHER. QUAND TON MOULIN SERA FERMÉ, TOI, TA PUTAIN ET TON MORPION, VOUS SEREZ TOUS DANS LA MISÈRE. JE RIGOLE DÉJÀ.

UN ENNEMI QUI TE VEUT DU MAL.

Après quelques instants d'ahurissement, Raymond dit :

– Alors, c'est bien ce porc qui a dénoncé ton père. Les gens disaient qu'il en était capable, que ça pouvait bien être lui. Mais personne n'en était sûr. Maintenant, il n'y a plus de doute.

Milou répondit :

– C'est lui que mon père a soupçonné tout d'abord. Il lui a même passé une dérouillée, à tout hasard, le lendemain qu'il a reçu cette lettre. Une belle tatouille à coups de manche de pioche sur les côtes. C'était dans le chemin de la Vergne, *entre quat'z-yeux*, un jour qu'il avait neigé. Malgré ça, ce salaud a eu le culot de lui jurer que ce n'était pas lui qui l'avait dénoncé. Il lui a même dit : « Celui qui a fait ça, si je le connaissais, je lui paierais un coup à boire. Il a bien fait. Et je regrette de ne pas y avoir pensé le premier, parce que c'est moi qui l'aurais fait. » Alors rebelote, mon père lui a foutu une nouvelle distribution de coups de manche de pioche, cette fois sur le cul, parce qu'il se sauvait comme un lapin. Il courait tellement vite que mon père a dit que ça faisait presque comme une ligne noire dans la neige.

Raymond manifestait son admiration en répétant :

– Ben, mon vieux !... Ben, mon vieux !...

– Mais après ça, mon père n'a plus cru sérieusement que c'était lui le dénonciateur. Pas parce qu'il l'avait juré, mais parce que la lettre avait été postée à Guéret un jour que Taupard n'avait pas quitté Saint-Sernin. Mon père a fait sa petite enquête et les Michaudon lui ont appris que ce salopard s'était tapé deux cuites ce jour-là dans leur bistrot : une le matin et l'autre l'après-midi après avoir cuvé la première. Et mon père a dit que ça prouvait qu'il ne pouvait pas être à Guéret.

Jean-Claude intervint :

– C'est donc qu'il a fait poster sa lettre par quelqu'un d'autre. Un complice, quoi ! Nous, c'est ce qu'on fait pour recevoir les lettres que ma mère nous écrit de Paris et pour lui répondre. Le tonton Martial a un pote qu'il a connu pendant la guerre. Il n'habite pas loin d'Angoulême et il a une combine pour passer la ligne de démarcation, mais pas en se cachant, un truc officiel, un truc réglo que les Boches lui ont accordé. Je ne me rappelle plus comment ça s'appelle. Alors, ma mère lui envoie ses lettres sous double enveloppe. Puis, quand il va de l'autre côté, en zone libre, il les met à la poste et nous, on les reçoit deux jours après. Pour répondre à ma mère, on expédie nos lettres à une adresse que le pote du tonton nous a donnée, toujours en zone libre, où il les reprend pour les envoyer à Paris, depuis la zone occupée. Comme ça, il n'y a pas de censure et on peut s'écrire tout ce qu'on veut.

– Figure-toi, répondit Milou, que j'ai aussitôt pensé, comme toi, qu'il avait un complice. Mais mon père n'a pas voulu me croire. Il m'a dit : « Taupard aurait demandé à un copain de lui rendre ce service ? Tu lui en connais, toi, des copains, au Taupard ? Il n'en a pas un ! C'est un sauvage. Il est brouillé avec presque tout le monde. À qui voudrais-tu qu'il demande ça ? Surtout que son complice aurait pris des risques lui aussi. Non, je pense que ce n'est pas quelqu'un d'ici. Je crois plutôt que c'en est un des trois qui sont venus un soir, un mois avant le contrôle, me demander de leur vendre à chacun quinze kilos de farine blanche qu'ils voulaient ramener chez eux sur les porte-bagages de leurs vélos. Comme je ne les connaissais pas et que ça pouvait être un piège, je leur ai dit que je ne faisais jamais de farine blanche parce que je n'avais pas le droit d'en faire. Mais ils étaient bien renseignés. Alors, ils m'ont traité de menteur et ils m'ont engueulé avant de partir. Il y en avait un grand maigre avec une tête noiraude qui était encore plus mauvais que les autres. Ça ne m'étonnerait pas que ça soit celui-là. »

– Ton père se gourait complètement, dit Raymond. Il va en faire une tête quand tu vas lui apporter le stylo !

– Je ne sais pas si c'est ce qu'il y a de mieux à faire, répondit Milou. Il faut qu'on en parle dans un endroit où on sera plus tranquilles que dans ce chemin où n'importe qui peut entendre ce qu'on dit. Venez avec moi au vieux moulin. On y sera mieux pour discuter de tout ça.

Son visage était devenu radieux. Il dit plusieurs fois :

– Cette fois, je le tiens, le Taupard. Je vais lui faire voir ce que le morpion sait faire.

Puis il ajouta en humant l'air avec volupté tandis qu'ils avançaient dans le sentier plein de fraîcheur et de parfums de fleurs sauvages :

– C'est bien dommage qu'à cause de vos mouchoirs sur le nez vous ne puissiez pas vous rendre compte comme ça sent bon ici.

Ils suivirent la rivière, longèrent les granges et les étables des Micoulet-du-bas, puis, un peu plus loin, le vieux moulin leur apparut dans une échancrure de verdure.

4

Les murailles de la vieille bâtisse étaient presque entièrement cachées par le lierre, et la mousse recouvrait ses tuiles courbes. Elle se dressait au bord de l'écluse bordée d'iris et festonnée de vols de libellules. L'ancienne maison d'habitation était encore en assez bon état. On accédait à sa porte d'entrée par un étroit sentier taillé entre les hautes ronces.

Le vieux moulin était désaffecté depuis que l'arrière-grand-père de Milou en avait fait construire, en aval, un autre que, soixante-dix ans plus tard, on appelait encore le moulin neuf.

Milou dit avec fierté, en écartant les bras :

– Voici mon domaine !

Puis il tira de sa poche une grande clef rouillée, la fit tourner dans la serrure, appuya sur le loquet et ouvrit la porte toute grande. Il se recula, fit une révérence et dit avec un grand geste de la main :

– Entrez, mes seigneurs !

Ils pénétrèrent dans une salle basse dont les solives étaient aussi noires que le tableau de l'école.

– Dans le temps, c'était la cuisine, expliqua Milou. La cheminée se trouvait là, et dans ce recoin c'était l'alcôve. Ça date, paraît-il, d'avant la Révolution de 1789. Vous n'avez pas besoin d'avoir peur de passer à travers le parquet. C'est du solide. Ce n'est pas comme à côté, c'est totalement en ruine. Regardez, fit-il en désignant une porte qui s'ouvrait béante sur l'ancienne salle de meule dont le plancher était effondré depuis longtemps.

Quelques poutres à demi pourries pendaient au-dessus du bief où l'on voyait l'eau courir sur les cailloux.

Un escalier dont on avait récemment remplacé quelques marches partait de la cuisine et aboutissait à une trappe taillée dans le plafond et qui ouvrait sur le grenier.

– C'est moi qui ai nettoyé et bricolé tout ça, dit Milou. J'ai remplacé des planches et des tuiles. Ça m'a donné du mal, mais maintenant je suis ici chez moi et personne ne vient me déranger. Mon père n'y a foutu les pieds qu'une fois, aussitôt que j'ai eu fini les réparations, à la fin de l'hiver, mais depuis il n'y est jamais revenu. Et ça m'étonnerait de l'y revoir, parce que ce vieux moulin lui rappelle trop de mauvais souvenirs.

– Pourquoi ? demanda Raymond.

– Figurez-vous qu'à l'époque où il était encore commis meunier, il couchait ici tout seul, comme tous les autres commis avant lui. Pas besoin de vous dire qu'il s'y ennuyait et qu'il y grelottait en hiver. Alors, un jour, il a dit à mon grand-père qu'il en avait assez et qu'il voulait un lit au moulin neuf. Le vieux le lui a refusé. Il s'est mis à lui crier des injures et il parlait de le calotter.

Les deux autres garçons étaient étonnés.

– Eh ben, mon vieux, fallait pas lui en dire beaucoup à ton grand-père pour le foutre en colère, dit Raymond.

Milou souriait. Il ajouta :

– Il y avait quand même de quoi le faire gueuler ce jour-là, parce que le lit que mon père avait réclamé, c'était celui de ma mère, avec elle dedans. Enfin, je veux dire qu'il l'avait demandée en mariage. Elle, bien sûr, elle était d'accord. Mais vous vous doutez bien que mon grand-père ne voulait pas en entendre parler, parce que mon père qui était fils de métayer était sans le sou. Ma mère s'en est aussitôt mêlée et elle avait des colères aussi méchantes que celles du vieux. Elle lui a tenu tête et ça a bardé. Et ça a fait du boucan ! Oulala !...

C'était vrai. Les habitants de Saint-Sernin évoquaient encore les cris et les éclats de voix qui parvenaient plusieurs fois par jour au bourg après avoir fait vibrer les vitres du moulin neuf, car, à cette époque, la fille du meunier avait la tête près du bonnet et le bonnet prêt à voler par-dessus le moulin.

– « C'est celui-là que je veux et pas un autre ! qu'elle criait à mon grand-père, poursuivit Milou. Si tu ne veux pas du mariage, on s'en ira et on te plantera ici tout seul avec tes sacs de farine. On trouvera une mairie ailleurs. Ce n'est pas ce qui manque les mairies ! Et, content ou pas, ça sera du pareil au même. » (C'est elle qui m'a raconté ça la semaine dernière.) Le vieux a été obligé de céder, mais il ne l'a jamais digéré et il leur en a fait voir de toutes les couleurs tout le reste du temps qu'il a vécu.

Milou s'interrompit un instant. Puis, par souci d'objectivité, il corrigea :

– Faut quand même être juste : à la fin, il est pourtant resté pendant deux ans avant sa mort sans leur faire un seul mot de reproche, et ça, depuis qu'il avait eu son attaque qui lui avait laissé la moitié des membres et la langue tout entière paralysés... Quelques gestes de menace de la main, celle qui pouvait bouger, bien sûr. Un petit coup de pied, mine de rien, du gauche, quand ils passaient trop près de son fauteuil... et c'était tout. Et pas souvent, parce que ça le fatiguait. Et les derniers temps, quand, par exemple, il leur lançait une fourchette ou un couteau à la tête en visant les yeux, comme d'habitude, on voyait bien que le cœur n'y était plus et qu'il faisait ça machinalement, sans la moindre idée de méchanceté derrière le geste... C'est à des petites choses comme celle-là qu'on a vu qu'il n'en avait plus pour longtemps. Alors, ça nous faisait de la peine. Pas seulement à cause de la pension de guerre et des cartes d'alimentation et de textiles qu'on allait perdre, mais aussi parce qu'on l'aimait bien, malgré son caractère un peu difficile.

Il chassa ces souvenirs émouvants et dit en s'approchant de l'escalier :

– Bon, avant de vous faire monter avec moi là-haut, je veux que vous me juriez que vous ne raconterez à personne ce que je vais vous expliquer et ce que vous allez voir.

Les deux cousins étaient intrigués, mais indécis. Milou reprit :

– Tout ce que je peux encore vous dire avant de vous faire jurer de garder le secret, c'est que j'ai inventé une arme terrible contre Taupard.

– Une arme terrible ! Mais on ne veut tout de même pas le faire mourir, dit Jean-Claude un peu effrayé.

Milou souriait, énigmatique :

– T'as pas besoin d'avoir peur. Ça ne le tuera pas. Mais ça sera affreux quand même pour lui parce que ça l'usera peu à peu, jour après jour. Ça lui mangera son temps et ses forces... Voilà. C'est tout ce que je peux vous dire. Maintenant, il faut jurer ou repartir sans savoir. Vous devez décider.

Les deux cousins étaient incrédules, mais la curiosité l'emporta. Ils acceptèrent donc de cracher trois fois à terre, puis de répéter, bras tendu, une formule rituelle que leur dictait phrase après phrase leur camarade et par laquelle ils s'engageaient d'accepter pour l'éternité les tourments de l'enfer s'ils divulguaient, même une seule fois, même à voix basse, et à une seule personne le secret qui allait leur être confié.

– C'est bien, dit Milou rassuré. Maintenant, suivez-moi.

Ils gravirent l'escalier et pénétrèrent dans un vaste grenier éclairé par trois étroites fenêtres.

Deux longues tables composées de planches posées sur des tréteaux étaient installées bout à bout dans le sens de la longueur de la salle et supportaient une vingtaine de boîtes en carton bien alignées et régulièrement espacées.

Tout était d'une propreté parfaite : pas de poussière sur le parquet, pas de toiles d'araignée sous les tuiles.

Les visiteurs observaient les lieux avec un étonnement qui amusait Milou.

– Qu'est-ce que tu fabriques ici ? demanda Jean-Claude. Qu'est-ce qu'il y a dans ces boîtes ?

– Eh bien ! regarde toi-même.

Ils s'approchèrent des tables : les caisses étaient toutes plus ou moins pleines de graines.

Raymond en prit une poignée au hasard et les examina attentivement. Il y en avait des noires, des grises, des rougeâtres. Les unes étaient grosses comme des têtes d'épingles, les autres si fines qu'elles glissaient comme du sable entre ses doigts. La plupart étaient rondes, mais certaines étaient ovales et quelques-unes avaient la forme de minuscules brosses ; d'autres, enfin, portaient de très fines aigrettes de poils.

– Mais il n'y a que des mauvaises graines là-dedans, dit le grand garçon. Comment as-tu fait pour rassembler une telle quantité de saloperies ?

– Je n'ai eu qu'à les ramasser sous le trieur du moulin. Tu sais bien qu'on débarrasse le blé des mauvaises graines qui peuvent encore s'y trouver avant de l'écraser pour en faire de la farine.

– Et qu'est-ce que tu en fais ? demanda Jean-Claude.

– Je les sème, répondit calmement Milou.

Après un instant de stupéfaction, Raymond s'écria, indigné :

– Quoi ? tu sèmes ces saletés ?… T'es pas devenu fou dans ta tête, par hasard ? Tu sais donc pas que tu as ici de quoi contaminer tout le pays ? Mon père dit que les mauvaises graines, c'est pire que la vérole. Quand elles ont commencé à prendre pied dans un champ, tu as beau les sarcler, il n'y a pas moyen de s'en défaire et l'année d'après, c'est pareil. Elles commencent par bouffer la nourriture des plantes cultivées, et après, ces garces, elles les étouffent.

– Tout ça, je le sais, dit posément Milou. J'ai même lu dans un bouquin d'agriculture que, si pendant quelques années seulement le travail de la terre s'arrêtait, on ne verrait plus aucune plante cultivée. Tous les champs seraient rapidement envahis par huit ou dix espèces de mauvaises herbes qui auraient fait disparaître toutes les autres. Il y a même un ingénieur agronome qui a écrit qu'une mauvaise herbe tue trois plantes et prend la place de la quatrième. Alors, tu vois que je suis bien au courant de la question.

Raymond était stupéfait.

– Tu sais tout ça et tu veux quand même semer ces graines ?

– C'est même à cause de ça qu'elles m'intéressent, répondit Milou.

Puis il ajouta, en désignant des boîtes vides :

– J'en ai déjà semé un sacré tas.

– Et où sèmes-tu ces cochonneries ? demanda Raymond.

Jean-Claude avait deviné :

– Dans les champs de Taupard, n'est-ce pas, Milou ? C'est ça ton arme secrète !

Milou approuva d'un signe de tête. Raymond les regardait, le front plissé, les sourcils rapprochés.

Soudain, il éclata de rire : il avait compris.

– Dans les champs de Taupard ? Ça, c'est une idée formidable ! Et comment tu t'y prends ?

– Pas difficile. J'attends qu'il ait labouré et bien préparé le sol pour ses cultures et pan ! j'arrive le jour même, à la tombée de la nuit et je fais mes semailles aussitôt après les siennes, tant que la terre est meuble. Comme ça, elle a double ration. Bon poids, bonne mesure.

– Et depuis quand as-tu commencé ? demanda Jean-Claude.

– J'ai décidé ça quand mon père nous a eu raconté ce que lui avait dit Taupard le jour de la dérouillée. J'ai pensé : « Ah ! mon salaud, tu es content de ce qui nous arrive et tu nous aurais dénoncés toi-même, si tu y avais pensé le premier ! Eh bien ! tu vas le payer. » De plus, je ne sais pas pourquoi, mais je sentais que c'était lui qui avait fait le coup.

– Comment ça s'est passé, le contrôle ? demanda Raymond.

– Je n'y étais pas parce que je dormais encore. Mais je vous jure que j'en ai entendu parler après. Voilà : c'était un matin du mois de février. Le type s'est amené sur son vélo comme le facteur, mais à la pique du jour. Le coq venait tout juste de chanter. Le moulin avait tourné toute la nuit pour faire de la farine blanche. de la vraie, comme avant-guerre, mais qu'on n'a plus le droit de faire depuis que les Allemands occupent la France. Et il tournait encore quand le contrôleur est entré. Il y en avait quatre sacs pleins appuyés contre le mur, la gueule ouverte. Le contrôleur en a pris tout de suite une poignée dans la main. Il ne faisait pas encore bien jour, mais ce n'était pas la peine d'essayer de lui faire croire que c'était de la farine grise comme on doit la faire maintenant. Aussitôt après, il a demandé les livres de comptes et je vous assure que le contrôle a été vite fait. Une heure plus tard, l'homme est remonté sur sa bicyclette et on ne l'a jamais revu. Mais on a entendu parler de lui. Tribunal et tout ce qui s'en suit. Et, à la fin, l'amende que mon père a réglée il y a deux semaines seulement était drôlement salée. Le moulin a été fermé immédiatement pour un mois. Mais, ce qui est terrible, c'est la prison avec sursis qui lui pend sur la tête. Le juge lui a dit de ne pas y revenir, parce que, le prochain coup, ça serait la fermeture définitive avec deux ans de prison ferme au moins.

Les deux cousins étaient sidérés.

– On ne pensait pas que c'était si grave, nous... dit Raymond.

– Ce qui est grave aussi, reprit Milou, c'est que, depuis, ma mère n'arrête pour ainsi dire pas de pleurer et il ne se passe pas une journée sans qu'elle engueule mon père : « Pourquoi, toi aussi, tu t'es mis à leur faire de la farine pour ceux du village ? Qu'est-ce que ça t'a rapporté ? Est-ce qu'ils se sont cotisés pour t'aider à payer l'amende ? Tu es bien trop bête à la fin ! »

Raymond regarda Jean-Claude.

– On le lui dit ? lui demanda-t-il.

Son cousin acquiesça d'un signe de tête, alors il ajouta :

– Voilà, pour l'amende, ils sont en train de faire une collecte. C'est mon père qui s'en occupe avec deux ou trois autres. Ça ne va pas vite pour rassembler les sous. Mais c'est en train de se faire.

Le visage de Milou s'épanouit.

– Ils font une collecte ! Ça, c'est bien ! C'est des braves types. Je vais le dire à mes parents. Ça leur remontera un peu le moral.

– Ils disent que c'est bien normal parce que ton père ne leur vendait pas sa belle farine un sou de plus que la grise.

– Oui, c'est vrai, mais il n'en faisait que pour ses clients d'avant-guerre. Ils n'avaient qu'à venir la nuit avec un ou deux sacs de froment dans une charrette à vaches et ils repartaient avant le jour avec de la farine comme dans le temps. Et ils ne payaient que la mouture, mais avec du blé. Des fois, il y en avait qui donnaient en cadeau un poulet ou un lapin. C'est tout.

Jean-Claude était ému :

– On comprend que ta mère soit malheureuse, dit-il en posant la main sur l'épaule de Milou.

– Surtout qu'il y a autre chose que je ne vous ai pas encore dit et que personne d'autre que nous ne sait : cette charogne de Taupard a été porter plainte contre mon père pour coups et blessures. Les gendarmes sont venus à la tombée de la nuit le surlendemain. L'autre ordure qui avait les côtes et les fesses un peu bleuies avait fait faire un certificat à un médecin. Mon père a eu beau nier, n'empêche que ça a suivi son cours. Ça a traîné trois mois, mais il a reçu hier une convocation pour se rendre chez le juge d'instruction dans quinze jours. Et ça pourrait bien finir en correctionnelle. Depuis, ma mère ne dort plus, et lui, il n'est pas fier non plus. Mais je vais leur dire la collecte. Ça leur remontera un peu le moral.

– Eh bien ! il peut se vanter de vous avoir fait des vacheries, le Taupard.

– Et également à toute la population de la commune, puisqu'il l'a privée de pain à volonté. Même la mère Ronzeau me disait hier, quand je lui faisais la lecture de son journal, qu'elle est maintenant obligée de se contenter de la petite ration qu'elle achète chez le boulanger. Et il n'y en a pas lourd.

– Plus ceux des villes qui ne recevront plus les tickets qui ne servaient à rien avant, mais dont tout le monde ici aura besoin. En tout, avec ceux de la commune de Saint-Sernin, ça fait plusieurs centaines de personnes qui ne mangeront plus de pain à leur faim. Plus mon nez et celui de Raymond qu'il vient de triturer. Tout ça, ça fait beaucoup et il mérite une vache de punition, dit Jean-Claude.

– Jusque-là, il a gagné. Mais ce n'est pas fini. Ça ne fait que commencer. Il ne sait pas ce qui l'attend. Pourtant, je crois qu'il vaut mieux ne pas montrer le stylo à mon père. Il serait capable sur un coup de colère d'aller assommer cette carne et ça lui coûterait trop cher au kilo de viande. La vengeance, c'est moi qui la ferai. Moi tout seul.

– Alors, dit Jean-Claude, il ne faut pas que Raymond garde le stylo sur lui, parce que Taupard pourrait le lui reprendre s'il avait des soupçons, et il en aura sûrement. On doit le cacher en un lieu sûr pour s'en servir comme preuve plus tard si on en a besoin.

Milou approuva et dit à Raymond :

– Toi qui es grand, coince-le là-haut entre le liteau et la tuile au-dessus de ta tête. Personne ne viendra l'y chercher.

Raymond proposa ensuite à son camarade de lui

mettre du chiendent et du liseron de côté quand son père et lui nettoieraient leurs terres. Jean-Claude, pour ne pas être en reste, lui promit son aide lors des prochaines semailles clandestines. Raymond déclara alors qu'il y participerait lui aussi, disant que, à trois, ils ne seraient pas trop nombreux. L'un ferait le guet pendant que les autres répandraient les graines.

Les idées bouillonnaient dans la tête des deux cousins : il allait falloir dresser le plan des opérations, choisir avec soin le moment des semailles, le poste de la sentinelle, diviser et répartir les tâches. Une organisation méthodique du travail s'imposait.

Milou qui les avait écoutés sans mot dire les entraîna vers le fond de la pièce, histoire de leur montrer, leur dit-il, ce qu'était une vraie organisation méthodique.

Sous une banderole de papier tendue sous les poutres et qui annonçait en grosses lettres rouges :

AUX
BONNES MAUVAISES GRAINES
ÉTABLISSEMENTS MILOU,

un vaste panneau d'affichage était cloué au mur. De grandes feuilles de papier à dessin y étaient collées côte à côte. Sur la première était fixé un calque qui reproduisait, d'après le cadastre, les champs de Taupard. La deuxième indiquait les dates et les lieux des semailles de Milou. Les autres étaient consacrées au stock de graines dont le poids était noté au jour le jour.

À mesure que Milou commentait son travail, Jean-Claude pensait que l'instituteur voyait juste quand il écrivait cette appréciation sur le cahier de devoirs mensuels de son camarade : « Élève précis, méthodique et persévérant. Ne se laisse pas décourager par les difficultés. Veut réussir et réussira. »

– Sa terre des Sagnes, c'était à mes débuts, dit Milou un peu confus. Elle n'est pas fignolée comme il faudrait, sauf la bordure du chemin sur quatre ou cinq mètres de large. Là, ça sera un vrai parterre de fleurs sauvages dans un mois. Ça pousse à une vitesse que c'est un plaisir d'y aller voir. Mais la pente du fond est bâclée. La nuit était venue et j'ai balancé le reste de mon sac n'importe comment. J'aurais dû m'arrêter et y revenir le lendemain matin de bonne heure.

Raymond lui dit qu'il fallait un commencement à tout et qu'il était bien rare de réussir du premier coup ce qu'on n'avait jamais fait auparavant.

Milou poursuivit :

– Les autres champs sont mieux ensemencés. Plus épais surtout. Au total, depuis le début du printemps, j'ai bien balancé cent kilos de graines dans ses terres.

– Ben, l'ami, tu ne lui as pas économisé la camelote ! s'exclama Raymond. Il n'a pas affaire à un ingrat.

– Je crois qu'il n'a pas à se plaindre. Il n'est pas mal servi, dit Milou en riant. En fait, il va recevoir la totalité des mauvaises graines de la commune qui ont échappé au trieur de la batteuse. Mais, vois-tu, je n'aime pas beaucoup cette façon de récupérer la semence. Ça fait du rendement, d'accord. Mais comme il y a toutes sortes de graines mélangées, on ne sait pas ce qu'on sème. C'est du tout-venant, quoi !

Raymond fut de son avis :

– Eh ! oui, parce que dans les mauvaises graines, il y en a qui sont encore plus mauvaises que les autres. C'est celles-là qu'il faudrait sélectionner pour faire du bon travail.

– Voilà, tu as dit le mot juste : « sélectionner ». Et j'y ai déjà pensé. C'est pour ça que j'ai préparé toutes ces boîtes vides que vous voyez sur ces étagères, dit-il en désignant des cartons sur lesquels on pouvait lire :

« PLANTAIN, PISSENLIT, RENONCULE, BLEUET, COQUELICOT, CHARDON, CAROTTE SAUVAGE, NIELLE... »

« Et à mesure que ces espèces seront mûres, je récolterai leurs graines dans mes boîtes.

Jean-Claude examinait une caisse en bois placée sous la table et qui portait cette inscription :

« MAUVAISES MAUVAISES GRAINES »

La répétition de l'épithète l'intriguait, et il demanda :

– Qu'est-ce que ça veut dire ?

– Ça veut dire que tout ce qui est là-dedans est bon à rien. C'est des graines foutues, soit parce qu'elles ont moisi à cause de l'humidité qui monte de la rivière, soit parce qu'elles se sont desséchées avant d'arriver au moulin. Je brasse souvent les tas qui sont dans mes caisses et j'élimine toutes les mauvaises semences. Si je les éparpillais dans les terres de Taupard, elles ne germeraient pas plus que des grains de sable. Et, au lieu de les semer, il vaudrait mieux rester couché, les pieds au soleil et la tête à l'ombre.

– Ça te fait un drôle de boulot, tout ça, constata Raymond. Mais on voit que c'est des graines de premier choix. Pour de la belle semence, on peut dire que c'est de la belle semence.

Il était évident que rarement des graines de la haine n'avaient été traitées avec tant d'amour.

Tout à coup, une jeune voix se fit entendre derrière eux :

– Elles sont belles, celles-là. Elles sont toutes noires et pis elles brillent comme des œils de souris.

C'était Sylvette, la sœur de Jean-Claude, qui était montée sans bruit et qui, dressée sur la pointe des pieds, le nez au ras de l'ouverture des boîtes, admirait leur contenu.

– Comment as-tu su qu'on était là ? demanda Jean-Claude.

La petite releva la tête, écarta la mèche blonde qui retombait sur ses yeux gris-bleu et répondit :

– J'étais dans la chambre et je vous ai vus. Vous passiez dans le chemin. Alors, je suis venue et, en bas, la porte était ouverte et je vous ai entendus. Vous parliez. Alors, j'ai monté.

Puis elle demanda en montrant les graines :

– C'est pour faire quoi ?

– C'est Milou qui veut semer des fleurs, répondit Jean-Claude.

– C'est beau, des fleurs. Tu m'en donneras, Milou ? Moi, quand je me marierai, j'en aurai un bouquet gros comme ça, fit-elle en écartant les bras.

Et, les yeux mi-clos, elle se mit à tourner sur elle-même en caressant de la main une gerbe imaginaire serrée contre sa poitrine.

Mais les garçons ne s'occupaient plus d'elle. Ils descendirent au rez-de-chaussée, tandis que la fillette les suivait en sautant d'une marche à l'autre à cloche-pied.

Ils s'assirent tous à l'ombre d'un chêne, près de la rivière.

Milou dit :

– Depuis quelque temps, j'ai une idée qui me trotte dans la tête. Une sorte de fantaisie. Voilà : je crois que ça serait rigolo de semer des graines de renoncules au pied de la haie de son jardin. Il y a bien trois ou quatre mètres de terre qu'il ne cultive jamais parce que c'est trop en pente. Et comme cette bande de terre domine la route, on la voit bien en passant. Alors, il faudrait tracer de grandes lettres dans le sol pour écrire « COCU » et les farcir de graines de renoncules. Quand elles fleuriraient, toutes jaunes, ça en ferait marrer plus de quatre. J'irais chercher les semences dans un pré au-dessus de la rivière. Les boutons-d'or y sont si beaux et si serrés que, de loin, tu prendrais les taches qu'ils font pour des œufs au miroir.

– Ça veut dire quoi, « cocu » ? demanda Sylvette.

Les garçons se regardèrent interloqués.

Raymond, parce qu'il était l'aîné, se crut obligé de répondre :

– Un cocu, c'est un monsieur que sa femme a deux maris. Un vrai, plus un autre de rechange.

– Même des fois plus de deux, corrigea Milou qui aimait la précision.

– Alors, comme ça, quand il y en a un qui est prisonnier en Allemagne, il en reste toujours un autre avec les enfants et la maman ?

– Oui, répondit Milou, à moins qu'il soit prisonnier lui aussi.

Sylvette réfléchit un instant et dit :

– Moi, quand je serai grande, des maris, j'en aurai deux. Un cocu, puis un de rechange, alors, si...

Milou et Raymond riaient aux éclats, mais Jean-Claude était rouge d'indignation :

– Vous n'avez pas honte d'apprendre des âneries à cette gamine ?

Puis, s'adressant à sa sœur :

– D'abord, « cocu », c'est un gros mot qu'il ne faut pas dire à la maison. Et puis va voir la mémé qui doit se demander où tu es passée. Allez ! Va-t'en !

Mais Sylvette ne semblait pas décidée à les quitter. Elle prit un air boudeur et se mit à regarder ses espadrilles.

Jean-Claude lui saisit la main et lui dit :

– Bon. Eh bien ! je te ramène à la maison.

Mais elle s'échappa en courant, se retourna, leur tira la langue et s'enfuit en chantant sur deux notes retentissantes : « CO... CU… CO… CU… CO… CU… »

Quand elle eut disparu, Milou s'inquiéta :

– Vous êtes sûrs qu'elle ne parlera pas de ce qu'elle a vu à votre grand-mère ?

Jean-Claude le rassura :

– Elle n'y a rien compris. De toute façon, elle ne répète jamais ce que nous disons.

Raymond l'approuva :

– C'est vrai qu'elle est drôlement mignonne, cette petite Sylvette !

– Sans parler qu'elle sera rudement jolie, dit Milou.

Jean-Claude souriait : il était réconcilié avec ses amis.

Milou se mit soudain à rire.

– Ce que Sylvette chante, ça me fait penser qu'il y en a un qui l'a échappé belle. C'est Vignet, parce que si t'avais pas piqué le stylo de Taupard, je lui aurais ensemencé ses champs à lui aussi.

– Et pourquoi ? demanda Raymond.

– Il n'y a que lui et Taupard qui sont brouillés avec mon père. Alors, pour être sûr de ne pas me tromper, je leur aurais partagé mes graines.

À la demande de ses camarades, il leur raconta les circonstances de la brouille.

Un soir, quelques jours avant la déclaration de la guerre, Vignet avait fait irruption au moulin après avoir traversé tout le bourg en portant au bout de son bras tendu un corsage sur un cintre. Un beau corsage noir qui flottait au vent. Sans même saluer le meunier, il lui avait demandé :

– Tu es bien venu livrer de la farine ce matin chez moi, pendant que je n'y étais pas ?

– Oui. Tu le sais bien, avait répondu l'autre qui ne voyait pas où il voulait en venir.

– Et ça, qu'est-ce que c'est ?

– Il me semble que c'est le corsage de ta femme. Pourquoi tu l'apportes ici ?

– Pourquoi ? Eh bien ! regarde…

Il étala avec précaution le vêtement sur la table et l'on put constater que dans le bas du dos était dessinée en farine l'empreinte d'une grande main d'homme, tous doigts écartés.

La querelle avait immédiatement éclaté, Vignet affirmant que cette marque avait été laissée par la main enfarinée du meunier, celui-ci le niant énergiquement.

– D'abord, qu'est-ce qui me prouve que c'est de la farine ? Ça serait-y pas de la chaux, des fois ? Un qui aurait chaulé ses terres et qui serait venu caresser ta femme en revenant ? Hein ! Tu y as-t-y pensé à ça, au lieu de m'accuser ?

L'autre mouilla son index de salive, en appliqua l'extrémité sur la trace blanche et le tendit vers les lèvres du meunier :

– Goûte… Goûte voir, un peu… Allez, vas-y et tu me diras si c'est de la chaux. Ça a un goût à pas s'y tromper, la chaux. Allez, goûte-moi ça !

Le meunier dut obéir et reconnaître qu'il ne s'agissait pas de chaux, mais de farine. Cependant, il ne s'avoua pas vaincu, il affirma que ses doigts, à lui, étaient moins longs que ceux qui avaient laissé cette empreinte. Vignet exigea une démonstration et le père de Milou fut contraint d'enfariner sa main et de l'appliquer sur le corsage. La similitude des deux empreintes était grande, mais non parfaite : le pouce de l'une semblait un peu plus court que celui de l'autre. Le meunier envoya son fils quérir son double décimètre, puis les deux hommes se mirent à prendre des mesures. Mais au moment où Milou se penchait pour donner son avis, son père l'expédia dehors « pour voir s'il y était ». Il sortit à regret, mais resta à portée d'oreille des lieux du conflit.

Avant de s'éteindre, la querelle fit encore une belle flambée d'éclats de voix. Enfin, Milou vit la porte s'ouvrir brutalement et, aussitôt, Vignet jaillir à l'extérieur, comme propulsé par une force invisible. Il partit immédiatement, rouge et vociférant des injures, le corsage noir roulé en boule sous son bras. Il avait oublié son cintre, mais Milou eut le temps d'observer qu'en compensation il emportait, marquée sur le fond de son pantalon, l'empreinte blanche de l'extrémité d'une chaussure d'homme.

– Un bon 44 ! précisa-t-il.

Raymond jugea que c'était bête de se brouiller pour une main et un pied dessinés en farine, alors qu'avec trois ou quatre coups de brosse…

Milou poursuivait son idée :

– Heureusement que j'ai appris que c'était l'autre, le dénonciateur…

– Oui, heureusement, parce que tu aurais fait une injustice, intervint Jean-Claude.

Milou répondit doucement :

– L'injustice, je m'en fous. Si je dis « heureusement », c'est que je pense à moi, parce que ça m'aurait fait au moins dix hectares à ensemencer, ceux de Vignet et ceux de Taupard. Et tu vois, malgré la meilleure volonté du monde, je ne sais pas si j'aurais pu y arriver.

Raymond fut de son avis :

– Pour un qui n'a que ça à faire, je dis pas. Mais il y a l'école… Non, tu n'aurais pas pu soigner tes semences comme il faut. Comme dit mon père, c'est bien beau de prendre des propriétés pour s'embellir, mais faut penser qu'on n'a pas quatre bras.

Puis, se tournant vers Jean-Claude, il dit :

– Viens, il est temps de rentrer.

Avant de se séparer, les trois complices décidèrent de se retrouver à l'écluse au début de l'après-midi. Tout en faisant une partie de pêche, ils mettraient au point la prochaine offensive contre Taupard.

Quand il fut seul, Milou resta longtemps allongé à l'ombre, appuyé sur un coude, les yeux fixés sur les taches de lumière qui frissonnaient sur l'eau. Mais il ne les voyait pas, car il était plongé dans le rêve qu'il faisait souvent.

Il imaginait l'affreux Taupard sarclant, coupant les herbes, débroussaillant, extirpant des racines, ahanant, suant, s'épuisant de l'aube au crépuscule à lutter contre les monstres végétaux sans cesse renaissants. Il dépérissait de jour en jour. Il allait, échevelé, livide, au milieu des *chaussides* [1], sans repos, sans sommeil, tel Caïn dans la récitation *La Conscience* de Victor Hugo.

Parfois, dans le rêve de l'enfant, les herbes parasites grandissaient démesurément autour de Taupard qui, halluciné, se débattait, minuscule, dans une forêt luxuriante de plantes grandes comme des palmiers du Gabon, donnant des coups de hache dérisoires dans leurs troncs épineux. Parfois, le dénonciateur se trouvait, impuissant, comme ficelé dans des enchevêtrements tentaculaires de liserons gros comme des lianes. D'autres fois, il tentait vainement, minuscule comme un insecte, de se frayer un passage dans l'exubérance d'une forêt de renoncules géantes.

Puis un beau jour (beau surtout pour Milou), Taupard, à bout de souffle, décharné comme la momie

1. Chardons.

de Ramsès II de la photo que le maître avait affichée au mur de la classe, Taupard se couchait sur son grabat (car, bien sûr, il s'était ruiné) et, dans un hoquet, en moins de temps qu'il en faut pour le dire, il rendait à Dieu l'âme que celui-ci, vraiment trop confiant, lui avait prêtée quarante ans plus tôt pour en faire bon usage en ce bas monde et non pour dénoncer les pauvres meuniers.

Mais cet incident ne mettait nullement fin à la vengeance méticuleuse de Milou. Il allait régulièrement, au fil des années, semer et entretenir des mauvaises herbes sur sa tombe.

En éliminant les pissenlits de ses semences, car, ainsi que chacun le sait, les morts sont friands de leurs racines.

5

La ferme des Poutarot était située à mi-distance de la rivière et de la place du bourg. Un chemin bordé d'aubépines conduisait à la cour de dimensions médiocres, mais qui s'ornait en son centre d'un vieux puits et d'un énorme tilleul. En arrivant, on voyait en face de soi un alignement de trois bâtiments contigus aux murs de pierres grises et groupés sous la même toiture de tuiles. Sur la droite était la maison d'habitation avec ses deux étages éclairés de six fenêtres. Deux rosiers grimpants encadraient la porte d'entrée à laquelle on accédait par un perron de six marches cn pierre de taille. La grange était au centre avec son grand portail. À gauche se trouvait l'étable où logeaient six vaches.

En face de cet ensemble, il y avait quelques constructions réservées aux animaux de la basse-cour, un fournil et un petit atelier avec une verrière, où Martial exerçait son second métier, celui de sabotier.

Jean-Claude et Raymond en revenant du vieux

moulin avaient rejoint leur grand-mère dans le fournil afin de l'aider à la cuisson du pain.

C'était un moment de grande activité. Le four était chaud. Il fallait agir rapidement. Avec un racloir en bois fixé à un long manche, la grand-mère ramenait prestement vers la gueule du four les braises que les fagots de chêne avaient faites en se consumant, et elle les recueillait dans des seaux que lui présentait Raymond. Elle en laissa cependant une petite quantité qu'elle rassembla sur le côté pour éclairer l'intérieur de la voûte. Elle saisit ensuite un balai fait de tiges de genêt ligaturées, avec lequel elle nettoya les briques brûlantes, ramenant les cendres avec des gestes précis. Cette opération n'avait duré que quelques instants, mais le balai était déjà enflammé quand elle le sortit. Elle le plongea aussitôt dans le seau plein d'eau et le feu s'éteignit dans un grésillement.

Pendant ce temps, Raymond avait préparé la pelle à pain qui était assez large et assez solide pour supporter le poids d'une tourte de six livres et dont le manche mesurait plus de deux mètres. Le garçon avait coincé la tige d'un épi de blé battu dans une fente pratiquée à cet effet à l'extrémité de la palette.

La grand-mère saisit le manche et enfonça la pelle dans le four. Elle la ressortit aussitôt, puis observa l'épi que l'air ardent avait roussi.

– Ça va. On peut y aller, dit-elle en refermant la porte en tôle. Le four est à point.

Cet épi servait de thermomètre. S'il était carbonisé, cela signifiait que la température était beaucoup trop élevée et qu'on risquait de retirer des tourtes noires et dures comme des couvercles de marmites. Dans ce cas, il fallait laisser la porte ouverte pendant quelques minutes pour obtenir le juste degré avant d'enfourner. Par contre, si l'épi n'était qu'à peine roussi, cela signifiait que le four n'était pas assez chaud et qu'on devait encore lui jeter le quart ou la moitié d'un fagot. Tout cela était une affaire d'intuition.

La grand-mère posa l'extrémité de la pelle sur la table où étaient alignés sous une couverture de laine les paniers à pain ronds que l'on nomme *palissous* en Limousin. Elle éparpilla une poignée de farine sur la partie plate de l'outil, puis découvrit prestement l'un des paniers, l'empoigna vigoureusement à deux mains et en un éclair le retourna sur la palette. Elle refaçonna en hâte la pâte entre ses paumes, lui fit rapidement deux estafilades en croix, puis saisit le manche, tandis que Raymond se précipitait pour ouvrir la porte du four. Elle se mit alors à avancer, courbée, les bras raidis par la masse de pâte qui chargeait l'extrémité de la pelle et qu'elle enfonça lentement dans le four. Elle s'approcha encore, les yeux mi-clos à cause de la fournaise et, brusquement, elle donna une secousse au manche afin de faire glisser la pâte sur les briques, au fond de la voûte.

– En voilà une de placée, dit-elle en s'épongeant le front. Mais heureusement que tu es là, Raymond, parce que je ne sais pas si j'y serais arrivée toute seule aujourd'hui, je ne me sens pas bien forte.

En effet, ce travail semblait l'avoir épuisée. Elle chancelait et sa respiration était sifflante.

Raymond l'écarta du bras et dit :

– Laisse-moi faire. Je vais enfourner les autres. T'as pas besoin de t'en faire, je leur trouverai bien une place à chacune. Ça sera ma première fournée et je te garantis bien que je ne la louperai pas.

Elle ne protesta pas. Elle le laissa agir, se contentant de le seconder et de lui donner des conseils.

Quelques minutes plus tard, les six tourtes étaient

en train de cuire. Raymond était radieux. Il se mit à nettoyer et à ranger le fournil sans voir que sa grand-mère s'était laissée tomber sur une chaise. Elle s'efforçait de sourire, mais Jean-Claude se rendait compte que ce travail l'avait épuisée. Tout à coup, il prit conscience avec stupeur qu'il n'avait jamais regardé attentivement sa grand-mère, qu'il ne s'était jamais aperçu que son front avait tant de rides et que ses cheveux étaient si blancs, et il eut soudain envie de pleurer et de l'embrasser. Il la regarda encore comme s'il la voyait pour la première fois et il pensa qu'elle avait dû être très belle autrefois avec ses traits fins et ses beaux yeux gris-bleu comme ceux de Sylvette et de sa mère. Elle vit l'émotion de l'enfant. Alors elle se leva et dit avec une bonne humeur un peu forcée en posant la main sur l'épaule de son petit-fils :

– Ce n'est rien. Ne t'inquiète pas. C'est passé. Mais, vois-tu, j'ai soixante-treize ans et je dois m'estimer heureuse de pouvoir faire encore tout ce que je fais. Bien sûr, la machine marche moins bien qu'à vingt ans, mais personne n'y peut rien. On est bien obligé de l'accepter… N'empêche que je ne serais pas fâchée s'il y avait ici une jeune femme de trente-cinq ans pour me remplacer. La maison devient trop lourde pour mes épaules.

Puis elle plaisanta, comme d'habitude quand elle ne voulait pas avoir l'air malheureuse :

– Et dire que je suis venue ici malgré moi, à cause des cerises. Tout ça parce que deux femmes, qui ne se connaissaient même pas, ont eu, l'une et l'autre, envie d'en manger, et ça à treize ans d'intervalle… Voilà ! mon destin, à moi, dépendait des cerises…

Elle ajouta en riant :

– Saletés de cerises !

Puis elle dit :

– Allez ! au travail, maintenant. Et surtout que personne ne me chante *Le Temps des cerises* pour m'encourager !...

Les cerises...

Les garçons lui avaient souvent demandé :

– Raconte-nous l'histoire des cerises.

L'histoire des cerises, c'était l'histoire de sa vie.

Elle s'appelait Pauline. Elle était née en 1868 dans ce pays de plateaux qui s'étend entre Semme et Gartempe, aux confins de la Haute et de la Basse-Marche. Elle y avait vécu son enfance et son adolescence et, à soixante-treize ans, elle en gardait encore la nostalgie. Elle disait que les hivers y sont moins longs et moins durs que dans ces collines où le vent hurle interminablement sur les brandes ; que le printemps y est plus précoce que dans ces terres de misère où l'humidité de l'hiver suinte encore en mai au fond des prés mangés de joncs ; que les étés y sont plus riches ; qu'on y voit, au lieu des parcelles de blé noir ou de seigle, de grandes nappes de froment qui ondulent sous le soleil et le vent de juillet ; qu'en automne, on y laboure à plein soc, pour les semailles, une terre grasse et profonde, alors qu'ici la charrue ne fait que la griffer sur la roche qui affleure presque partout.

Elle était la cadette d'une famille de huit enfants. Son père avait une sœur qui avait réussi à Paris, c'est-à-dire qui avait réussi à épouser son patron, un quincaillier aisé de Charonne. À seize ans, Pauline fut mise en condition – comme on disait alors – chez sa tante. Autrement dit, elle devint sa bonne à tout faire. Dès les premières semaines, elle lui apprit à allumer un réchaud à gaz, à cirer les parquets, à faire mijoter le bœuf en daube, à marchander chez les commerçants, puis à vérifier la monnaie qu'ils lui rendaient. En revanche, Pauline dut apprendre seule à faire danser l'anse du panier pour s'offrir de menues fantaisies, car son père s'était réservé la quasi-totalité de ses gages. Sa tante se chargea peu à peu de son éducation. Quelques années plus tard, la petite paysanne qu'elle était en arrivant à Paris était devenue une belle jeune fille qui savait lire et écrire, s'habiller avec goût, se tenir à table et participer à une conversation.

En 1893, alors qu'elle était depuis neuf ans chez eux, son oncle et sa tante pensèrent à l'établir. Ils lui présentèrent un jeune homme qui travaillait dans une forge du faubourg Saint-Antoine. Il était trapu, de taille médiocre et un peu sourd, mais l'oncle disait que cette infirmité ne pouvait pas lui nuire dans l'exercice de son métier. Au contraire. Ce garçon ne plaisait pas beaucoup à Pauline, mais elle savait que lorsqu'on est pauvre, on n'a pas le droit d'être exigeant, et le mariage aurait sans doute eu lieu si les cerises fatales n'avaient pas été jetées dans le plateau de la balance.

Un matin de juillet, sa tante dit tout à coup qu'elle avait une envie folle de cœurs-de-pigeon. Pauline dut se préparer en hâte pour aller en acheter un kilo.

Elle étrennait ce jour-là une robe d'été toute rose et un corset à baleines achetés au Bon Marché. Alors que, fraîche et belle, elle allait arriver devant un immeuble dont les maçons crépissaient la façade, l'un d'eux, un grand jeune homme brun, descendit précipitamment de l'échafaudage en la voyant venir. Il lui dit en enlevant sa casquette d'une main et en retroussant poliment sa moustache de l'autre :

– Excusez-moi, Mademoiselle, de vous aborder comme ça. Vous allez me trouver bien effronté, mais il faut que je vous explique que j'ai fait un pari avec les deux idiots que vous entendez rire en haut de l'échafaudage.

Elle eut envie de l'écarter du bras et de poursuivre son chemin. Mais elle le regarda : il était tout intimidé, tout honteux de son audace et il tordait sa casquette dans ses mains.

Alors, elle demanda :

– Et qu'est-ce que vous avez parié ?

– J'ai parié que j'embrasserai la première fille qui passera dans la rue.

Comme elle se tenait toute raide devant lui – à cause du corset neuf –, il crut qu'elle était très fière et il ajouta en se reculant, prêt à remonter à l'échelle :

– Mais je vois bien maintenant que je suis aussi bête qu'eux et que vous ne voudrez pas me le permettre.

Elle pensa qu'il était convenable de prendre un air fâché et de répondre, comme cela se faisait alors en de semblables circonstances, qu'elle n'était pas celle qu'il croyait. Mais il se tenait si gauchement devant elle, avec des yeux si doux et si émerveillés de la trouver si jolie... Il avait de si belles moustaches... Et le ciel était si bleu... Alors, elle dit en souriant :

– Eh bien ! je vous permets de gagner votre pari.

Il devint tout rouge, inclina sa haute taille en écartant les bras pour ne pas salir la belle robe rose et posa très délicatement ses lèvres sur la joue de Pauline.

Il balbutia des remerciements en se recoiffant, mais elle était déjà partie.

L'un des compagnons cria du haut de la façade :

– Sa pa cé qué té y a di, mâ y a vu cé qué té ya feï, a la fillo, et té l'a gagna toun pari.

(– Je ne sais pas ce que tu lui as dit, mais j'ai vu ce que tu lui as fait, à la fille, et tu l'as gagné, ton pari.)

Elle se retourna en riant et demanda au jeune homme :

– Mâ ô sé Limousi ! D'inté sé vou ?

– Ei sé dé Saint-Serni-la-Mountagno. Ei m'appelle Eugène Poutarot. E vou, d'inté sé vou ?

(– Mais vous êtes limousin ! D'où êtes-vous ?)

(– Je suis de Saint-Sernin-la-Montagne. Je m'appelle Eugène Poutarot. Et vous, d'où êtes-vous ?)

Ils se revirent le lendemain, puis les jours suivants. À la Noël, ils étaient mariés.

À cause des cœurs-de-pigeon !

La cérémonie eut lieu à Saint-Sernin où ils restèrent jusqu'en janvier avant de regagner Paris.

Avant son mariage, Eugène avait été un de ces nombreux émigrants saisonniers, maçons, plâtriers ou tailleurs de pierre, qui désertaient, du début du printemps jusqu'à la fin de l'automne, les terres pauvres de la Marche et du Limousin.

Quand les premiers vols de grues traversaient le ciel chargé des giboulées de mars, en laissant tomber des grincements de treuils grippés, ceux de Jabreilles et des Billanges partaient pour la Champagne, pour Reims, pour Épernay ; ceux des villages perdus dans les collines boisées du nord de la Haute-Vienne descendaient les pentes des monts d'Ambazac et retrouvaient sur le chemin de Paris ceux des bourgades et des villages du versant nord, de Laurière, de Bersac, de Bessines ou de Saint-Pardoux.

Le printemps, l'été et une partie de l'automne passaient… Puis, un jour de novembre, longtemps après le départ des hirondelles, on revoyait les angles ondoyants des grues sillonner le ciel, mais cette fois ils étaient pointés vers le sud. On savait que ces oiseaux migrateurs ramenaient les maçons qu'ils avaient emmenés au printemps. Et l'espoir des prochaines retrouvailles chassait la mélancolie que faisait naître l'approche de la mauvaise saison.

Enfin, ils arrivaient, les uns après les autres, par petits groupes, à quelques jours d'intervalle, souliers ferrés, pantalons de gros velours, longues blouses bleues. Ils étaient bardés de musettes d'où dépassaient des manches d'outils et portaient sur l'épaule un solide bâton auquel était accrochée leur malle à quatre nœuds, comme ils disaient, c'est-à-dire leur balluchon dans lequel ils rapportaient avec leur linge et leurs vêtements quelques douceurs pour ceux qui les attendaient à la maison (du tabac pour l'ancien, un caraco de Paris pour la femme, des berlingots pour les enfants). Ils rapportaient aussi quelques louis d'or dans leur gousset ou dans leur mouchoir noué.

Du temps d'Eugène, la plupart voyageaient par le chemin de fer. Ceux de la génération précédente, qui étaient devenus trop vieux pour manier la truelle et qui jadis avaient suivi à pied plus de quatre-vingts fois les grues (près de quatre cents kilomètres parcourus à pied en une huitaine de jours, deux fois par an), ceux-là, tout en bourrant leur pipe, leur demandaient malicieusement s'ils n'étaient pas trop fatigués, s'ils n'avaient pas perdu trop de clous en venant.

Les femmes s'affairaient pour préparer un repas de fête. Ce jour-là, les fagots crépitaient allégrement dans les fours et le duvet volait comme neige dans les basses-cours.

Les arrivants étaient heureux. On écoutait leurs récits. On leur posait des questions. Ils étaient ceux qui revenaient de loin, qui avaient vu des choses que les autres ne connaissaient pas. Ils n'étaient pas pressés de profiter de leur bien-être. Ils avaient tout l'hiver pour se refaire du sang neuf en dormant tout leur aise sous les gros édredons rouges ou en mangeant des châtaignes, les pieds aux tisons.

Ils faisaient connaissance avec les nouveau-nés de l'été ou de l'automne, époque à laquelle le registre des naissances restait ouvert dans les mairies après avoir croupi sous la poussière tout le reste de l'année. (En dehors de cette période, on enregistrait parfois une naissance isolée, consécutive au passage d'un colporteur auvergnat, d'un ramoneur savoyard ou d'un rempailleur de chaises italien. Mais c'était très rare, non parce que les femmes de Saint-Sernin étaient plus honnêtes ou plus adroites que celles des villages des vallées ou des plateaux, mais parce que les fortes pentes des routes d'accès décourageaient ces immigrés.)

Passé l'euphorie du premier jour du retour, chaque maçon reprenait rapidement sa famille en main, afin de faire comprendre aux sédentaires qu'il y avait désormais un maître à la maison.

Dès le lendemain, ils trouvaient un motif plausible pour rappeler à la marmaille, avec gestes à l'appui, qu'une paume d'homme dans la force de l'âge est plus redoutable que celle d'une femme ou d'un vieillard, surtout quand elle tombe comme un battoir sur les fesses ou les joues.

Quand les rapports des forces étaient clairement rétablis du côté des enfants, c'était au tour des femmes. Certaines auraient pu s'imaginer que le fait d'avoir trimé seules ou presque seules pendant les durs travaux de l'été pouvait leur donner droit à une parcelle d'autorité après le retour de leurs maris. Ceux-ci, afin de dissiper toute équivoque, poussaient, à la première occasion, des coups de gueule plus forts que de raison qu'ils ponctuaient de coups de poing virils qui faisaient sauter la vaisselle sur la table. Mais ils n'insistaient pas. C'était juste pour faire comprendre aux femmes que leur indépendance n'était pas pour sitôt. Elles non plus n'insistaient pas. Elles mettaient en sécurité les assiettes et les verres et se taisaient, sachant que leur tour reviendrait et qu'il durerait plus longtemps que celui des hommes.

À la fin de février ou au début de mars, ils tiraient par le licou les bêtes qu'ils avaient mises à l'engrais pendant l'hiver et ils allaient les vendre aux foires des environs. Puis, un jour, ils remettaient dans les musettes les fils à plomb, les niveaux, les taloches, les ciseaux, les marteaux, les équerres, les broches à pierre, les massettes et toute la gamme des truelles : les langues-de-chat, les longues, les rondes, les carrées, les triangulaires… ; ils graissaient leurs gros souliers et ils préparaient leur départ, tandis que les femmes remplissaient la malle à quatre nœuds de linge propre et que dans les mairies on rangeait le registre des mariages…

Après la noce, Pauline et Eugène passèrent deux semaines à Saint-Sernin, puis ils revinrent à Paris. Ils s'installèrent boulevard Ornano, dans un bel immeuble bourgeois avec tapis dans l'escalier, eau et gaz à tous les étages. Sauf au septième, celui des chambres de bonnes. Le leur, où ils occupaient deux pièces exiguës et contiguës qui présentaient l'originalité de communiquer entre elles seulement par le couloir ou par la gouttière en zinc.

Cet hiver, leur logement accusa sans indulgence les températures extérieures et le thermomètre que Pauline avait gagné à une loterie de la foire du Trône y faisait des sautes d'humeur dignes d'étonnement. Eugène disait que ça n'avait pas grande importance parce qu'ils ne restaient chez eux que le temps d'y dormir et que le lit était fort étroit. Il limousinait dix heures par jour et rentrait écroulé de fatigue, souvent avant Pauline qui avait trouvé une place de femme de ménage dans un garni.

Le gel qui sévit cet hiver-là jusqu'à la fin de février orna les vitres de motifs admirables, dispensant ainsi la jeune femme d'acheter des rideaux. Quand le temps s'adoucit, ils découvrirent qu'il y avait, entre les toits des immeubles d'en face, de belles échappées sur la banlieue. On voyait même la campagne au loin par-delà les fortifs, par temps clair, c'est-à-dire les jours de grève, quand les cheminées des usines et des fabriques de la proche banlieue ne fumaient pas. Et, en se penchant, le buste couché sur la gouttière, on apercevait sur le boulevard la vitrine d'un fleuriste qui jetait une jolie note de verdure dans la grisaille des pierres.

Au mois de juin, le couple qui avait fait quelques économies déménagea pour s'installer dans l'appartement situé au-dessous du leur, au sixième. Le tapis n'arrivait pas jusqu'à cet étage, car après s'être luxueusement étalé jusqu'au troisième, il rétrécissait avant de disparaître complètement à partir du cinquième. Mais leur appartement avait effectivement l'eau et le gaz. À cette époque, on gravissait les barreaux de l'échelle sociale en faisant descendre son mobilier d'étage en étage pour se rapprocher des gens de la haute qui, eux, habitaient au premier.

Les années passèrent. Leur situation matérielle s'améliora. Eugène s'était spécialisé dans le béton armé. Pauline devint vendeuse, et plus tard caissière dans une bonneterie. Puis vinrent les enfants. Martial en 1900, Lucie en 1904.

Leur vie s'écoula difficile, mais heureuse jusqu'en 1906. Brusquement, Eugène se trouva au chômage au printemps de cette année-là et, au mois de juillet, les cerises pesèrent une nouvelle fois sur leur destin, mais cette fois à distance.

Au début de l'été les griottes commençaient à mûrir dans le verger des Poutarot à Saint-Sernin. La mère d'Eugène, qui les surveillait presque aussi attentivement que les merles et les geais des alentours, pensa, un matin, qu'elle pourrait, en choisissant les plus mûres, en cueillir suffisamment pour faire un clafoutis et alla chercher une échelle qu'elle dressa contre le tronc.

Son mari, en rentrant des champs, la trouva allongée sous l'arbre, immobile, une cerise entre les dents.

Dès qu'ils eurent reçu la dépêche, Eugène et Pauline achetèrent des vêtements noirs, confièrent les enfants à la tante de Charonne et vinrent à l'enterrement. Ils repartirent le soir même pour Paris. Mais la décision d'Eugène était prise, irrévocablement : il ne voulait pas laisser son père vivre seul, car, selon lui, une maison sans femme était vouée à la ruine. Il disait que son devoir était de revenir s'installer à Saint-Sernin avec sa famille. Pauline tenta vainement de le dissuader. Ils eurent, à cette occasion, leur première véritable dispute. Elle résista pendant plusieurs semaines et, finalement, elle céda, la mort dans l'âme. Ils vendirent leurs meubles et, tous les quatre, ils quittèrent Paris définitivement.

Pauline avait trente-huit ans. Les vingt-deux ans pendant lesquels elle avait vécu dans la capitale l'avaient marquée pour le reste de ses jours. Elle ne devint jamais une paysanne comme les autres. Elle n'essaya d'ailleurs pas. Toutes ses voisines l'estimaient et la respectaient. Elles l'appelaient Madame Pauline, et non la Poutarote, comme ses devancières. Elles venaient parfois la consulter quand elles avaient des problèmes à résoudre. Mais aucune ne se laissa aller à la familiarité ni ne chercha à devenir son amie. Il faut dire qu'elle manifestait en maintes circonstances un humour froid qui pouvait être interprété pour de l'ironie et qui souvent décontenançait ses interlocuteurs.

La vie avait passé. Il y avait eu des années de dur travail, mais qui, avec le recul, lui apparaissaient comme ses dernières années de bonheur. Son beau-père les quitta quelques semaines avant la guerre de 14. Martial, qui heureusement était trop jeune pour participer à la grande boucherie, avait seulement fait l'occupation de la Rhénanie en 1919. Pauline était devenue veuve en 1922. Et, depuis, le malheur avait été son lot. Martial s'était marié, mais sa femme, Adrienne, était morte en 1937. La défaite de 1940 avait laissé à Pauline les deux enfants de sa fille Lucie qui était rentrée seule à Paris après l'armistice pour reprendre ses fonctions au secrétariat de la mairie du XXe arrondissement, alors que son mari était prisonnier en Allemagne.

Ainsi, à soixante-treize ans, Pauline avait à sa charge son fils et ses trois petits-enfants.

6

On n'était qu'à la fin du mois de mai, pourtant, il faisait ce jour-là une grande chaleur comme au cœur de l'été.

Raymond sortit de sa poche son couteau, son *108 Girodias*, comme il l'appelait, puis il se tailla une gaule dans une pousse de noisetier. Milou l'aida à attacher à l'extrémité flexible deux mètres de fil à coudre qu'ils lestèrent ensuite de deux chevrotines fendues fixées à une quinzaine de centimètres de l'hameçon, un numéro 14. Il lui dit :

– Tu as raison de plomber fort pour le goujon, sinon l'appât ne descend pas assez vite et les *gardèches* [1] ont tout le temps de le grignoter et même de le dévorer avant qu'il arrive au fond.

Milou alla prendre sa canne de roseau dans la salle basse du vieux moulin et ils accrochèrent un ver de terre à chaque hameçon. Ils se déchaussèrent,

---

1. Vairons.

puis avancèrent prudemment sur les pierres polies par l'érosion qui formaient un barrage oblique d'une rive à l'autre de la rivière.

Le fils du meunier qui connaissait bien son écluse expliqua sa technique à Raymond :

– La meilleure façon de prendre beaucoup de goujons, c'est de les pêcher à vue. Mais pour ça, il faut les chercher. Ils sont toujours par petites bandes, mais malheureusement, ils se déplacent et, quand on en a épinglé quelques-uns au même endroit, les autres doivent se dire : « Attention, ça va être notre tour ! » Et ils se tirent. Alors, il faut aller ailleurs pour en trouver d'autres.

Raymond s'arrêta soudain, les bras en croix :

– En voilà quelques-uns, chuchota-t-il.

Milou se pencha. Sept ou huit goujons se tenaient immobiles sur le sable, entre les pierres. Parfois, l'un d'eux se déplaçait lentement en lançant au fond de la rivière des miroitements d'or pâle.

– Tu vas voir comment je m'y prends, dit Milou. D'abord, tant qu'à faire, je choisis le plus gros de la bande. Aujourd'hui, ça sera le pépère qui a le nez tourné vers la roche pointue. Maintenant, je lui laisse descendre le ver lentement, juste devant le nez. Voilà !...Comme ça...

Le ver tomba au fond et se mit à se tortiller devant les barbillons du poisson qui demeurait pourtant inexplicablement immobile, comme indifférent.

– Il est aveugle ou quoi ? dit Raymond. Le ver lui chatouille les moustaches et il n'en veut pas. C'en serait-y un, par hasard, qui viendrait de faire un bon gueuleton et qui n'aurait pas faim ?

– Attends. Tu vas le voir, s'il n'a pas faim.

Et d'un mouvement brusque du poignet, Milou déplaça vivement l'appât d'une dizaine de centimètres. Le poisson fonça aussitôt et s'immobilisa devant le ver qui, peu à peu, disparut dans sa gueule, comme aspiré.

– Tu ne peux pas savoir comme c'est contrariant, ces bestioles, dit Milou. Tu leur donnes du manger, ça n'en veut pas. Tu le leur ôtes, ça saute dessus.

Ensuite, il ne prit pas le goujon en traître. Au contraire, il l'avertit charitablement :

– Attention au décollage ! Cramponne-toi à l'hameçon !

Puis il ferra énergiquement. Si énergiquement que le poisson fut tiré hors de l'eau avec une telle violence que Raymond n'eut que le temps de baisser la tête pour éviter de le recevoir en plein visage, alors qu'il décrivait son premier cercle aérien autour d'eux.

Milou tendit le bras et happa le poisson avec la main.

– C'est un gros. C'est un goujon de courant. Ceux-là, les Limougeauds les appellent des « taulards », dit-il en le décrochant.

– Si ça continue comme ça, dit Raymond, on va faire une sacrée friture.

Une heure plus tard, Jean-Claude qui pêchait seul, à une cinquantaine de mètres d'eux, se demandait s'il allait enfin voir s'enfoncer son flotteur. Pas une touche. L'antenne de bois qui surmontait le petit fuseau de liège rouge et blanc restait désespérément dressée à la surface de l'eau, dérivant doucement au fil du courant.

Pourtant, Milou lui avait recommandé cet endroit en lui disant :

– Juste devant toi, il y a un trou de deux mètres cinquante au moins. Je te jure que les goujons s'y plaisent et ça ne m'étonnerait pas si c'était toi qui en prenais le plus.

En outre, c'est à lui que Raymond avait confié la belle canne à pêche de Martial : trois brins de bambou noir avec viroles, anneaux en cuivre et moulinet à cliquet.

Jean-Claude ne se décourageait pas encore. Il pêchait avec application, relevant sa ligne à la fin de chaque coulée, la relançant en amont, veillant à conserver le fil toujours convenablement tendu entre le flotteur et l'extrémité du scion.

Mais, comme il entendait les deux autres qui comptaient bruyamment leurs prises et qui, parfois, riaient aux éclats, il se disait qu'il serait sans doute préférable de les rejoindre.

Soudain, des pas légers sur le sentier le firent sursauter. Il se retourna et vit s'avancer une fille d'une quinzaine d'années. Elle avait le teint très foncé, des yeux sombres et des cheveux d'un noir brillant qui lui tombaient jusqu'aux épaules. Il comprit qu'elle faisait partie de la tribu de bohémiens qui avaient arrêté la veille leurs trois roulottes près du pont, dans le communal réservé aux nomades, après avoir traversé le village sous les aboiements des chiens.

Elle portait une gaule à la main et un panier de pêcheur en bandoulière. Elle était vêtue d'une robe à volants verts sur laquelle s'injuriaient de grandes fleurs bleues, jaunes et rouges. Ses pieds étaient nus dans des souliers d'homme dont les lacets avaient été remplacés par des ficelles.

Derrière elle, cramponné d'une main à un volant de la robe, trottinait un être de petite taille que Jean-Claude prit d'abord pour un jeune enfant, car il était vêtu d'un chandail à rayures ; mais, quand il l'eut examiné, il vit qu'il avait des avant-bras velus, des yeux ronds et luisants sous une arcade sourcilière épaisse et un nez épaté avec de larges narines. Il reconnut alors le jeune chimpanzé qu'il avait aperçu de loin, faisant des pirouettes sur le toit d'une des roulottes.

La fille s'arrêta au bord de l'écluse et Jean-Claude remarqua que sa gaule de roseau n'avait pas de moulinet, de sorte qu'elle avait le bras gauche tendu à l'horizontale, la paume tournée vers le ciel et qu'elle portait, accroché à ses doigts écartés, tout le fil de sa ligne replié en quatre ou cinq boucles qui pendaient presque jusqu'à terre.

Jean-Claude la regardait, vivement intrigué. Elle s'en aperçut et lui dit :

– Alors, petit *gadjo*, tu n'as jamais vu pêcher à la mouche ?

– Pourquoi m'appelles-tu *gadjo* ? lui demanda-t-il en s'approchant d'elle.

Elle parut étonnée par cette question, puis un large sourire découvrit ses dents très blanches.

– *Gadjo ?...* mais c'est parce que tu es un étranger... parce que tu n'es pas un Manouche comme nous... parce que tu vis dans une maison et pas dans une roulotte... C'est pour ça que nous, on vous appelle des *gadjé*, expliqua-t-elle sans mépris.

Jean-Claude, un peu surpris d'apprendre à dix ans qu'il était un *gadjo*, lui répondit simplement :

– Nous autres, on ne vous appelle pas les Manouches, mais les bohémiens et des fois les rabouins ou les romanichels.

Puis il demanda :

– Fais-moi voir comment tu pêches à la mouche.

Elle lui montra l'appât artificiel qu'elle tenait entre le pouce et l'index de la main gauche. C'étaient de petites plumes rousses et beiges attachées comme des ailes d'insectes à un hameçon à demi enrobé de fil noir et jaune.

– C'est mon frère Babik qui les fabrique avec des plumes de coq.

Puis, de la main droite, elle dressa sa canne à la verticale et se mit à lui imprimer de brèves secousses. Jean-Claude vit le scion fouetter l'air à coups réguliers, tandis que le fil montait au-dessus de leurs têtes en sifflant et en décrivant des S de plus en plus amples à mesure qu'elle le libérait de la main gauche, doigt après doigt. Enfin, elle donna un coup de poignet plus sec et les sept ou huit mètres de fil se déployèrent en ligne droite, vers l'amont. Jean-Claude médusé suivit du regard la mouche artificielle qui se posa à la surface de l'eau, légère comme un pétale, entre les deux branches basses d'un chêne, tout près de la rive opposée.

Il y eut aussitôt un remous. La fille ferra et ils eurent juste le temps d'apercevoir un gros poisson qui fit un soleil au-dessus de la rivière et qui y replongea aussitôt dans une gerbe d'eau. Le petit singe trépignait, battait des mains et poussait des cris aigus.

– C'est le deuxième poisson blanc que je rate parce qu'il se décroche, dit la fille en ramenant sa ligne. Mon hameçon ne pique plus assez. Il faudra que je demande à mon frère de l'aiguiser. Je vais le remplacer. Allez, viens, Plouki.

Dès que la fille et le singe eurent disparu derrière les touffes de noisetiers sauvages, Jean-Claude revint près de sa gaule qu'il avait posée sur une courte fourche de bois fichée en terre. Pendant son absence, le courant avait entraîné le flotteur sous une souche de vergne. Le garçon se préparait à relever sa ligne lorsque le fuseau de liège s'enfonça brusquement dans l'eau, remonta un instant à la surface, puis replongea de nouveau en glissant rapidement vers le milieu de la rivière. Aussitôt, le moulinet se mit à cliqueter, tandis que le fil se déroulait à toute vitesse.

Jean-Claude, le cœur battant la chamade, les mains tremblantes, souleva sa canne en s'efforçant de retenir la soie entre ses doigts. Mais le fil glissait malgré lui, tiré vers le fond par une force extraordinaire qui courbait par saccades le scion en demi-cercle. Il se campa d'aplomb, cala le talon de la gaule contre son ventre et cambra les reins. Mais il lui était impossible de maîtriser le poisson qui dévidait toujours le fil du moulinet et qui fuyait instinctivement vers des branches immergées à une dizaine de mètres en aval.

Jean-Claude comprit qu'il allait perdre la partie si le poisson parvenait à atteindre ce refuge où il pourrait embrouiller la ligne. Alors il appela :

– Raymond, Milou, venez vite ! J'en tiens un... Un gros ! Mais je ne peux pas le ramener.

– On arrive, cria Milou. Surtout n'essaie pas de le sortir de force. Tu casserais tout. Donne-lui du fil et laisse-le se fatiguer.

Jean-Claude desserra un peu les doigts et la soie se mit de plus belle à cisailler le miroir de l'écluse. Tout à coup, le flotteur remonta et se coucha à la surface, le fil se distendit et retomba sur l'eau : toute résistance avait cessé.

– Il s'est décroché, cria Jean-Claude désespéré.

Les deux autres arrivaient en courant.

Milou examina la ligne et dit :

– Ce n'est pas sûr qu'il se soit décroché. Il revient peut-être vers toi. Mouline !… Qu'est-ce que tu attends ? Mouline en vitesse et redresse ta gaule à la verticale.

Jean-Claude obéit et, un instant plus tard, il poussa un cri de joie en sentant de nouveau les secousses que le poisson transmettait à la canne.

– Il monte ! Regardez-le ! dit Raymond, le doigt tendu vers le milieu de la rivière.

En effet une forme allongée apparut, venant du fond. Elle glissa un instant à fleur de l'eau, la nageoire dorsale à l'air libre.

Les trois garçons retenaient leur souffle.

– C'est une truite, chuchota Milou. Et une belle ! Faites-moi confiance, il n'y en a pas beaucoup comme celle-là dans la rivière.

– Elle commence à être fatiguée, dit Raymond.

– Pas assez. Il ne faut pas la ramener encore, dit Milou. Il faut la laisser nager en lui tenant seulement la gueule sortie de l'eau. Ça s'appelle noyer un poisson. Je n'ai d'ailleurs jamais compris pourquoi.

La truite décrivait lentement de grands cercles, mais elle faisait encore de temps à autre une tentative violente pour plonger.

– Pourvu qu'elle ne se décroche pas, répétait Jean-Claude.

Raymond qui s'était accroupi dans l'herbe observa la gueule du poisson quand il passa près de lui. Il conclut :

– Pas de danger qu'elle se décroche. Le clou est solidement enfoncé dans sa babine du haut.

Milou saisit l'épuisette de Martial et la plongea délicatement dans la rivière en disant :

– Maintenant, ramène-nous ce monstre qu'on voie de près comment il est fait.

Jean-Claude récupéra encore du fil et le rayon des cercles diminua. La truite n'avait plus guère de forces, aussi se laissa-t-elle traîner sans résistance à la surface de l'eau jusqu'à l'épuisette que Milou releva d'un geste rapide.

Ils poussèrent un cri de triomphe et se précipitèrent pour admirer leur capture. Jean-Claude s'aperçut alors que ses mains et ses genoux tremblaient.

Raymond sortit la truite du filet de l'épuisette en la saisissant à poignée, derrière les ouïes et il dégagea l'hameçon, tandis que la queue fouettait son bras, puis il la laissa tomber sur l'herbe.

Ils se penchèrent tous les trois.

– Elle est drôlement belle, dit Jean-Claude. Je n'aurais jamais cru en prendre une pareille dans ma vie.

Il était émerveillé. Il la touchait, il caressait ses écailles.

– C'est une sacrée bête ! dit Raymond en la soupesant. Elle fait bien une livre et demie.

Quand ses deux compagnons l'eurent quitté pour reprendre leur poste à la retenue de l'écluse, Jean-Claude coupa des fougères et en tapissa le fond du panier de Martial. Il y coucha la truite et, à plat ventre dans les herbes pleines des senteurs du mois de mai, accoudé, le menton entre les paumes, il resta longtemps à l'admirer. Elle était plus longue que son avant-bras et aussi large que sa main. Son flanc et son dos avaient des taches rouges et noires avec des auréoles d'un bleu laiteux. Ses opercules se soulevaient encore et, parfois, elle s'arquait et sautait désespérément dans le panier.

Tout à coup, des cris s'élevèrent dans la vallée. Jean-Claude se redressa.

– Au secours ! Au secours ! appelait une voix féminine.

Il s'élança dans le sentier, précédé de peu par Milou et suivi par Raymond.

À une centaine de mètres du vieux moulin, ils trouvèrent la jeune bohémienne debout au pied d'un chêne, les yeux levés. Elle gémissait, au bord des larmes :

– Regardez-le ! Il est là-haut. Il ne veut pas descendre.

Ils virent le jeune singe accroupi sur une branche, à mi-hauteur de l'arbre qui les regardait avec des yeux fous de terreur.

La fille le suppliait :

– Descends, Plouki ! Descends !

L'animal leva le bras, saisit une branche au-dessus de sa tête et grimpa encore plus haut avec une aisance étonnante, puis il se cacha derrière le tronc.

La bohémienne se retourna vers les trois garçons.

– Il vient d'être mordu par cette vilaine bête, leur dit-elle en désignant le cadavre d'un aspic sur le bord du chemin. Il s'amusait dans les genêts pendant que je pêchais. Il s'est mis à crier. Alors, je suis venue et j'ai tué la vipère avant qu'elle se fourre sous les ronces. Mais Plouki s'est sauvé et il a grimpé dans l'arbre. Et maintenant, il va mourir parce qu'il ne veut pas descendre.

– Le venin va lui empoisonner les sangs, s'il reste là-haut, dit Raymond.

Milou prit la direction des opérations de sauvetage.

– Il faut monter le chercher. Allez, les gars ! À l'abordage !

Quand le chimpanzé les vit grimper lestement vers lui, il quitta sa cachette et se sauva à l'extrémité d'une grosse branche. Milou s'y suspendit aussitôt et se mit à se balancer, les pieds dans le vide. L'animal ainsi secoué quitta son perchoir et descendit plus bas. Raymond et Jean-Claude agitaient l'une après l'autre toutes les branches sur lesquelles il cherchait refuge. Mais il refusait toujours de descendre. Enfin, la bohémienne leur tendit une perche avec laquelle ils malmenèrent la pauvre bête qui, complètement affolée, finit par sauter à terre en poussant des cris de terreur.

Quand ils furent descendus à leur tour, ils trouvèrent le petit singe dans les bras de la fille, blotti contre son épaule et lui léchant le visage en gémissant pitoyablement.

– Regardez, il a été mordu au bras. Il faut que je fasse sortir le venin, dit-elle.

Elle saisit la patte du chimpanzé, la porta à ses lèvres et se mit à aspirer le sang souillé de venin, le crachant aussitôt.

Les garçons étaient inquiets.

– Il va peut-être mourir, disait Jean-Claude en caressant la tête du petit animal.

– Comment c'est fait, une piqûre de serpent ? demanda Raymond.

Elle leur montra, parmi les poils, une petite écorchure d'aspect presque anodin.

– Ça commence à enfler, remarqua Jean-Claude. Il faudrait lui injecter du sérum antivenimeux. Il y a une trousse à l'école.

La bohémienne le regarda avec un souverain mépris et lui répondit :

– Mon grand-père guérira Plouki sans piqûre. Il sait les herbes et les prières magiques.

L'animal gémissait toujours. Alors elle se mit à lui parler à l'oreille, à mi-voix, dans une langue que les garçons ne connaissaient pas. C'était une musique très douce où roulaient parfois des sons gutturaux.

Raymond affirma avec autorité :

– Les morsures de serpents, c'est au programme du certificat. Ton singe, il peut dire qu'il a de la chance, il ne pouvait pas mieux tomber, parce que j'ai justement révisé ça hier matin dans mon livre de sciences. Et pour une fois, comme il faut. Y en a peut-être pas un autre à Saint-Sernin qui connaît aussi bien la question que moi. Et tu peux croire – et ces deux là peuvent te le dire – que je n'aime pas me vanter. Voilà : ce qu'il faut faire premièrement, immédiatement et sans délai, ça s'appelle un garrot.

La fille le regardait, presque subjuguée. Il s'adressa à Milou :

– Donne-moi de la ficelle.

Celui-ci prouva qu'il avait indiscutablement raison quand il affirmait que les pièces maîtresses d'une culotte de garçon n'étaient ni la braguette, ni même le fond (dont on pouvait à la rigueur se passer à la belle saison), mais les poches. Les siennes étaient toujours gonflées comme des jabots d'oies gavées. Aussi n'eut-il aucune peine d'en sortir, parmi une multitude d'objets inattendus, un ruban doré qui avait servi autrefois à ficeler un paquet-cadeau.

Dix minutes plus tard, ils arrivaient tous au campement des gitans. La fille, qui s'appelait Paprika, les avait invités à l'accompagner, ce qu'ils avaient fait après avoir transporté leurs gaules et leurs paniers au vieux moulin. Plouki ne gémissait plus. Il observait avec étonnement les deux galons dorés qu'il portait au bras comme un lieutenant. C'étaient les deux garrots que Raymond lui avait faits, l'un au-dessus de la morsure, l'autre au-dessous, car, au dernier moment, il avait douté de l'exactitude de ses connaissances médicales :

– Je ne me rappelle pas si c'est de ce côté ou de l'autre côté de la plaie que je dois faire la ligature. Le livre l'explique bien. Je l'ai bien lu, mais tu me couperais la tête que je saurais pas te répondre.

Alors, il avait fort sagement décidé :

– Donc, j'en fais deux, des garrots. Comme ça, pas d'histoires.

Les trois chevaux dételés qui broutaient l'herbe du communal levèrent la tête un instant pour observer les arrivants, puis ils se désintéressèrent d'eux.

La fille conduisit les trois garçons près des roulottes stationnées en plein soleil. C'étaient de solides voitures, hautes sur roues, avec fenêtre à rideau, balcon de bois peinturluré de couleurs vives à l'arrière, toit bombé et cheminée de tôle. Des cages où étaient enfermées des poules pendaient sous le plancher, entre les roues, parmi les outils, les seaux, les bottes de paille.

Un peu plus loin, sous un châtaignier, un grand chaudron de cuivre rouge tout bosselé était suspendu à une chaîne accrochée à une branche basse, au-dessus de quelques tisons éteints.

Un homme était assis en tailleur, adossé aux rayons d'une roue. Près de lui, il y avait plusieurs fagots de brins d'osier. Il posa à terre le panier qu'il était en train de tresser, se leva et s'avança en regardant Plouki.

– C'est mon grand-père Pepindorio, dit Paprika.

Il était grand, un peu voûté, sec, malpropre et dépenaillé. Il ne portait pas de chaussures. Son visage basané était buriné de rides profondes et mangé par une barbe épaisse d'un gris sale.

La fille lui parla en leur langue, montrant la morsure du serpent et désignant les garçons. Le vieux gitan l'écoutait en hochant la tête. Il regarda Raymond de ses yeux tristes, profondément enfoncés sous l'arcade sourcilière broussailleuse. Il lui posa la main sur l'épaule et lui dit quelques mots que la jeune bohémienne traduisit :

– Il vous remercie et il dit que vous êtes nos invités.

Le vieil homme prit le chimpanzé dans ses bras et l'emporta dans une des roulottes dont il referma la porte.

– Il va le guérir, dit Paprika avec un sourire.

Elle ôta ses souliers sans les délacer et les lança d'un mouvement du pied loin d'elle, parmi les colliers et les harnais.

Jean-Claude se demanda un instant s'ils ne devaient pas, par courtoisie pour leurs hôtes, se déchausser eux aussi.

Milou regardait autour de lui avec étonnement :

– Vous n'êtes que tous les deux ici, ton grand-père et toi ? demanda-t-il.

Elle lui répondit que les femmes étaient allées vendre des rubans, de la vannerie et dire la bonne aventure aux *gadjé* des environs, tandis que les hommes et les garçons étaient à la chasse aux hérissons.

– À la chasse aux hérissons ? demanda Jean-Claude. Et qu'est-ce qu'ils en font ?

Elle leur expliqua que le hérisson, le *niglo*, est pour les Manouches un gibier de choix. Elle leur révéla la recette qu'on pratiquait dans sa famille : dès qu'on avait tué l'animal, on l'enrobait d'argile soigneusement pétrie, puis on enfouissait le tout sous une épaisse couche de braises. Quand la cuisson était à point, il ne restait plus, avant de se régaler, qu'à briser la carapace de glaise durcie qui gardait tous les piquants collés.

Comme elle voulait absolument leur faire plaisir, elle leur proposa de leur en faire goûter car, la veille, les femmes en avaient fait cuire cinq et il en restait un qui n'était qu'à peine entamé.

Même Milou refusa. Pourtant, il manifestait habituellement une grande curiosité gustative, car il n'hésitait pas à écraser sous ses dents, pendant quelques instants, avant de les recracher, la plupart des baies sauvages qu'il trouvait au cours de ses promenades champêtres. (Un jour de désœuvrement, alors qu'il était seul à la maison, il avait même confectionné une omelette aux mûres et à la moutarde.)

Raymond examinait attentivement le panier que Pepindorio avait abandonné à leur arrivée.

– Mon père sait en faire en châtaignier, mais ça fait un travail moins fin qu'en osier. Ça me plairait bien de savoir tresser, moi aussi. Tu devrais nous faire voir comment on s'y prend.

Elle leur aurait livré tous les secrets de la tribu pour les remercier d'avoir sauvé le petit chimpanzé. Aussi les invita-t-elle à s'asseoir sur les fagots d'osier qui jonchaient le sol.

– Je vais vous apprendre à faire une corbeille. Un panier, à cause de l'anse, c'est trop difficile pour une première fois.

Elle distribua un couteau, un poinçon de vannier et six brins d'osier à chacun.

– D'abord, il faut les couper tous les six de la même longueur. Puis on en prend trois et on les fend au milieu sur une largeur de deux doigts. Juste ce qu'il faut pour y glisser les trois autres en croix. Maintenant, on choisit un brin plus fin et on le tresse, à partir du milieu, autour de chacune des douze tiges qui forment cette croix. Comme ça...

Trois quarts d'heure plus tard, quand le vieux gitan sortit, il trouva les garçons qui, sous les directives de sa petite-fille, pliaient, bouclaient, tressaient, torsadaient ou coupaient en sifflet des brins d'osier.

Paprika entra à son tour dans la roulotte et dit en revenant quelques instants plus tard :

– Plouki dort sur le lit. Pepindorio est sûr que le venin du serpent ne peut plus lui faire de mal maintenant.

Le vieil homme s'était assis près d'eux et examinait les corbeilles en cours de fabrication, serrant, çà et là, les rangs d'osier avec le poinçon. Il félicita particulièrement Raymond, lui disant qu'il ne tarderait pas à devenir un très bon vannier. Le grand gaillard rougit de plaisir lorsque Paprika lui eut traduit ce compliment.

Ils travaillèrent encore plus d'une heure, puis ils

se séparèrent à regret, tous satisfaits les uns des autres.

Raymond était dans un état d'exaltation extrême :

– Vous n'avez peut-être pas fait attention, mais la fille, quand elle m'expliquait comment il fallait s'y prendre pour tresser, elle se penchait jusqu'à ce que son front touche ma joue. Le premier coup, je me suis reculé, parce que j'ai cru qu'elle ne l'avait pas fait exprès. Mais après, elle y est revenue à tous les coups. J'en avais plein le nez de son odeur. Et ses yeux, est-ce que vous les avez remarqués, ses yeux ? Je croyais qu'il ne pouvait pas y en avoir de plus beaux que ceux de la Marie-Jeanne Micoulet, ben, mon vieux, je me gourais, parce que je n'avais pas vu ceux de Paprika. Ils sont d'un noir…

Il aurait voulu être lyrique, il cherchait ses mots, mais il ne put que dire :

– Ils sont d'un noir noir, qu'on ne pourrait pas faire plus noir.

Pour le taquiner, Milou lui répondit qu'il n'avait pas remarqué ce détail. Par contre, ce qu'il avait trouvé d'un noir rarement égalé, c'étaient les ongles des mains et des pieds de la fille.

Pour couper court à la discussion qui s'annonçait, Jean-Claude entonna :

Bohémienne aux grands yeux noirs…

Aussitôt, les deux autres se mirent à chanter à tue-tête avec lui :

Tes cheveux couleur du soir
Et l'éclat de ta peau brune
Sont plus beaux qu'un clair de lune…

7

Il était trop tard pour se remettre à pêcher. Les deux cousins remontèrent vers la ferme des Poutarot après avoir quitté Milou au vieux moulin.

Raymond portait la vannerie et Jean-Claude le matériel de pêche. Il marchait le premier, les deux cannes sur l'épaule, tandis que le panier de Martial lui battait les mollets à chaque pas, car il avait négligé de rajuster la courroie beaucoup trop longue pour sa taille.

– Sylvette, la mémé et le tonton vont être drôlement étonnés en voyant ma belle truite, dit-il.

– Oui, même mon père n'en a pas souvent ramené une pareille.

Ils approchaient d'une maison construite au bord de la route, avec une toiture en ardoise. C'était celle de Jeanne Thevenet.

De loin, ils aperçurent la vieille femme aux cheveux gris assise devant une fenêtre ouverte du premier étage. Elle profitait de la douceur de cette belle soirée de printemps. Et, comme les journées lui paraissaient longues, car elle était veuve et son fils avait fait sa vie dans les villes, elle guettait les rares passants, afin d'échanger quelques mots avec eux pour couper ses heures de solitude.

Dès qu'il la vit, Raymond s'arrêta et dit à son cousin :

– J'ai une idée. Tu vas voir, on va rire un peu.

Et il lui conta qu'un jour de l'année précédente, son père et lui étaient passés devant la fenêtre de la Jeanne, alors qu'ils revenaient de la pêche. Martial ne rapportait qu'une seule pièce, mais c'était un énorme chevesne. La vieille lui demanda :

– Alors, en as-tu pris, mon Martial ?

Celui-ci souleva le couvercle de son panier et sortit le poisson en le tenant à poignée.

– Regardez s'il est beau, celui-là. Et j'en ai huit à peu près pareils.

– Oh ! qu'il est gros, mon Martial. Ça, c'est une belle prise !

Martial le replaça dans le panier en disant :

– Attendez, dans le tas, il doit y en avoir un autre qui est encore un peu plus gros… Je vais le chercher pour vous le faire voir.

Il fit semblant de fouiller dans le panier, puis il sortit une deuxième fois le poisson, mais en le tenant suspendu par le bout de la queue.

– Mon Martial, il n'est peut-être pas beaucoup plus gros que le premier, celui-là, mais il est plus long. C'est une belle bête.

– Attendez, je vais vous en faire voir un autre qui n'est pas vilain non plus.

Et il recommença trois ou quatre fois le même manège, plongeant sa main dans le panier dont le couvercle incomplètement relevé cachait le contenu aux yeux de la Jeanne, et lui présentant toujours – et pour cause – le même poisson, mais sous des angles différents : de face, de profil, la queue la première, le ventre en l'air…

La vieille répétait avec admiration :

– Eh bien ! mon Martial, on peut dire que tu es un fameux pêcheur.

Celui-ci riait de plaisir à la pensée qu'il dupait la Jeanne Thevenet qui passait pour la femme la plus rusée de la commune.

Raymond dit à Jean-Claude :

– Mon idée, c'est qu'on va lui faire aujourd'hui le même coup avec ta truite. Mais huit, ce n'est pas assez. On va lui dire qu'on en a douze. C'est moi qui parlerai parce que j'ai vu faire mon père. Toi, tu te contenteras de rigoler en douce.

Après avoir hésité, Jean-Claude accepta.

La première partie de la scène se déroula ainsi que Raymond l'avait prévu. La vieille leur demanda s'ils avaient fait bonne pêche. La truite fut délogée de son lit de fougères, exhibée, tournée, retournée sept ou huit fois de suite sous les yeux de la Jeanne qui s'extasiait avec une joie enfantine :

– Oh ! bonne Vierge ! je n'en avais jamais vu d'aussi grosses. Oh ! qu'elles sont belles ! Et toutes à peu près de la même taille !

– Ça devait être des sœurs, expliqua Jean-Claude qui commençait à croire qu'il avait exterminé une famille tout entière.

– Eh bien ! vous savez pêcher, mes petits, tout jeunes que vous êtes. Martial vous a mis à bonne école.

Raymond se rengorgeait.

Elle demanda aimablement :

– Ça doit être beau à voir, douze grosses truites comme celles-là, les unes à côté des autres. N'est-ce pas ?

Raymond répondit avec conviction :

– Il n'y a rien de plus beau. On les a alignées toutes les douze sur l'herbe avant de venir, et je vous jure que ça fait une belle rangée de poissons quand on les voit en même temps. Ça vaut le coup d'œil.

– Oui, on ne peut pas se le figurer quand on ne l'a pas vu, renchérit Jean-Claude. On a même regretté de ne pas avoir un appareil à photos.

À ce moment, la Jeanne se leva et dit :

– Attendez-moi. Je vais descendre. Votre grand-mère m'a prêté il y a quelque temps un dévidoir et je vais profiter de l'occasion pour le lui faire rapporter.

Raymond intervint précipitamment :

– Ça ne presse pas de le lui rendre. Elle n'en a pas encore besoin. Ne vous dérangez pas pour ça. Bougez pas de votre fenêtre où vous êtes si bien au frais après la chaleur d'aujourd'hui. Vous fatiguez pas vos jambes à descendre votre escalier.

Mais la vieille qui ne semblait pas entendre ces conseils amicaux poursuivit :

– Et si j'osais, comme vous avez tant de truites, je vous demanderais de m'en laisser une. Il y a longtemps que je n'en ai pas mangé et il vous en resterait quand même onze, et…

Raymond lui coupa la parole :

– On voudrait bien et ce n'est pas de refus, mais on aura sûrement du monde à table demain. Sans ça, vous pensez bien qu'on vous en aurait donné une, même deux si vous auriez voulu.

– Bon, ça ne fait rien, gardez-les pour vos invités. Mais je vais quand même descendre pour avoir le plaisir de les regarder de plus près. Et, par la même occasion, je vous rendrai le dévidoir.

Raymond répondit :

– C'est qu'il est tard, et sûrement que chez nous

ils se demandent ce qu'on fait à cette heure. Faut qu'on s'en aille.

Il fit mine de s'éloigner. Mais elle reprit sur un ton affable :

– Alors, partez. Je ne veux pas vous retarder puisque vous êtes pressés de rentrer. Je vais donc le rapporter moi-même, ce dévidoir, et tout de suite pendant que j'y pense. Vous savez ce que c'est : on emprunte des choses et le temps passe, on oublie de les rendre. On devient oublieux en vieillissant. Alors, j'y vais, je vous suis, parce que l'idée me sortirait de la tête si j'attendais. Comme ça, je pourrai voir toutes ces belles truites chez vous.

Les deux garçons avaient la gorge sèche. Que faire ? Il n'y avait plus d'issue. Ils s'étaient stupidement fait piéger. S'ils se sauvaient, la Jeanne les suivrait jusqu'à la maison et il faudrait lui avouer la vérité devant la mémé qui serait obligée de les réprimander sévèrement en sa présence pour s'être moqués d'une voisine. Quelle histoire pour un poisson !

Jean-Claude prit la plus douloureuse décision de sa vie :

– On pourrait peut-être lui en laisser une… Il nous en resterait quand même beaucoup…

Raymond hésita, puis il finit par articuler, la mort dans l'âme :

– Bon. On va vous en donner une. Mais rien qu'une.

Elle s'exclama :

– Merci ! Vous êtes de bons petits. Vous savez faire plaisir aux vieilles personnes. Vous n'êtes pas comme il y en a qui essaient de se moquer d'elles. Alors, puisque c'est entendu comme ça, je n'ai plus besoin de descendre. Entrez dans la maison. Posez la truite sur la table et prenez le dévidoir qui est à côté de la maie.

Elle se mit à rire et ajouta :

– N'oubliez pas de refermer la porte en sortant. Il ne faudrait pas qu'un chat entre. Ce serait malheureux de se faire voler ce beau poisson. Ce n'est pas votre avis ?

Ils burent encore une gorgée de lie.

– Oui, ce serait malheureux de se le faire voler, dit Jean-Claude qui avait des larmes dans la voix.

Avant de les laisser partir, elle leur conseilla d'être prudents lorsqu'ils mangeraient les autres truites, de prendre garde à ne pas avaler une arête, leur affirmant qu'elle serait peinée s'il arrivait un accident à de si bons garçons.

– Elle nous a eus, cette vieille coquine, murmura Raymond en s'éloignant. Et par-dessus le marché, elle se fout de nous.

Jean-Claude se taisait. Il sentait qu'il allait pleurer. Sa gorge était nouée et les larmes prêtes à couler lui picotaient les yeux. Il faisait un pénible effort pour se dominer en se répétant qu'il serait ridicule d'éclater en sanglots devant son cousin à cause d'un poisson perdu. Mais il repensait malgré lui à sa belle truite, au plaisir qu'elle lui avait donné tout l'après-midi, à la joie qu'il aurait éprouvée en la faisant admirer par les autres membres de la famille. Il s'en voulait d'avoir été aussi bête. Il aurait dû dire à Raymond qu'il ne voulait pas participer à cette comédie. Il se mit à détester les adultes. Ce matin, Taupard… Ce soir, la Jeanne… Il fallait donc se méfier de tout le monde ! Soudain, il éprouva le désir d'être auprès de sa mère.

Raymond qui avait compris qu'il était malheureux s'arrêta, posa les corbeilles et sa gerbe d'osier sur le bord de la route, puis il lui mit la main sur l'épaule.

– Tu as raison de m'en vouloir. Je n'aurais pas dû…

Le grand garçon le regardait avec des yeux de chien battu.

– Non, ça va passer. Ce n'est pas grand-chose. Mais on a pris une sévère leçon. C'est bien fait pour nous.

Il faisait un effort pour sourire. Il posa lui aussi son matériel et ils s'assirent dans l'herbe, les pieds dans le fossé.

– Tu dis ça, mais je vois bien que tu la regrettes, ta truite.

Ce n'était pas aussi simple que cela. Comment le lui expliquer ?

Raymond reprit :

– T'en fais pas. Des truites, on en aura d'autres. Milou me disait, pendant qu'on pêchait tous les deux, qu'il connaît des trous dans l'écluse du moulin neuf où elles s'y mangent les unes les autres pour avoir la place. C'est pas difficile, si tu veux regarder le fond de la rivière, tu es obligé de les écarter. Alors, t'as qu'à voir ! Il y va le soir et pan ! il tend une corde et le lendemain matin, elles sont accrochées aux hameçons comme des raisins à une grappe. Des coups, il est obligé de tirer de toutes ses forces pour les ramener sur le bord, tellement il y en a. Au moulin, ils en mangent tant qu'ils veulent. À tous les repas si ça leur plaît. Ils pourraient même en tremper dans leur café le matin. C'est pour te dire qu'elles ne manquent pas. Même leurs chats ne peuvent plus les sentir. C'est bien simple, si tu veux en faire sauver un, t'as qu'à lui mettre une truite sous le nez. Il détale comme un qui aurait le feu au cul et tu ne le revois plus de la journée. Alors, maintenant qu'on est copains avec Milou, il nous montrera ses coups et si on n'est pas assez malins pour les sortir à la ligne, on y posera des cordes nous aussi.

Ces paroles mettaient du baume au cœur de Jean-Claude. Il savait bien que Raymond exagérait, que tout ce qu'il disait n'était pas vrai, que son cousin lui-même ne le croyait pas. Mais cela n'avait pas d'importance. Ce qui comptait, c'était la profonde affection qu'il devinait sous ce flot de paroles maladroites. Il comprenait que Raymond était aussi malheureux que lui. Peu à peu, sa gorge se desserra et il se mit à sourire.

Le grand gaillard poursuivait :

– Alors, un jour qu'on reviendra avec un panier si plein qu'on sera obligés de s'y mettre à deux pour le porter ou peut-être même pour le traîner sur la route parce qu'il sera trop lourd, tu ne sais pas ce qu'on fera ?... Non ?... Eh bien ! on s'arrêtera devant la fenêtre de la Jeanne et on lui fera voir nos truites, juste le temps de la faire saliver. Et hop ! on rabattra le couvercle et on s'en ira.

Jean-Claude maintenant riait franchement. Il dit pour entrer dans le jeu :

– Ou alors, on lui en donnera une, mais on lui pissera dans la gueule avant.

Raymond le regarda avec un étonnement émerveillé.

– D'accord, mais comment on s'y prendra ?

Jean-Claude comprit qu'une équivoque naissait dans l'esprit de son cousin. Afin de la dissiper, il précisa :

– C'est dans celle de la truite que j'ai voulu dire.

– Ah bon ! C'est pas aussi bien que j'avais cru, mais c'est pas mal quand même. Comme ça, la Jeanne n'aura pas besoin de la saler pour la manger.

Ils éclatèrent de rire et se levèrent. La perspective

de cette innocente plaisanterie les avait remis en joie. Ils reprirent leur matériel et continuèrent leur route en chantant :

Bohémienne aux grands yeux noirs,
Tes cheveux couleur du soir...

8

Grâce à Taupard et à la Jeanne Thevenet, Raymond et Jean-Claude avaient pu vérifier ce jour-là l'exactitude du proverbe qui dit qu'un malheur n'arrive jamais seul. Ils n'allaient pas tarder à apprendre que, souvent, un troisième malheur tapi dans l'ombre attend lâchement l'occasion de se joindre aux deux premiers pour achever de terrasser les victimes et leur assener le coup de grâce.

Leur grand-mère et Sylvette étaient dans la cuisine quand ils arrivèrent. Martial n'était pas encore rentré.

– Ah ! voilà les pêcheurs ! dit la mémé. Avez-vous bien profité de votre temps ?

– Oh ! oui, on s'est bien amusés, répondit Raymond. Tiens, on rapporte trois bonnes douzaines de goujons.

– Mettez-les dans un plat. Je vais les préparer.

Jean-Claude posa le panier de pêche sur une chaise. Sylvette souleva le couvercle, glissa la main dans les fougères et en sortit un goujon qu'elle rejeta aussitôt sur la table avec un cri d'effroi en s'exclamant :

– Il est encore vivant !

– Penses-tu ! Il y a plus de trois heures qu'on les a pris.

– Si. Il ne bouge pas, mais il a son œil ouvert. Regarde-le, il me regarde. On dirait qu'il a des toutes petites lunettes en or. Pourquoi qu'il ferme pas ses paupières s'il est mort ?

La mémé commençait à lui expliquer que les poissons n'ont pas de paupières, lorsque Raymond qui était sorti quelques instants plus tôt revint avec sa vannerie. Elle s'interrompit et demanda :

– Qu'est-ce que tu apportes ici ?

– Regarde, dit-il en tendant l'une des corbeilles.

Elle examina attentivement le chef-d'œuvre.

– C'est bien tressé. Où avez-vous trouvé ça ?

Raymond qui était sûr de son effet répondit en s'efforçant de rendre le ton de sa voix modeste :

– Ces corbeilles, on ne les a pas trouvées. Celle-là, c'est Jean-Claude qui l'a faite. L'autre, c'est moi. Et Milou qui était avec nous en a fait une lui aussi.

Elle regardait ses petits-fils d'un air incrédule. Alors ils se mirent à raconter leurs prouesses.

Ils détaillèrent les péripéties du sauvetage.

– Crois-moi, dit Raymond, on a grimpé dans l'arbre à une sacrée vitesse. Surtout Milou. Je suis sûr que le singe a dû penser que c'en était un de sa famille en voyant comme il se pendait et se balançait aux branches.

– Moi, ça me faisait mal au cœur, de le sentir si malheureux, ce petit animal, ajouta Jean-Claude.

Sylvette les regardait avec de grands yeux ronds. La mémé se taisait, les observant entre ses paupières plissées.

Enfin, Raymond arriva au dénouement :

– Alors, quand j'ai eu dit à la bohémienne : « Trouve-nous une perche qu'on te le gaule ton ouistiti », ça n'a pas traîné. Il est descendu en vitesse. Mais, sans nous, il serait resté là-haut à enfler comme une citrouille jusqu'à ce qu'il tombe raide mort. Et c'est pour nous remercier qu'elle nous a presque suppliés de venir avec elle aux roulottes et qu'elle a insisté pour nous apprendre à faire des corbeilles. Tu peux être sûre que ces deux-là, on ne mettra pas longtemps pour finir de les tresser, parce qu'on a pris le coup et vite fait. Même le vieux gitan n'en revenait pas. Il disait qu'il n'avait jamais vu quelqu'un réussir aussi bien que nous la première fois.

Ils s'attendaient à être félicités. Mais la mémé ne semblait pas partager leur enthousiasme. Elle se leva, approcha une chaise de la fenêtre et dit à Raymond :

– Viens t'asseoir ici.

Il obéit en se demandant ce qu'elle voulait.

Elle mit ses lunettes, se pencha et commença à écarter des doigts les cheveux du garçon. Jean-Claude comprit qu'elle soupçonnait que des poux émigrants avaient quitté les cheveux couleur du soir de la bohémienne pour s'installer dans ceux de son cousin.

– Tu n'as rien à craindre, mémé, les cheveux de la fille étaient propres et ils étaient bien peignés, dit-il.

Raymond se taisait. Il était inquiet, car il venait de se rappeler que le vieux gitan grattait fréquemment sa tignasse, et il repensait à la chevelure de Paprika contre sa joue.

La mémé poursuivait son inspection.

– En voilà un, dit-elle.

– Comment c'est fait ? Fais voir, cria Sylvette en se précipitant.

Trop tard : la mémé venait d'écraser le pou entre les ongles de ses pouces. Elle repoussa du bras la fillette qui offrait son aide pour en chercher un autre en affirmant qu'elle avait de meilleurs yeux qu'elle puisqu'elle lui enfilait ses aiguilles.

– Toi, va t'asseoir au bout de la table et n'en bouge plus, si tu ne veux pas que les poux sautent dans tes cheveux et viennent te brouter la tête, lui ordonna-t-elle.

La fillette se recula horrifiée, tandis que les garçons se regardaient consternés.

La grand-mère dit à Jean-Claude :

– Ouvre le buffet… La porte de droite… Apporte-moi la boîte blanche… la plus longue. Oui, celle-ci.

C'est alors que sortit de cette boîte le troisième malheur de la journée. Il se présenta sous la forme d'une paire de ciseaux de grande taille. C'étaient ceux qu'on utilisait pour tondre les moutons. Comme ils ne servaient qu'un jour par an et qu'on n'essuyait jamais complètement le suint qui les recouvrait, ils paraissaient flambant neufs. La grand-mère les prit et se mit à les faire fonctionner dans le vide.

Raymond, d'un bond, se leva et se projeta jusqu'à la porte, prêt à en franchir le seuil.

– Non, mémé, je ne veux pas que tu me tondes, criait-il en protégeant ses cheveux de ses mains jointes.

Jean-Claude intervint :

– Non, ne lui coupe pas les cheveux. Il n'y avait sûrement que ce pou.

– Hou ya ya ! Ils ne veulent pas qu'elle tonde Raymond ! Hou ya ya ! répétait Sylvette qui tenait le rôle du chœur antique.

Après avoir expédié la fillette dans la cour, la mémé plaça la chaise devant la cheminée et, une serviette de toilette à la main, elle dit avec un sourire aimable en désignant le siège :

– Au premier de ces messieurs.

Ils parlementèrent encore quelques minutes. Sans espoir, seulement pour l'honneur, car ils venaient de comprendre que nul n'échappe à son destin.

Une demi-heure plus tard, tandis que grésillaient les dernières mèches dans la cheminée et que, complètement nus, ils se disputaient le miroir pour faire connaissance avec leur crâne rasé encore humide de *Marie-Rose*, la mort parfumée des poux, la grand-mère plongeait tous leurs vêtements dans la grande lessiveuse.

Ils se trouvèrent si laids sans leurs cheveux qu'après une minute d'effarement ils éclatèrent de rire. Ils enfilèrent des habits propres, coiffèrent leur béret des jours de fête et sortirent.

En attendant l'heure du repas, ils firent les cent pas sur la route en commentant les événements de la journée. Ils tombèrent d'accord pour conclure que, certains jours, l'école est encore le lieu où l'on court le moins de danger. Puis ils jugèrent avec philosophie que, tout compte fait, leur apprentissage de vanniers ne leur avait pas coûté cher.

– Nos cheveux, dans quatre mois, ils seront redevenus aussi longs qu'avant, tandis que les corbeilles, c'est pas seulement quatre mois qu'on saura les faire, mais toute notre vie, dit Raymond.

Ils entendirent les grelots et les cliquetis d'une voiture à cheval. C'était le meunier qui allait livrer quelques sacs de son. Près de lui, debout comme un empereur romain sur son char, Milou tenait les guides. Il arborait une magnifique casquette violette. Celle qu'il avait étrennée le jour de l'enterrement de son grand-père.

Comme la voiture allait arriver à leur hauteur, Jean-Claude se découvrit et, béret bas, il s'inclina comme un manant au passage d'un carrosse. Raymond l'imita...

Milou, grand seigneur, se décoiffa à son tour d'un geste large, balaya l'air avec sa casquette et fit une profonde révérence. Son crâne apparut comme chauve dans le soleil couchant.

9

Le surlendemain, l'instituteur n'était pas encore remplacé.

Milou, coiffé de sa belle casquette violette qui paraissait trop grande, vint rejoindre ses amis à la ferme au début de l'après-midi. En le voyant arriver, le visage épanoui, ils comprirent que l'heure de l'action avait sonné.

– On peut aller semer aujourd'hui, leur dit-il à voix basse. On ne risque rien. Je viens de voir Taupard rentrer dans le bistrot de la mère Cul de Satin. Il ne viendra pas nous déranger. Quand il en sortira, il n'aura pas envie d'aller dans ses champs parce qu'il marchera plutôt de travers.

La mère Cul de Satin – c'est ainsi que les hommes de Saint-Sernin appelaient Mme Flora – était une Parisienne d'une cinquantaine d'années qui avait hérité, peu de temps avant la guerre, une maisonnette d'une lointaine cousine. Elle était venue s'y réfugier en mai 1940 après avoir fui l'invasion allemande. Elle n'était pas rentrée à Paris après l'armistice. Elle était restée à Saint-Sernin avec deux autres dames beaucoup plus jeunes qu'elle et qui étaient, disait-elle, ses nièces. Toutes trois vivaient discrètement et formaient une famille très unie qui aurait pu être citée en exemple de bonne moralité.

Mme Flora avait fait rénover sa demeure, puis elle avait obtenu l'autorisation d'y ouvrir un café qui s'était révélé, dès les premiers jours, un concurrent redoutable de celui des Michaudon.

Les enfants ne connaissaient leur maison que de l'extérieur, car leurs mères – qui appelaient, on ne savait pour quelle raison, les trois femmes des créatures – leur avaient interdit une fois pour toutes d'y pénétrer sous aucun prétexte. Pourtant, elle était avenante avec ses volets peints en blanc et sa façade entièrement recouverte d'une magnifique vigne vierge. La mémé disait à ce sujet que cette vigne était certainement la seule chose de la maison qui méritait ce qualificatif. Le nom de l'établissement était indiqué au-dessus de la porte :

« CHEZ FLORA »

À propos de cela, la mémé disait aussi que ces personnes auraient pu signaler plus clairement leur activité professionnelle, par exemple, en accrochant une lanterne rouge au-dessus de l'entrée et en faisant inscrire sur l'enseigne :

« AU PETIT PREPAPAUD »,

du nom d'une rue de Limoges qui était renommée aux quatre coins du département à cause de l'hospitalité des dames qui y habitaient.

Les enfants ne les voyaient guère que le matin, lorsque l'une ou l'autre allait, au saut du lit, c'est-à-dire vers onze heures, en robe de chambre et talons hauts, chercher le lait du petit déjeuner à une ferme voisine. Les jeunes amateurs de parfums, de poudre de riz et d'eau de Cologne pouvaient, en marchant dans leur sillage, s'en emplir les narines tout en restant à une distance décente.

Elles sortaient rarement de chez elles. C'étaient des femmes d'intérieur, mais on les rencontrait parfois, l'après-midi, chez les commerçants.

Mme Flora avait un port de tête majestueux, une crinière noire abondante et un visage outrageusement maquillé. Le regard de ceux qui la voyaient côté verso était inévitablement attiré par son fessier opulent sous la jupe qui le moulait sans, toutefois, parvenir à opprimer son épanouissement. Mais, chose étonnante, ses jupes, qui auraient pu justifier son sobriquet, sinon le rendre plus décent, n'étaient jamais en satin.

L'une de ses nièces était une grande rouquine, avec des fesses guillerettes et haut perchées sur de longues jambes nerveuses, une taille mince, un visage criblé de son, des yeux bleus très gais et un petit nez retroussé.

L'autre avait des cheveux courts, d'un blond sans éclat, une figure allongée, très pâle et des yeux tristes. Avec ses robes noires à col blanc en dentelle, elle avait l'air sérieux et réservé d'une jeune fille méritante de pensionnat.

Les jeunes amateurs de musique y trouvaient également leur compte. Ils pouvaient aller s'asseoir, la nuit, dans le pré des Bersier où le vent d'ouest leur apportait les notes nasillardes du phonographe de ces dames. C'est là que Milou, pour le prix minime d'un coryza, avait appris *Tiens, voilà la quille !*

Si les femmes de Saint-Sernin jugeaient la mère Cul de Satin et ses nièces très sévèrement, les hommes, eux, étaient beaucoup plus indulgents.

Martial disait que c'était un lieu de distractions et que ce genre d'établissement était bien nécessaire dans un pays perdu comme le leur. Il ajoutait qu'il n'y avait rien à redire, car les tarifs des consommations n'y étaient pas très élevés.

Un jour, la mémé lui répondit qu'elle était entièrement de son avis. D'une part, il était exact que les trois dames savaient mettre leur négoce à portée de toutes les bourses des hommes, jeunes ou vieux, beaux ou laids ; d'autre part, il était également vrai que leur maison était un lieu de distractions ; ça devait même en être un de premier ordre, car certain soir, il n'y avait pas si longtemps, deux hommes (elle ne voulait pas, bien sûr, citer leurs noms) y avaient été tellement distraits qu'ils étaient rentrés chez eux sans s'apercevoir que l'un portait la chemise de l'autre, et réciproquement.

À l'étonnement des enfants, Martial rougit et dit sans transition qu'une petite pluie pas trop forte ferait beaucoup de bien aux carottes qui ne poussaient pas vite.

La mémé fut encore de son avis.

Les trois garçons descendirent en courant le chemin de la rivière, suivis de Pataud qui aboyait joyeusement.

Quelques minutes plus tard, ils sortaient du vieux moulin. Raymond avait chargé sur ses épaules un sac qui contenait une vingtaine de kilos de graines. Milou portait deux râteaux et Jean-Claude un panier.

De peur de rencontrer des passants, ils suivirent la rivière à travers prés et s'enfoncèrent dans les bois qui couvraient le versant opposé au village. Ils grimpèrent la pente abrupte par les sentiers qui zigzaguaient entre les coupes de taillis et disparaissaient par endroits dans des fourrés de ronces. Leurs mollets griffés saignaient quand ils atteignirent l'orée du bois au sommet de la côte.

Le champ de Taupard s'étendait devant eux. Il était à peu près plat, presque rectangulaire et bordé d'une muraille de pierres sèches. La forêt l'emprisonnait sur trois côtés, prête à reprendre ses droits. La terre venait d'être travaillée ; on voyait les traces laissées par le passage de la herse.

– Il a semé du blé noir ce matin, dit Raymond.

Une dizaine de corbeaux qui grattaient le sol pour picorer les graines de sarrasin qui y avaient été enfouies s'envolèrent lourdement. Ils tournèrent au-dessus du bois en croassant, puis se juchèrent au sommet d'un chêne planté en bordure d'un pâturage voisin.

– C'est dommage de les déranger, ils faisaient du bon boulot, dit Milou.

– T'inquiète pas, ils ne sont pas timides, répondit Raymond. Tu peux être sûr qu'ils nous surveillent et qu'ils reviendront sitôt qu'on aura tourné les talons.

Il posa son sac et examina le champ.

– C'est pas grand. La moitié d'un hectare, peut-être, comme notre terre des Gorces.

– Tu as le coup d'œil. Il mesure 4 860 centiares. Je sais toutes les superficies de ses parcelles par cœur.

Raymond prit immédiatement la direction des opérations.

– Allez, au travail, si on veut finir avant la nuit. Moi, je vais faire un tour pour voir s'il n'y a personne dans les parages. Faudrait pas qu'on soille surpris parce que ça pourrait nous coûter cher. Je vais emmener Pataud avec moi. S'il y a du monde par là, il donnera de la gueule. Pendant ce temps, vous allez couper des branches de châtaignier pas plus grandes que la moitié du bras. On les piquera dans la terre et ça nous fera des jalons quand on sèmera.

Il s'éloigna suivi du chien. Il contourna le champ, puis, sans se presser, il monta sur un tertre couvert de bruyère qui dominait la vallée. Il n'entendait que des chants d'oiseaux et des bourdonnements d'insectes. Pataud, les narines frémissantes, humait le vent, mais ne manifestait aucun signe d'inquiétude.

Quand Raymond fut complètement rassuré, il revint à grandes enjambées rejoindre les deux autres qui avaient confectionné un fagot de rameaux de châtaignier.

Puis il chassa le chien qui aurait pu les faire découvrir par ses aboiements pendant leur travail. L'animal reprit le chemin de la maison en protestant par des grognements plaintifs et des mouvements nerveux de la queue contre l'ingratitude humaine.

Jean-Claude demanda à son cousin :

– As-tu repéré un arbre d'où je pourrai surveiller les environs ?

– Oui, l'hêtre que tu vois sur la petite butte. On dirait qu'il a été planté pour. Il a ses branches à des distances régulières, comme des marches d'escalier. Mais fais attention : ne monte pas trop vite et pas trop haut quand même. Va pas te casser la figure ou quelque abattis.

Milou sortit de sa poche un petit objet qu'il montra à ses amis. C'était un tube en laiton terminé par un soufflet cylindrique en caoutchouc. Il dit à Jean-Claude :

– Tiens, prends ça. C'est l'appeau à perdrix de mon père. Si tu vois venir quelqu'un, pour nous avertir, tu taperas sur le caoutchouc avec ta main. Comme ça, fit-il, en donnant de petits coups secs de la paume sur le soufflet.

L'appareil émit des « cacz ! cacz ! » sonores qui

émerveillèrent les deux cousins. Chacun voulut l'essayer plusieurs fois. Milou qui s'impatientait dut leur rappeler qu'ils étaient venus là, non pour jouer à la perdrix, mais pour régler les comptes à Taupard.

Jean-Claude se dirigea vers le hêtre tandis que les deux autres commençaient à planter des jalons sur la largeur du champ qui touchait à la lisière du bois. Raymond comptait six pas, puis il s'arrêtait. Alors, Milou qui avait les bras chargés de rameaux de châtaignier piquait l'un d'eux en terre à la pointe du sabot de son camarade qui comptait de nouveau six pas. Il s'agissait de délimiter des bandes de terre parallèles et de même largeur avant de les ensemencer méthodiquement l'une après l'autre.

Raymond vida quelques kilos de graines dans le panier. Mais avant de commencer à les semer, il se pencha sur la terre, en prit une poignée dans la main, l'examina en hochant la tête et dit :

– Elle est franchement minable. C'est surtout du sable et de la pierraille. Si on lui fout toutes ces cochonneries, on va la tuer. Elle n'a pas besoin de ça.

– Oui, c'est un peu comme si on allait jeter des poignées de puces et de punaises dans une chambre d'hôpital, dit Milou en riant.

Mais Raymond n'avait pas envie de plaisanter. Il semblait soudain pris de scrupules.

– C'est pas bien malin ce qu'on va faire, dit-il. Tu vois, maintenant, je ne peux pas dire ce que ça me fait, mais j'hésite.

Milou qui n'éprouvait pas le même respect de la terre que lui, et qui, surtout, était animé d'une haine plus farouche contre Taupard, lui répliqua avec indignation :

– Tu hésites ? Et lui, ce salaud, quand il prenait ton nez et celui de Jean-Claude pour de la pâte à modeler, tu crois qu'il hésitait ? Et quand il a envoyé sa lettre de dénonciation, tu crois qu'il a hésité ? Et tu te figures qu'il ne savait pas que mon père écoperait au moins d'une amende et qu'il risquait la prison ?

Raymond paraissait insensible à ces arguments. Il regardait d'un air buté la poignée de terre qu'il avait encore dans la main.

Il dit gravement :

– Je suis d'accord avec toi, Taupard est un porc. Mais c'est pas pour ça qu'on doit abîmer une terre. C'est pas elle qu'on doit punir. Je ne sais pas bien dire ça, mais la terre, c'est bien la sienne, si on veut, mais elle n'est pas réellement à lui, parce que quand il sera mort, elle sera toujours là. Elle vivra toujours.

Milou trouva enfin l'argument tout simple qui devait le décider. Il lui dit gentiment :

– Grand couillon, sa terre ne sera pas perdue. Tu penses bien qu'il la sarclera et que les mauvaises herbes seront détruites. Ce qu'on veut, c'est lui coller des courbatures dans les reins et le faire trimer dix fois plus qu'un autre. C'est tout.

Raymond demeura un instant perplexe, puis il dit :

– Après tout, tu as raison. Si les sarclages ne suffisent pas, il n'aura qu'à atteler ses bœufs à la charrue pour faire un labour pour rien après qu'il aura moissonné son blé noir. Ça lui demandera une journée de travail de plus et sa terre redeviendra aussi propre que maintenant au printemps d'après.

– Voilà, dit Milou en s'épongeant le front, ça n'est pas plus difficile que ça !

Raymond passa son bras gauche dans l'anse du panier et décida :

– Allez, on y va. Faut pas que je perde de vue nos branches de châtaignier. Pour marcher droit au milieu de chaque travée, c'est pas difficile, j'ai qu'à suivre les traces de l'herse de Taupard. Elles sont bien parallèles parce qu'il était encore à jeun quand il a fait ce travail.

Milou ne tarda pas à constater que son ami avait presque l'aisance d'un semeur chevronné, car sa main avec une régularité de balancier puisait une poignée de graines, décrivait un demi-cercle et replongeait dans le panier, tandis qu'il avançait toujours du même pas tranquille.

Ce n'était pas son coup d'essai. La veille, il avait tenu à aider son père à ensemencer leur propre champ de blé noir. Martial, un peu étonné, mais ravi par ce zèle inhabituel, lui avait expliqué sa technique ; puis il avait rempli un panier de graviers et Raymond avait fait un premier essai à blanc, tandis que son père marchait à côté de lui pour le conseiller. Ces premiers résultats étant assez satisfaisants, les graviers avaient été remplacés par des graines de sarrasin.

Milou suivait Raymond à reculons en griffant la terre à coups de râteau parallèles afin d'enfouir les graines, mais surtout afin d'effacer les empreintes de leurs pas.

Le hêtre sur lequel Jean-Claude était grimpé était un colosse de trente mètres de haut. Il avait un tronc énorme qui portait gravés dans son écorce deux messages anciens. Le premier était celui de Fifi Bec-de-Lièvre qui avait écrit dans un cœur « À GERMAINE POUR LA VIE », quelques semaines avant d'aller se faire tuer à Charleroi, à la fin du mois d'août 1914. Le second était celui d'Eugène Pistoulet qui, réformé, avait signalé à la postérité, avant de se marier avec Germaine, que Fifi Bec-de-Lièvre était un con.

Jean-Claude, assis sur une branche faîtière grosse comme sa cuisse, le dos appuyé au tronc, fut pendant la première demi-heure un guetteur au sommet d'un donjon. Il savait que lorsqu'on assume une si lourde responsabilité, on doit se tenir constamment sur le qui-vive afin de donner l'alarme dans la seconde qui suit l'apparition de l'ennemi. Aussi n'accorda-t-il que de brefs regards aux papillons et aux oiseaux qui passaient. Il ne se retourna même pas une trentaine de fois pour observer ses amis. Une belette qui vint musarder le long de la haie au-dessous de lui ne retint son attention qu'une petite minute.

Une sentinelle qui n'aurait pas eu conscience de l'importance de sa mission se serait laissé distraire par le panorama qui, vu des créneaux, était grandiose. C'étaient les collines qui bleuissaient au loin à mesure que le soleil baissait ; puis les toitures du village autour du clocher dont les ardoises luisaient du côté du soleil couchant ; plus près, c'était la vallée qui se couvrait peu à peu de brume. Mais ce paysage, Jean-Claude ne lui consacra que deux ou trois minutes, juste le temps de repérer avec certitude quelques maisons et l'école.

Par contre, il concentra toute sa vigilance sur le chemin qui, après avoir décrit de nombreux lacets, émergeait de la vallée, aboutissait au tertre sur lequel se dressait le hêtre, puis longeait le champ de Taupard et allait se perdre dans les bois. Malheureusement, les replis du terrain, et surtout les houx épais qui le bordaient, le dissimulaient sur des longueurs importantes aux yeux du guetteur. Seule une portion d'une cinquantaine de mètres située à mi-versant était nettement visible entre les feuillages brillants. Il aurait été aisé d'y voir un passant qui aurait eu encore plus de cent mètres à parcourir sous le couvert avant de déboucher au pied du hêtre. En cas d'alerte, Jean-Claude aurait donc eu largement le temps de faire fonctionner l'appeau, de descendre de l'arbre et de courir se cacher dans le bois avec Raymond et Milou avant l'arrivée du passant.

Comme le chemin demeurait désert, Jean-Claude décida de faire quelques exercices afin de se détendre les bras et les jambes qui commençaient à s'ankyloser. Il se leva et s'accrocha à la branche, puis il se balança au-dessus du vide comme Roland Toutain, l'acrobate aérien qu'il avait vu au cinéma à Belleville avant la guerre, faisant frémir les foules pendant les meetings, alors qu'il était suspendu sous les roues d'un avion volant en rase-mottes. Il fit ensuite des exercices de barre fixe, contemplant le ciel, la tête en bas, comme devait le voir Malinvaud, le célèbre aviateur limougeaud, l'as de la voltige, avec son monoplan aux ailes rayées de jaune et de rouge.

Il achevait un looping quand, tout à coup, il entendit que quelqu'un parlait tout près de son arbre. Il se redressa, consolida son équilibre, chercha en hâte l'appeau dans sa poche. Trop tard ! Un jeune homme et une jeune fille arrivaient à dix mètres à peine du hêtre. Il ne pouvait donner l'alarme sans être immédiatement découvert. Il se contenta de se blottir contre le tronc, immobile et ramassé sur lui-même.

Les jeunes gens ne l'avaient pas aperçu. Ils ne levaient pas la tête. Ils marchaient étroitement enlacés. Jean-Claude était angoissé. Encore une trentaine de pas et ils verraient Raymond et Milou. Quelle catastrophe ! Que répondrait-il aux reproches qu'ils ne manqueraient pas de lui faire ? Tout le village, ainsi que Taupard, évidemment, allait apprendre que le trio semait des mauvaises graines dans les terres à cultures. Ils devraient affronter les reproches ou les risées des voisins. Même Martial et la mémé seraient obligés de les punir sévèrement. Et tout cela par sa faute ! Il se tourna vers ses amis, agitant désespérément le bras pour tenter de les prévenir. En vain. Ils étaient trop occupés à semer et à ratisser.

Les amoureux venaient de s'arrêter au milieu du chemin pour s'embrasser. Jean-Claude reprit espoir, se disant que si ce baiser était aussi long que les baisers de cinéma, ses complices auraient le temps d'atteindre le bout du champ et qu'ils regarderaient sûrement de son côté avant de changer de travée. Et justement, ce baiser s'annonçait bien. Il avait commencé sans fougue, comme toutes les choses faites pour durer. Ils ne s'étaient pas jetés voracement l'un contre l'autre. Ils avaient pris posément leur souffle avant d'en venir aux lèvres et maintenant ils ne bougeaient plus.

Jean-Claude les connaissait. La fille était l'aînée de la nichée des Micoulet-du-bas. Milou l'avait surnommée la Dinde, car elle portait sur un cou trop long et trop maigre une tête anormalement petite au teint rouge et au nez pointu.

Le jeune homme était Jacques Thuilier, le fils du forgeron. Il avait été incorporé dans les Chantiers de Jeunesse quelques mois auparavant et était arrivé la veille en permission. Jean-Claude s'était arrêté quelques minutes sur la place pour le voir faire le faraud devant un groupe de grandes filles et de grands garçons. Il se pavanait dans son uniforme de sortie qui, du béret aux bandes molletières, en passant par le blouson et le pantalon, était entièrement vert. Un bel écusson de toile cousu sur sa poitrine indiquait à qui voulait le savoir qu'il appartenait au 42e groupement, « La Marne », stationné à Châtelguyon et dont la devise était : « De l'avant ! Hardiment ! »

Il racontait aux autres qu'il passait son temps à abattre des arbres avec une hache pour éclaircir une forêt. Il leur fit même toucher les durillons que le manche de l'outil avait fait pousser sur sa paume à la base des doigts. Quand il ne coupait pas les arbres, il saluait un drapeau ou ses chefs. Il se crut obligé de faire une démonstration. Il se mit au garde-à-vous, cria de toutes ses forces : « Jeunes, toujours… prêts ! » et il claqua des talons en portant si vivement sa main raidie à son béret qu'il faillit le faire tomber. Il en profita pour l'enlever et même pour faire toucher ses cheveux coupés en brosse. La Dinde faisait partie du groupe. Elle exprimait son admiration en lançant la tête en avant par saccades et en disant que l'uniforme était d'un beau vert, qu'elle n'avait jamais touché des durillons aussi durs et une brosse aussi douce.

Jean-Claude pensa que Jacques Thuilier lui avait sans doute proposé cette promenade champêtre pour la remercier de ces compliments chaleureux.

Ils étaient toujours debout l'un contre l'autre, à la même place, mais le baiser avait pris fin. La Dinde qui semblait avoir du mal à retrouver son haleine était encore plus rouge que d'habitude. Jean-Claude espéra un instant qu'ils allaient revenir sur leurs pas, car elle se mit à tirer son compagnon par la main en disant :

– Viens, rentrons.

Mais celui-ci ne paraissait pas disposé à lui obéir. Ses pieds demeuraient immobiles, mais ses mains, comme le prescrivait la devise de son écusson, allaient hardiment de l'avant. Elles dégrafèrent prestement le corsage de la Dinde qui devait avoir très chaud, car elle était maintenant écarlate. Elle ne protesta pas, trouvant sans doute qu'un peu d'air frais lui rafraîchirait la poitrine. Elle se jeta soudain au cou de son amoureux, lui picorant le visage de baisers. Il devait la chatouiller sous son corsage, ce qui lui faisait pousser de petits gloussements. Elle se mit bientôt à se frotter contre lui en se tortillant d'une manière ridicule.

Jean-Claude se demandait de quelle façon allait se terminer cette scène burlesque quand le bûcheron vert saisit brutalement la fille à bras-le-corps, comme un fagot, et l'emporta à travers la haie de houx, jusqu'à un bosquet de chênes situé à quelques mètres, de l'autre côté du chemin.

Le jeune garçon ne les voyait plus. Mais il entendit un bruit de chute dans les feuilles sèches. Il supposa que Jacques Thuilier avait trébuché et s'était écroulé avec son fardeau. Il pensa qu'il aurait été amusant de voir ces deux imbéciles se dépêtrer avec des épines piquées dans la peau.

Les feuilles sèches crissaient sans cesse. On avait l'impression qu'ils jouaient à la lutte. Soudain, elle se mit à crier :

– Non ! Non ! Non ! Pas ça... Je ne veux pas !... Laisse-moi partir !...

Puis la bagarre devint moins violente. La fille ne se débattait plus beaucoup, mais elle répétait mécaniquement :

– Non ! Non ! Non !

Sa voix prenait des accents bizarres et devenait presque mourante.

Jean-Claude était inquiet.

Jacques Thuilier ne parlait pas, mais il soufflait comme un bœuf et la Dinde se mit à pousser de brefs gémissements entrecoupés de petits cris.

Jean-Claude se demandait :

« Qu'est-ce qu'il lui fait, ce grand lâche ? Il doit être en train de la torturer, peut-être de lui tirer les cheveux, de lui tordre le bras, de la pincer ou de la chatouiller sous les pieds. »

La vérité lui apparut soudain, car il venait de se

rappeler un fait divers qu'il avait lu dans *le Courrier du Centre* sous le titre « LE MONSTRE DU CRÉPUSCULE AVAIT ÉTRANGLÉ QUATRE FEMMES ». C'était l'histoire atroce d'un fou (le journal disait un sadique) qui ne pouvait voir le cou d'une fille sans avoir des démangeaisons dans les doigts. C'était plus fort que lui. Et crac, il serrait, serrait… Précisément, la Dinde avait un cou à tenter les mains d'un détraqué de ce genre. Il était si mince qu'un manchot avec une grande main aurait pu en venir à bout tout seul.

Jean-Claude imagina la tête de la fille virant au violet et se dit avec horreur qu'un crime était en train de se commettre tout près de lui et qu'il devait agir immédiatement pour sauver la malheureuse.

Il se préparait à crier au secours pour effrayer l'assassin et lui faire lâcher prise, quand un râle plus rauque que les autres se fit entendre. Puis ce fut le silence. Un silence terrible.

Il comprit que c'était fini et que la pauvre fille était morte.

De longues secondes passèrent, puis les feuilles crissèrent de nouveau. C'était l'assassin qui se relevait et se préparait à fuir en abandonnant le cadavre. Jean-Claude irait prévenir ses amis et…

Soudain, il crut entendre parler. Il tendit l'oreille et distingua :

– Ma jupe est toute froissée.

Et cette voix, c'était celle de la Dinde ! Jean-Claude croyait rêver. Il ne l'avait donc pas tuée ! Que s'était-il passé ? Pourquoi s'était-elle mise à crier et à gémir de la sorte ?

– Allons, dépêche-toi ! Il est tard, il faut que je rentre. Tu boucleras ton ceinturon en marchant.

Et elle sortit de la haie, bien vivante, les cheveux un peu ébouriffés, avec des feuilles de chêne autour de la tête, comme le maréchal Pétain. Son visage était cramoisi, mais elle était apparemment intacte.

Une bouffée de joie envahit Jean-Claude, dissipant d'un coup son angoisse. Il avait envie de chanter et de descendre les embrasser. Il les regarda s'éloigner avec tendresse.

Puis il pensa que la Dinde était encore plus dinde qu'on pouvait l'imaginer. Quelle idée de geindre de cette façon quand son amoureux la chahutait un peu ! Il se proposa de chatouiller un jour, dans un coin de la cour de l'école, Marie-Jeanne Micoulet pour voir si elle poussait les mêmes cris d'agonisante que son imbécile de sœur aînée.

Il se retourna vers le champ de Taupard. Les deux compères, auxquels il n'avait plus pensé depuis un long moment, avaient presque terminé leur travail. Milou ratissait avec rage, tandis que Raymond achevait d'ensemencer la dernière bande de terre.

Il était tard, le soleil était déjà couché. En regardant son cousin, Jean-Claude pensa au semeur de la poésie de Victor Hugo que le maître leur avait fait apprendre. Et, peut-être parce que l'ombre commençait à envahir la campagne et qu'il avait besoin d'exorciser une autre angoisse qui commençait à lui serrer le cœur, il se mit à chanter à tue-tête sur l'air de *La Paimpolaise* :

Pendant que, déployant ses voiles,
L'ombre, où se mêle une rumeur,
Semble élargir jusqu'aux étoiles
Le geste auguste du semeur.

10

Depuis plusieurs mois, Martial se rendait une ou deux fois par semaine à Limoges. Quand son fils ou son neveu lui demandait ce qu'il y allait faire, il répondait qu'il voulait profiter des dernières belles années de sa vie, car, disait-il, la jeunesse passe même si l'on n'en profite pas, à l'inverse de la pile Wonder qui, d'après la réclame, ne s'use que si l'on s'en sert.

Ce matin-là (le lendemain du jour des premières semailles), comme le soleil était déjà chaud, il faisait sa toilette dans la cour, sous le tilleul, près du puits. Il disait que, dehors, il pouvait s'ébrouer à son aise sans entendre des reproches à cause de quelques gouttes d'eau de rien du tout qui volaient à droite et à gauche dans la cuisine.

Il avait tiré deux grands seaux d'eau fraîche et apporté ses affaires de toilette sur la pierre du bac : le rasoir à manche, le cuir à affûter, le savon et les serviettes. Il avait accroché le miroir à l'un des clous qui hérissaient le tronc de l'arbre et que les mâles des deux générations précédentes de Poutarot y avaient plantés dans le passé. Martial était fier d'avoir utilisé, dès son premier rasage, à quatorze ans, puis pendant toute sa croissance d'adolescent, les clous de son grand-père Mathurin. Il était facile de les reconnaître, car ils avaient été fabriqués par un forgeron et leur grosse tête était irrégulièrement façonnée. Ils montaient plus haut le long du tronc que ceux de son fils Eugène, mais ils descendaient, par degrés, plus bas, à cause des années de vieillesse qui avaient peu à peu cassé le grand-père Mathurin. Pour le moment, Martial accrochait son miroir au point culminant : celui de la force de l'âge.

Il y avait aussi un autre clou, tout seul, en bas, à un mètre cinquante du sol. Celui-ci, on l'avait planté un matin de 1912 pour un vague cousin, une sorte d'avorton, pied-bot de surcroît, un être presque inexistant, léger comme une plume et coquet comme une demoiselle. Il habitait une commune voisine et était venu en visite sur une bicyclette d'enfant à pneus ballons et à pédalier spécial. On n'avait pas voulu le laisser rentrer chez lui le soir à cause d'un vent d'orage qui s'était levé. Le lendemain matin, il avait manifesté le désir saugrenu de se raser avant de partir et, pour lui faire plaisir, on avait planté ce clou à la hauteur de son visage. Les Poutarot, qui avaient toujours été grands, même lorsqu'ils étaient petits, comme disait Martial, avaient tout de même conservé ce clou dégénéré et ils l'utilisaient pour accrocher le cuir du rasoir.

Tout en se badigeonnant le visage avec le blaireau, il se plaignait du savon à barbe qui ne moussait pas, affirmant qu'une couche de plâtre sur la gueule aurait produit le même effet, qu'il allait se taillader la couenne, c'était sûr, à cause d'une saloperie pareille et que le col de sa chemise propre serait taché de sang sitôt qu'il l'aurait enfilée.

Sylvette vint lui demander, de la part de Pauline, quelle cravate et quels souliers il voulait mettre.

– Dis-lui que la cravate, c'est ma neuve d'il y a deux ans. Elle ne peut pas se tromper, c'est celle qui a du bleu et du rouge en travers et du jaune en long. Et qu'elle regarde si, par hasard, elle n'aurait pas besoin d'un petit coup de fer. Pour les souliers, c'est les rouges, les plus légers, pas ceux qui ont la triple semelle et le bout renforcé avec la marque « *Le Réserviste* ».

Puis il cria à la fillette qui repartait en courant :

– Dis-lui aussi de me sortir un mouchoir, un blanc. Un des plus fins.

Sylvette accomplit sa mission, puis elle revint se planter près de lui, la tête levée, le regardant se raser, imitant inconsciemment les grimaces et les contorsions qu'il faisait afin de tendre la peau de son visage sous le rasoir qu'il maniait calmement. Il s'interrompait de temps en temps pour essuyer la lame pleine de savon sur les feuilles d'une branche basse du tilleul ou pour l'affûter sur la lanière de cuir.

Quand il eut fini de se raser, il se courba sur l'un des seaux, prit de l'eau dans ses mains réunies et s'aspergea le visage et le torse en affirmant que ça faisait autant de bien que de boire un bon verre de vin frais quand on a la pépie. Il s'essuya en poussant des soupirs de satisfaction, puis il se pencha et tendit la joue à Sylvette. Elle y fit claquer un baiser et lui dit à l'oreille :

– Regarde ce que j'ai été chercher dans ma chambre pour toi.

Elle ajouta d'un air mystérieux, en sortant un minuscule flacon de sa poche :

– C'est du sent-bon. C'est ma maman qui me l'a donné le jour qu'elle est repartie. Attends, je vais t'en passer un tout petit peu, mais il ne faudra pas le dire à la mémé.

Elle renversa le flacon débouché sur son index qu'elle appliqua aussitôt trois fois sur le menton de son oncle, en disant d'un air sérieux :

– Voilà, tu en as assez pour un coup, parce que ça sent fort.

Martial que les rudes senteurs des étables n'incommodaient pas répondit :

– Tu as raison, parce que si on en met trop, ça ne sent plus bon, mais ça pue.

Il souleva la fillette à bout de bras en riant et la tint un instant suspendue au-dessus de sa tête, entre les branches du tilleul, dans les bourdonnements d'insectes.

Puis il courut à la cuisine, rassembla en un tour de main ses vêtements et ses chaussures que lui avait préparés sa mère, et il disparut dans sa chambre. Il en ressortit, superbe, cinq minutes plus tard, juste au moment où Pauline venait de finir de ranger ses affaires de toilette et ses vêtements.

Il lui dit affectueusement en lui entourant les épaules de son bras :

– Tu vois, aujourd'hui, tu ne peux pas dire que j'ai été long à me préparer.

Et il ajouta en regardant autour de lui :

– ... Ni que je t'ai fait beaucoup de désordre.

Puis, il saisit le miroir et observa son image avec complaisance.

Il épongea son front où serpentait un filet de brillantine *Forvil*.

– J'en ai un peu trop mis, ça m'a rendu le cuir chevelu trop gras.

La mémé ajusta ses lunettes et dit, après avoir regardé avec attention les zones de calvitie qui formaient des clairières dans la chevelure de son fils, que ce que Martial appelait son cuir chevelu devenait d'année en année de plus en plus cuir et de moins en moins chevelu.

Mais il ne se laissa pas démoraliser par cette observation pessimiste et il dit :

– Quand même, pour mon âge, quand je suis tiré à quatre épingles, je ne suis pas si mal que ça !

La mémé ajusta de nouveau ses lunettes, plissa les paupières, inspecta les vêtements de son fils des pieds à la tête et conclut qu'en fait d'épingles, quand on y regardait de plus près, on s'apercevait que Martial, en parlant de quatre, exagérait de deux paires au moins.

En effet, le nœud de la cravate, sans doute par pudeur, avait tendance à cacher ses couleurs trop agressives sous le col de la chemise, et les boutons du gilet avaient rejoint leurs boutonnières d'affectation avec une certaine fantaisie.

Avant le départ de Martial, il y eut encore quelques minutes de confusion, car ses pinces à pantalon étaient égarées.

– Pourtant, je ne peux pas partir sans, disait-il. Surtout que Raymond me graisse toujours trop cette putain de chaîne…

Il entreprit des recherches énergiques, ouvrant des portes de meubles et les fermant en les faisant claquer, fouillant dans les tiroirs, déplaçant des objets sans ménagements, plongeant ses grosses mains entre des piles de linge.

Sylvette affirmait que c'était Marie-Jeanne Micoulet qui était venue les voler la nuit pour s'en servir de barrettes pour ses cheveux. Mais ni son oncle ni sa grand-mère ne l'écoutait, car l'un était trop occupé à remettre la maison en désordre et l'autre à ranger les choses derrière lui.

Pauline parvint cependant à intercepter Martial

lorsqu'il se dirigea vers le vaisselier. Elle se plaça, les bras en croix, devant le meuble pour lui en interdire l'accès, évitant ainsi le pire.

Il finit par retrouver ses pinces dans la pochette du calendrier offert par *La Prévoyance agricole* en 1937.

Il les fixa à son pantalon en disant qu'il se demandait quel était le crétin qui les avait mises en cet endroit.

Raymond et Jean-Claude arrivèrent au moment où il enfourchait son vélo. Il disparut après avoir lancé un retentissant « Au revoir ! » à sa famille réunie sur le pas de la porte.

On l'entendit siffler *Les Gars de la marine* pendant qu'il dévalait la pente. La mémé demeura un moment immobile et songeuse, puis elle soupira et dit avant de rentrer :

– Je crois bien que notre Martial a foulé de l'herbe folle.

11

L'après-midi, quand Raymond et Jean-Claude arrivèrent au vieux moulin, Milou leur dit sans préambule :

– On a fait une belle gaffe, hier soir, dans le champ de Taupard.

Ils le regardèrent avec étonnement.

– Oui, on a oublié d'arracher nos fiches de châtaignier avant de partir.

– Bon Dieu, c'est vrai !... s'exclama Raymond.

Jean-Claude était consterné :

– Il faisait déjà sombre et on n'y a pas pensé. Pourvu que Taupard ne soit pas déjà passé là-haut !

– Il faut y remonter tout de suite. Allez, venez, dit Raymond, prêt à s'élancer.

Milou le retint par le bras :

– Pas la peine. Elles n'y sont plus parce que je suis revenu les arracher cette nuit.

Il savoura un instant l'étonnement de ses deux complices, puis il expliqua :

- J'étais tellement content de notre travail que ça

m'empêchait de dormir. Je repensais à ce qu'on avait fait. Et, tout à coup, pan ! ces bouts de branches de châtaigniers me sautent aux yeux. Je les revois tous alignés comme on les avait plantés. Alors, je ne fais ni une ni deux, je m'arrache du lit. Minuit venait de sonner. Le clair de lune rentrait par la fenêtre et je vous jure que je n'ai pas eu besoin de l'électricité pour trouver mes habits et pour les enfiler.

– T'as pu sortir sans réveiller tes parents ? demanda Raymond.

– Pas de danger de les réveiller. Leur chambre est au moins à huit mètres de la mienne et, de plus, elle donne sur l'écluse qui fait du bruit sans arrêt.

Il ajouta en riant :

– Et quand un meunier et une meunière ça dort, le moulin peut aller trop vite, comme dans la chanson, rien ne les réveille... Donc je suis sorti et, dehors, vous ne pouvez pas vous figurer comme c'était beau. C'était...

Il cherchait en vain des mots pour traduire son admiration. Enfin, il écarta les bras et dit :

– De la lune... Partout de la lune... Je marchais dans de la lune... Quand on n'a pas vu ça, on ne peut pas s'en faire une idée. Il faisait presque aussi clair qu'en plein jour, mais les choses n'étaient plus comme d'habitude. Tout était tellement bizarre que je me serais cru dans un pays que je ne connaissais pas. Ça me faisait même peur. Ça me prenait au ventre. Vous ne pouvez pas savoir. Mais je voulais monter coûte que coûte jusqu'au champ de Taupard. Alors, comme j'avais la trouille, au début, je me suis mis à courir pour ne rien voir et pour avoir plus tôt fini. Mais un moment après, je me suis calmé. Je me suis arrêté et je me suis forcé à y aller comme un qui se promène sans se presser. Et je ne l'ai pas regretté, parce que c'était formidable. Les prés étaient pleins de rosée. On aurait dit des étangs de lune. Mais des étangs sans reflets, où on ne voyait pas un arbre se mirer dedans. Des étangs morts, quoi ! Je marchais au milieu de tout ça et je ne croyais pas que c'était vrai, que ça existait… Mais j'étais heureux comme jamais je ne l'ai été.

Ses yeux en étaient encore émerveillés. Il reprit :

– Alors, il m'est venu une idée. Je me suis dit que nos graines, il vaudrait mieux les semer par des nuits comme celle-là. On y verrait assez clair et on ne risquerait pas d'être surpris.

Raymond désigna Jean-Claude du menton et dit :

– Oui, mais nous deux, on ne pourrait pas sortir aussi facilement que toi. Nos chambres sont bien l'une à côté de l'autre et elles communiquent, mais celle de ma grand-mère, elle est en face, de l'autre côté du couloir. Et elle ne dort pas beaucoup. De plus, elle n'est pas encore sourde. Surtout que les portes couinent comme des perdues si peu que tu les touches. Et les marches de l'escalier, elles craquent aussitôt qu'elles voient que tu vas leur mettre le pied dessus, que ça t'en ferait pitié. Toute la famille serait réveillée avant qu'on soit en bas. « Et où c'est-y que vous allez comme ça, tout habillés, en plein milieu de la nuit ? » Tu entends le cirque d'ici… Alors, tu vois, ce n'est pas possible. Ce n'est même pas la peine d'y penser.

– Et l'échelle ? rétorqua Milou qui avait réfléchi au problème. C'est bien vos deux chambres qui ont leurs fenêtres sur la petite basse-cour derrière la maison ? J'ai remarqué que ton père laisse toujours une échelle plantée contre le mur sous les pigeonniers.

– Oui, c'est pour monter prendre les pigeonneaux avant qu'ils aient les ailes assez fortes pour s'envoler.

– Bon. Avant de vous coucher, vous approcherez cette échelle de votre fenêtre. Pas carrément dessous, ça paraîtrait louche, mais assez près pour pouvoir l'attirer avec la main depuis votre chambre au moment de sortir. Et vous descendrez tranquillement sans réveiller personne. Pas plus difficile que ça !

– Et quand on sera rentrés, on la repoussera un peu sur le côté, dit Jean-Claude.

– Et comme ça, ni vu ni connu, je t'embrouille ! fit Milou en se frottant les mains.

– Ça, c'est faisable. Mais comment fera-t-on pour être réveillés à l'heure qu'on se sera fixée ? demanda Raymond.

– Fais-moi confiance. J'ai un réveil à moi dans ma chambre et aussitôt que je serai habillé, je viendrai taper à petits coups à vos carreaux avec une perche. Et si vous ne m'entendez pas, je monterai à l'échelle. Vous n'aurez qu'à laisser la fenêtre entrouverte.

– Et Pataud ? demanda Jean-Claude.

– Il donnera peut-être un coup de gueule ou deux, mais pas plus. Sitôt qu'il aura reconnu Milou, il se taira, dit Raymond.

Puis il ajouta, après un instant de réflexion :

– Ça serait quand même avantageux de semer la nuit. On ferait l'économie du guetteur. Et à trois, le travail avancerait plus vite.

– C'est surtout qu'on sera plus tranquilles, enchérit Milou. Qui pourrait nous voir en pleine nuit ? Et quand on travaille sans inquiétude, sans arrière-pensée, on a plus de cœur à l'ouvrage. Vous voyez, hier soir, en ratissant le champ de Taupard, j'étais heureux, c'est vrai, mais, à des moments, je pensais que quelqu'un pourrait nous surprendre et ça me gâtait mon plaisir. Un guetteur ne peut pas tout voir. On ne peut pas se fier à lui à cent pour cent.

– Oh ! non, dit Jean-Claude avec conviction, car il pensait à la Dinde et à son amoureux.

– Bon. C'est entendu, on lui éparpillera nos graines au clair de lune, dit brusquement Raymond. Quand c'est qu'on commence ?

– Montons, on va étudier ça, répondit Milou. Il faut faire un plan avec le calendrier du facteur. Je l'ai apporté exprès pour ça.

L'après-midi fut consacré à la réorganisation des MAGASINS MILOU.

Il fallait du matériel de bureau. Raymond alla chercher son sac d'écolier à la maison.

Quand il revint, son cousin lui demanda :

– Qu'est-ce qu'elle a dit, la mémé, quand elle t'a vu repartir avec ton sac, alors qu'il n'y a pas classe ?

– Je n'ai jamais vu une femme plus étonnée. Mais ne va pas croire qu'elle m'a cru quand je lui ai dit que vous vouliez me poser des questions avec mes livres pour me faire réviser mon certificat. J'ai bien vu dans ses yeux que les questions, c'était elle qui se les posait. Surtout quand j'ai ajouté, pour faire plus sérieux, que vous vouliez me faire faire une dictée.

Milou détacha d'un seul geste une douzaine de feuilles blanches du cahier du soir qui en avait déjà fourni de nombreuses à l'industrie navale de Raymond qui constata :

– Il est devenu mince comme une affiche. Mais ça ne fait rien. Au contraire. Il sera plus tôt fini. Je ne sais pas si vous êtes comme moi, mais, dans un cahier, il y a qu'une page que je fignole avec plaisir. C'est la première. Celle-là, je me la pourlèche. Si je risque d'avoir un « Assez bien » dans la marge, c'est ce jour-là. Aux autres pages, c'est pas la peine d'y compter. Le mieux que j'ai, c'est des « Passable ».

Vous voyez, si j'avais commencé tous les matins un cahier neuf, ç'aurait coûté cher, d'accord, mais il y en a qui seraient peut-être étonnés au jour d'aujourd'hui de voir où j'en serais arrivé dans mon instruction.

Milou lui suggéra de déchirer chaque matin la page écrite la veille. Ainsi, il aurait l'illusion de commencer un cahier neuf chaque jour.

Ils se répartirent les tâches.

La plus importante fut confiée à Jean-Claude. Il devait dresser, à l'aide de l'almanach, un tableau montrant les différentes phases de la lune au cours des prochains mois.

La réalisation devait en être particulièrement précise et soignée, car ce tableau allait être un document d'état-major de tout premier ordre, à partir duquel toutes les décisions seraient prises. Il serait affiché au mur et fréquemment consulté afin de déterminer les dates et les heures des opérations nocturnes.

Raymond se chargea de préparer les cartons et les caisses de bois destinés à stocker les futures collections de graines. Il découpa des étiquettes sur lesquelles il commença à inscrire les noms des plantes. Milou, intrigué, se pencha sur son épaule et lut avec étonnement :

AUZEYE SAUVAGE
COCLICOT
HORTIE

– Laisse les étiquettes, dit-il au grand gaillard. Je les écrirai. Tu nous rendrais un plus grand service si tu allais creuser une petite fosse dans l'ancien jardin du moulin. On y enterrera le chiendent et le liseron avant de les planter. J'ai apporté une pioche et une pelle. Mais tu vas avoir du boulot, parce que les ronces ont poussé partout.

Raymond sortit sans se faire prier et les deux autres l'entendirent ahaner presque aussitôt au rythme de ses coups de pioche.

Deux heures plus tard, le travail de Jean-Claude était terminé. Milou ouvrit la fenêtre pour inviter le terrassier à venir lui aussi admirer le vaste tableau composé de plusieurs feuilles assemblées par des liserés de colle.

Dans la première colonne figurait la liste des jours et, dans les deux suivantes, celles des heures de lever et de coucher de la lune. À chaque jour correspondait un graphique simple mais éloquent, qui indiquait à l'aide de bandes coloriées en jaune les heures nocturnes pendant lesquelles la lune serait visible.

Raymond constata avec bon sens que la lune était encore plus lunatique qu'on se le figurait, car elle faisait des apparitions vraiment irrégulières.

Puis, Milou emmena ses amis au fond de la pièce. Il avait accroché au mur un écriteau indiquant :

EXPÉRIENCES

CHIENDENT ET LISERON

Au-dessous se trouvaient trois longues étagères chargées de nombreux récipients. On y voyait des vieilles boîtes de conserve, des terrines, des pots à fleurs ébréchés. Une magnifique saucière en porcelaine bleue à peine fêlée dressait fièrement son col-de-cygne au-dessus d'un pot de chambre à l'émail craquelé. Des verres à ventouses et des verres à pied en excellent état s'alignaient sur la plus basse étagère. Tous ces récipients étaient étiquetés et remplis de terre humide.

– Ici, dit Milou, j'ai commencé des expériences pour connaître la meilleure façon de faire pousser les mauvaises herbes. Les livres d'agriculture expliquent bien comment les détruire, mais pour savoir comment les cultiver pour qu'elles se développent bien, s'il faut les enterrer profond et en quelle saison… zéro… il n'y a rien. Et pourtant, c'est ça qu'il faut savoir pour réussir nos semailles.

– Si les livres ne l'expliquent pas, dit Jean-Claude, c'est que personne ne sème de mauvaises graines. On est peut-être les premiers à le faire.

– Et sûrement les premiers à en semer en grand, ajouta Milou. Faut pas oublier que notre affaire porte sur des hectares et des hectares. Et quand j'y pense, je me dis que personne n'a eu le culot de tenter ça avant nous.

Il désigna l'une des étagères :

– Là, je fais des expériences pour savoir à quelle profondeur il faut mettre les racines pour qu'elles poussent le plus vite possible. Par exemple, dans la première boîte, j'ai foutu un bout de racine de liseron sous un centimètre de terre. Dans la boîte suivante, sous deux centimètres, puis sous trois, et ainsi de suite jusqu'à quatorze dans le grand vase du bout. On verra combien de temps il faudra aux pousses pour mettre le nez dehors.

Jean-Claude était intrigué par les verres à pied et à ventouses.

– Est-ce que ta mère sait qu'ils sont là ? demanda-t-il.

Milou sourit :

– Bien sûr que non ! Je les ai pris en douce, mais, comme je crains qu'elle en ait besoin brusquement, je surveille la santé de la famille à cause des ventouses. Et à cause des verres à pied, j'écoute les conversations pour savoir si quelqu'un n'a pas été invité à venir manger à la maison. Alors, si j'entendais parler de fluxion de poitrine, de refroidissement des côtes, ou de cousins qui rappliquent, crois bien que les verres, ils seraient vidés, rincés et rangés dans le placard avant d'avoir pigé ce qui leur arrive.

– Et qu'est-ce que tu as mis dedans ? demanda Raymond.

– Encore du liseron et du chiendent. Mais, cette fois, j'ai laissé les racines au soleil avant de les enterrer. Regardez les étiquettes. Il y en a que j'ai fait bronzer pendant six heures, d'autres douze, d'autres dix-huit, étécé... étécé... Celles qui sont restées quarante-huit heures, ça n'a pas dû leur plaire parce que à la fin elles étaient noires comme des macaronis qu'on a oubliés dans le four. Et je crois qu'elles ne s'en remettront pas.

Jean-Claude ne comprenait pas l'utilité de cette expérience. Raymond lui expliqua :

– Notre liseron et notre chiendent, on les trouvera dans les champs qui viennent d'être labourés et on n'aura que la peine de se baisser pour les ramasser. C'est l'herse qui finit d'arracher les racines avec ses piques et qui les rassemble en gros paquets. Des coups, il y en a tellement qu'on est obligé de la soulever pour la dégager. Ces saloperies de racines, ça a pourtant la peau dure, mais quand ça n'est plus dans la terre, ça finit par crever à la longue. Et ce que Milou cherche à savoir, c'est combien de temps ça peut survivre à l'air libre. Suppose qu'une pousse sorte du verre à ventouse, malgré qu'elle s'est payé une journée entière à se griller au soleil, ça veut dire que nous, même si on est à l'école quand un champ se laboure et se herse, y a pas à s'en faire, pas à se précipiter dessus comme des goulus le soir en sortant de l'école, puisqu'on sera sûrs qu'en allant ramasser nos racines, même le lendemain si on veut, elles feront encore des petits quand on les aura repiquées dans la terre à Taupard.

Il ajouta en posant la main sur l'épaule de Milou :

– À partir de maintenant, on va travailler sci-en-ti-fi-que-ment, grâce à Milou.

Il était évident que l'ère des tâtonnements empiriques était terminée.

– Je n'ai pas chômé, moi non plus, dit Raymond. Venez voir ce que j'ai fait.

Ils descendirent dans l'ancien jardin. Un imposant talus de terre fraîchement remuée dominait une vaste excavation.

C'était la « petite » fosse que Raymond avait creusée pour stocker le liseron et le chiendent en transit.

– C'est-y assez grand ? demanda-t-il à Milou.

Celui-ci jugea que ce serait peut-être un peu juste si Raymond avait l'intention d'y enterrer le taureau des Micoulet-du-bas qui pesait sa petite tonne, mais si c'était pour y mettre leurs racines, un trou vingt fois plus petit aurait été suffisant.

Raymond prit alors l'air condescendant et ironique du travailleur manuel qui vient d'entendre un intellectuel proférer une naïveté.

– Tu ne sais donc pas que les plantes, même les mauvaises herbes, ont besoin de place et de tranquillité. Si tu les entasses dans une fosse trop étroite, et si tu viens les remuer tous les jours pour emporter celles que tu veux aller planter chez Taupard, elles vont se dire : « Où c'est-y qu'on est tombées ? On est les unes sur les autres, ici. C'est comme dans un wagon à bestiaux. Et par-dessus le marché, ils veulent nous bousculer, ces sauvages. Tu vas voir… » Alors, elles se vexeront et tu pourras toujours attendre qu'elles se développent. Peut-être même qu'elles dépériront et qu'on ne sèmera que des racines grosses comme des vermicelles *Lustucru*, que c'en sera risible. Au point que si Taupard nous y surprend, il nous laissera faire en se foutant de notre gueule.

Puis il proposa à Milou de renforcer les parois de terre avec des planches bien jointes et maintenues verticalement par des piquets solidement plantés.

– Dans quelques semaines, expliqua-t-il, nos racines vont grouiller dans la terre comme des serpents. Si on ne coupe pas leur élan avec des planches, elles se faufileront dans le sol, tout autour des bâtiments et trois mois après, le liseron sera arrivé sur la toiture. Et les murs, tu ne les verras plus. Ils seront couverts de feuilles et de clochettes.

Milou accepta cette proposition, car, disait-il, il ne voulait pas trouver son moulin empaqueté et enrubanné comme une boîte de chocolats des jours de l'An d'avant-guerre.

12

En traversant la place, alors qu'ils rentraient chez eux, Raymond et Jean-Claude virent un attroupement autour d'un homme qui, la tête levée, faisait tourner son bras comme une hélice.

– Viens, on va se marrer, dit Raymond. C'est le Cyp qui remet l'horloge à l'heure. Et aujourd'hui, c'est Pierre-Daniel Micoulet-du-haut qui le guide.

– Depuis un an que je suis là, c'est la première fois que je vois ça, dit Jean-Claude.

– Oui, c'est rare que l'horloge s'arrête, parce que le Cyp la remonte régulièrement. Mais, cette fois, il a dû oublier.

– Mais pourquoi Pierre-Daniel fait-il tourner son bras ?

– Le Cyp est là-haut dans le clocher, derrière l'horloge. Lui, ce qu'il fait tourner, c'est la grande aiguille, mais il ne peut pas la voir. Il fait ça à l'aveuglette. Alors, il recrute quelqu'un pour le guider depuis en bas. Aujourd'hui, Pierre-Daniel passait sans doute par là et c'est lui qui a écopé de la corvée.

– Oui, je comprends. Celui qui est sur la place imite avec son bras la position de la grande aiguille pour que le Cyp puisse savoir où il en est. Regarde, elle passe sur midi, le bras lui aussi est à la verticale. Elle s'arrête et le bras s'arrête. Elle repart et le bras la suit.

La tête de Cyprien sortit tout à coup par une lucarne comme un diable de sa boîte.

– Il reste combien de tours ? demanda-t-il.

– Six ! cria son assistant.

– Bon. Tu m'arrêteras au cinquième et après, on ira tout doucement pour finir le réglage à la minute près.

Sa tête disparut. L'aiguille et le bras se remirent à tourner au même rythme.

Quelqu'un, parmi les badauds, dit :

– Je me demande quand la municipalité se décidera à faire remettre les aiguilles témoins du petit cadran intérieur.

Une femme ajouta :

– Et à faire remplacer cette échelle pourrie. Ce qui est étonnant, c'est que notre Cyprien soit encore en vie.

En effet, cette échelle qui permettait d'accéder au clocher et au mécanisme de l'horloge était si vermoulue, si longue et si flexible que les spectateurs avaient le vertige seulement en regardant le cantonnier-fossoyeur-remonteur-d'horloge en gravir lestement les barreaux après avoir laissé ses sabots sur les dalles. Au fur à mesure qu'il s'élevait, alors qu'une poudre de bois descendait dans les lumières chatoyantes du vitrail, les oscillations des montants devenaient de plus en plus amples et les craquements de plus en plus aigus, si bien que ceux d'en bas restaient sur le qui-vive, prêts à chaque seconde à bondir en arrière.

Mais Cyprien parvenait toujours sans difficulté jusqu'au dernier barreau. De là, il sautait sur la plate-forme en bois où se trouvait le mécanisme de l'horloge. Il faisait alors longuement tourner deux manivelles qui servaient de remontoirs et qui égrenaient des ronronnements, des grincements et des déclics. Puis on revoyait ses pieds qui partaient à tâtons à la recherche des barreaux, ensuite apparaissait le fond de son pantalon. Quelques secondes plus tard, il avait repris ses sabots et s'élançait en courant vers son cimetière.

Il était donc assez facile de remonter l'horloge. Mais, pour la remettre à l'heure lorsqu'elle était arrêtée, c'était une autre paire de manches, comme disait le bedeau, Coulaud n'a qu'un bras. Personne ne savait depuis quand les aiguilles témoins avaient disparu. (Le presque centenaire rapportait qu'il avait ouï dire à son arrière-grand-père qu'à l'époque où celui-ci jouait à la toupie, les choses étaient déjà en cet état.)

Entre les deux guerres, une nouvelle municipalité, pour marquer comme il se doit son arrivée au pouvoir par un acte spectaculaire, avait fait venir un *bigigi*, c'est-à-dire un horloger, de Limoges. Mais l'homme s'était arrêté au pied de l'échelle et, après l'avoir examinée attentivement, il avait déclaré qu'il avait oublié d'apporter quelque outil indispensable. Il était reparti après avoir promis solennellement de revenir la semaine suivante. Mais on l'attendait encore.

Le maire ne s'était donc pas trompé lorsqu'il avait prophétisé :

– C'est des paroles verbales. Vous verrez que vous ne le reverrez plus.

Son adjoint (dont l'élocution était difficile et qui parlait peu depuis qu'il avait été commotionné par le tonnerre qui s'était abattu sur le chêne sous lequel il venait de faire une amabilité à la veuve Pistoulet) bégayait :

– C'est un horlolo… un horlolo… sans papa… sans papa…

Et en une seule rafale :

– C'est un *bigigi* sans parole !

Enfin, le Gustounet de Panliran (qui avait réussi l'exploit de demeurer un illettré intégral après avoir accompli une scolarité de durée normale, et dont on devait guider la main pour l'aider à tracer une croix en guise de signature) ajoutait, catégorique :

– Fallait le lui faire écrire qu'il avait promis de revenir ! Y a que ce qui est écrit qui compte.

L'opération entrait dans sa phase finale. La plus délicate. Si le Cyp manquait son coup, s'il donnait trop d'avance, le mécanisme ne permettant pas de faire marche arrière, il faudrait tout recommencer et la grande aiguille repartirait pour douze nouveaux tours.

La tête de Cyprien jaillit une nouvelle fois de la lucarne au bout de son long cou maigre.

– Attends que je voie l'heure exacte, lui cria son assistant en tirant sa montre de la pochette de son gilet.

– Il est juste six heures vingt. Toi, là-haut, tu es arrêté à six heures trois ou quatre. Regarde bien mes bras. Ils dessinent l'angle qui sépare la grande aiguille de l'heure juste. Fais-la tourner lentement et moi je fermerai l'angle à mesure en rapprochant mes deux bras l'un de l'autre. Comme ça tu sauras où tu en es. Quand ils se toucheront, tu arrêteras aussitôt. Ça sera bon. Allez, on y va ?

– On y va !

Le mouvement de l'aiguille reprit très lent, très

saccadé. Enfin, les bras du grand Micoulet se joignirent.

– Halte ! cria-t-il.

Mais l'aiguille tourna encore de quelques degrés sur sa lancée avant de s'immobiliser. L'assistant tira de nouveau sa montre. Des têtes se penchèrent sur le cadran et quelqu'un dit :

– Cette fois, il n'y a pas à se plaindre, il n'y a que huit minutes d'avance.

Déjà, les sabots de Cyprien résonnaient sur les marches de l'église. Il rejoignit le groupe en courant.

– Huit minutes, c'est rien, dit-il. Un coup, c'était le vieux Pacaud qui m'aidait – et vous savez tous qu'il n'y voit plus beaucoup et qu'il tremble des bras –, on a bricolé un sacré moment et à la fin, l'horloge, elle s'est retrouvée avec vingt-cinq bonnes minutes d'avance. Les gens criaient et ils n'avaient pas tort. Mais jusqu'au quart d'heure, ils ne disent trop rien. Ou bien, s'ils disent, je leur réponds : « Vous n'avez qu'à y monter la mettre à l'heure. L'échelle est toujours à la même place. Allez-y. » Alors, ça coupe court aux réclamations.

Et il repartit en courant.

Parallèlement à l'heure officielle, l'heure Cyprien était prise en compte par l'instituteur. Tous les élèves savaient que si le maître n'avait pas été absent, il aurait inscrit au tableau noir les nouveaux horaires de rentrée afin de lever toute équivoque :

Le matin : 9 heures 08
L'après-midi : 2 heures moins 22

Puis il aurait donné quelques exercices aux écoliers afin de les entraîner à transformer l'heure nationale en heure Saint-Sernin, et réciproquement. Ainsi, dès leur jeune âge, les enfants apprenaient à jongler avec les heures et les minutes, car leur instituteur, en pédagogue avisé, savait profiter des circonstances locales pour les familiariser d'une façon concrète avec la complexité des nombres complexes.

Denis Bersier vint rejoindre Jean-Claude et Raymond sur la place. Il était malingre et de taille chétive, avec un visage précocement amer. Il avait perdu son père accidentellement à quatre ans et semblait rendre tout le monde responsable de ce malheur. Ce jour-là, son visage était éclairé par un large sourire inhabituel qui le rendait presque méconnaissable.

Il annonça, tout joyeux :

– Poutarot, j'ai une bonne nouvelle pour toi !... Une nouvelle qui te fera plaisir... Nos petites vacances sont finies ! L'école recommence demain matin.

Le grand garçon lui rétorqua sans inquiétude :

– Menteur ! Comment que tu le saurais ?

L'autre prit son temps et annonça :

– Tu n'as qu'à te retourner et tu verras la remplaçante. Elle est devant l'épicerie.

Les deux cousins regardèrent dans la direction indiquée et virent une grande jeune femme mince, avec des cheveux noirs, qui parlait avec les Michaudon.

Raymond voulut encore espérer :

– Et qu'est-ce qui prouve que c'est la remplaçante ?

– Elle leur a téléphoné ce matin pendant que j'étais à l'épicerie pour leur demander s'ils pouvaient la prendre en pension. Et elle est arrivée par l'autobus de cinq heures. Elle s'appelle Mademoiselle Berthelot. Voilà ! Alors, salut ! À demain matin !

Tandis qu'il s'éloignait en sifflotant, Raymond dit à son cousin :

– Regarde-le s'il est heureux de m'apprendre ça, ce salaud.

La grande Marie-Jeanne Micoulet vint à leur rencontre et leur confirma la nouvelle. Elle posa ses grands yeux noirs sur ceux de Raymond et dit en lui mettant affectueusement la main sur le bras :

– C'est dommage ! On commençait bien à s'habituer à ces vacances. Mais t'en fais pas, mon Raymond, les vraies vacances ne vont pas tarder à arriver.

Le grand gaillard crâna. Il s'efforça de rire et dit :

– Je m'en fous de revenir en classe demain. Comme tu dis, ça ne sera pas long maintenant.

– On s'approche pour la regarder de plus près, la nouvelle maîtresse ? proposa Jean-Claude.

Raymond montra son sac d'écolier qu'il rapportait du moulin et répondit :

– Surtout pas. Si elle me voyait, elle se demanderait bien si je suis dingue ou vicieux de me balader avec ça, alors qu'il n'y a pas classe.

Il attendit le départ de Marie-Jeanne et dit en souriant :

– Ce qui me console un peu de revenir à l'école, c'est que la nouvelle maîtresse sera quand même plus agréable à regarder que le père Marty.

13

Le lecteur est en droit de s'étonner que l'on pût trouver un si grand nombre de Micoulet dans un aussi petit village. Aussi, lui doit-on quelques explications.

Il faut qu'il sache qu'à Saint-Sernin-la-Montagne, ils pullulaient et qu'on en comptait une bonne quarantaine, mâles et femelles, de tous poils et de tous âges. On aurait dit que les hauteurs boisées les sécrétaient comme les sources, car, bon an mal an, il venait au monde un Micoulétou de plus, parfois deux les bonnes années.

Malgré les décès et les fréquents essaimages, ils constituaient le fonds le plus riche de la population.

Dans les villages d'alentour, on les appelait globalement « les Micoulet de Saint-Sernin », mais en y regardant de plus près, on s'apercevait vite que, sur place, il n'était pas aisé de désigner avec précision tel ou telle d'entre eux.

En gros, on distinguait deux familles qui, heureusement, n'avaient aucun lien de parenté entre elles.

Pour les différencier, on faisait appel à la géographie locale. On nommait les uns « les Micoulet-du-haut » (sous-entendu, du haut du bourg) et les autres, évidemment, « les Micoulet-du-bas ».

De plus, quand on voyait un quelconque Micoulet pour la première fois, on pouvait, sans grand risque d'erreur, le classer dans l'une ou l'autre des deux familles, simplement d'après ses caractéristiques physiques.

Il fallait avant tout observer la couleur du poil de l'individu que l'on voulait identifier. Les Micoulet-du-bas portaient leurs cheveux bruns et longs, ceux du haut, courts et blonds, et parfois tirant sur le roux. Naturellement, à l'âge des calvities et des cheveux blancs – ou simplement lorsque celui qu'on croisait était chapeauté jusqu'aux oreilles –, il était difficile de se baser uniquement sur ce critère pour déterminer sa famille d'origine.

L'observation du comportement des uns et des autres apportait des éléments de classification qui, sans être absolus, n'en demeuraient pas moins fondamentaux.

Grosso modo, les Micoulet-du-haut étaient réputés infatigables à la tâche, sobres de la parole, du verre, de la fourchette et de la braguette. Quant à ceux du bas, ils disaient eux-mêmes qu'ils avaient le verbe haut, les oreilles chaudes (et c'était sans doute un euphémisme), et qu'ils tenaient mieux à table ou au lit qu'à l'ouvrage. Ainsi, tout le monde savait qu'un jour de batteuse un Micoulet-du-haut valait deux Micoulet-du-bas à un poste de travail, mais qu'à l'heure du repas, c'était l'inverse. De plus, ces derniers étaient vaniteux, toujours contents d'eux, ce qui faisait dire à la mémé qu'au fond, les Micoulet-du-bas étaient des sages parce qu'ils savaient se contenter de peu.

Bref, s'il était généralement possible de deviner à quelle famille appartenait tel ou tel individu, il était autrement difficile de retrouver son prénom. Non seulement parce que les membres des deux clans en portaient souvent deux chacun, mais surtout parce qu'une bonne douzaine de paires de prénoms se retrouvaient en ordre inverse dans chaque famille. C'est ainsi qu'à une Marie-Rose-du-haut correspondait une Rose-Marie-du-bas ; qu'à un Pierre-Léon-du-bas faisait écho un Léon-Pierre-du-haut. Comment s'y reconnaître parmi les Louis-Jean et les Jean-Louis ? les Marie-Louise et les Louise-Marie ?... Tout le monde, sauf le facteur et l'instituteur, y avait renoncé.

Cette symétrie, qui était loin d'être parfaite, à cause de la mortalité infantile qui sévissait souvent chez les Micoulet-du-bas, étonnait, puis intriguait tous ceux qui en ignoraient l'origine.

Les anciens leur expliquaient que cette tradition remontait à un jour de l'automne 1915, quand les deux vieux Micoulet d'alors, les patriarches des deux clans, s'étaient présentés en même temps à la mairie pour déclarer chacun la naissance d'un rejeton mâle éclos le matin même. Les pères des nouveau-nés n'avaient pu accomplir cette formalité eux-mêmes, car ils étaient au front et on ne les avait pas revus à Saint-Sernin depuis la permission qu'ils avaient eue tous les deux en même temps, les premiers jours du mois de janvier, juste le temps de venir souhaiter la bonne année à leurs femmes.

Une vive discussion éclata ce jour entre les deux vieillards, devant le secrétaire de mairie, car chacun voulait prénommer son petit-fils Joseph.

– Parfaitement, Joseph ! comme Joffre, hurlait le Micoulet-du-bas en abattant son poing sur le bureau.

– Oui, tu l'as dit : Joseph, comme Joffre. C'est comme ça que le mien s'appelle déjà dans ma tête, disait calmement celui du haut, les bras croisés.

À cette époque, alors que la guerre s'embourbait dans les tranchées et que la fleur au fusil des départs enthousiastes d'août 1914 était fanée depuis longtemps, la gloire du général en chef était encore à son zénith. Un camembert [1] portait son nom, et des parents n'hésitaient pas à affubler pour la vie de malheureuses petites filles du prénom de Joffrette.

En vain, le secrétaire de mairie essaya-t-il de faire entendre à ces deux entêtés que deux enfants nés le même jour et portant le même patronyme ne pouvaient, de surcroît, s'appeler Joseph l'un et l'autre. Il leur proposa d'autres glorieux prénoms : Jules, Alexandre et même Napoléon. Peine perdue…

Enfin, vers quatre heures de l'après-midi, on aboutit au compromis suivant : après tirage au sort, l'un des nouveau-nés s'appellerait Joseph-Édouard (ce dernier prénom étant celui du général de Castelnau, le nouvel adjoint de Joffre) et l'autre Édouard-Joseph.

– Et le gagnant paiera chopine, ajouta le Micoulet-du-bas qui ne ratait jamais une occasion de boire.

Ce fut lui qui la paya. Mais l'ancêtre du haut en commanda aussitôt une deuxième pour ne rien devoir à un Micoulet-du-bas et pour lui montrer que ceux dc sa famille étaient, eux aussi, capables d'absorber quelques verres de vin sans marcher de travers.

La nuit les surprit peu de temps avant leurs femmes, alors qu'ils vidaient la sixième chopine de

1. Ce camembert s'appelait *Joffre le meilleur*.

rouge, debout sur la table, bras dessus bras dessous, trinquant tantôt à la santé de Joseph Joffre et de son état-major, tantôt à celle de tous les petits Micoulet à venir au cours des dix prochaines années, et qui porteraient pendant cette période, c'était juré, les mêmes prénoms par paires, mais en ordre inverse.

14

Le jeudi suivant, les trois garçons préparaient au vieux moulin les premières semailles nocturnes qu'ils avaient fixées à la nuit prochaine. Ils étaient penchés sur le calendrier définitif des opérations que Jean-Claude venait de refaire quand Sylvette vint les rejoindre. Elle semblait inquiète et mystérieuse. Elle leur dit à voix basse :

– Le tonton crie des gros mots, tout plein, tout plein…

Ils éclatèrent de rire.

– C'est pour nous apprendre ça que tu es descendue jusqu'ici ? demanda Milou.

Mais les rires des deux autres se figèrent lorsqu'elle ajouta :

– C'est après Raymond et Jean-Claude qu'il les crie. Il est prêt à venir les chercher ici. Moi, j'étais dans le pré quand il s'est mis à crier et je suis vite venue vous le dire.

Il y eut quelques secondes de stupeur. La même idée traversa l'esprit des garçons au même instant :

quelqu'un les avait vus dans le champ de Taupard et les avait dénoncés à Martial.

Enfin, Milou, parce qu'il était moins directement menacé, se ressaisit le premier :

– Répète-nous tout ce que tu as entendu.

– Même les gros mots ?

– Même les gros mots.

Sylvette jubilait.

– Il a crié le premier coup : « Où c'est-y qu'ils sont ces saligauds de gamins ? Où qu'ils ont foutu ce putain d'encrier ? Il a fallu qu'ils l'emportent justement le jour où j'ai une lettre à écrire. » Il a même dit que c'était une lettre zurgente, très, très zurgente.

Les garçons respiraient plus librement.

– Pis il s'est arrêté un moment. Pis il a recommencé plus fort : « Nom de Dieu, ça va être onze heures et ils ne sont toujours pas là. Mais je vais aller les chercher, ces morpions, et je vais les ramener à la maison à grands coups de pied dans… »

– Bon, interrompit Jean-Claude, je lui rapporte l'encrier.

Milou qui tenait absolument à entendre la suite du récit de Sylvette lui demanda de poursuivre :

– Continue. Tu en étais à : « Je vais les ramener à grands coups de pied dans… »

Mais Jean-Claude qui avait rapidement revissé le bouchon du flacon empoigna la main de sa sœur et l'entraîna en lui disant :

– Allez ! Viens vite. Cette fois, je crois bien que tu vas te faire punir sérieusement si la mémé s'est aperçue que tu es encore partie toute seule.

Martial était dans son atelier.

– Ah ! te voilà, dit-il calmement à son neveu quand il entra. Tu tombes bien, parce que je me serais peut-être mis en colère sans tarder. J'ai cherché l'encrier pendant un quart d'heure dans la maison, parce que j'ai une lettre à faire. Et comme je ne le trouvais pas...

– On l'avait emporté au vieux moulin pour faire travailler Raymond.

– Ah bon ! Si c'est pour ce motif, je ne dis plus rien.

Jean-Claude lui tendit le flacon d'encre et posa le sac de Raymond sur l'établi parmi les copeaux de hêtre. Il se préparait à repartir, mais Martial l'arrêta :

– Arrache deux feuilles au cahier du soir de Raymond. Une pour le brouillon, l'autre pour le propre.

Après cette nouvelle ablation, le malheureux cahier se réduisait aux pages écrites et à la couverture.

– Tu vas attendre que j'aie fini d'écrire ma lettre et après tu corrigeras un peu mes fautes.

Et, comme il lisait une déception dans les yeux de l'enfant, il ajouta :

– Mais tu n'as pas besoin d'avoir peur que je vais te retenir longtemps, parce que ma lettre, elle est prête, crois-moi.

Il appliqua sa paume ouverte sur son front :

– Elle est toute là-dedans, depuis À jusqu'à Z. Je me la suis ruminée toute cette nuit. Il n'y a plus qu'à la recopier. C'est presque comme si c'était fini et que tu repartais retrouver les autres.

Il s'assit à la table devant la verrière, repoussa d'un revers de main les pinceaux et les pots de vernis à sabots, demanda le livre de géographie de Raymond pour l'utiliser comme sous-main, puis le porte-plume dont Jean-Claude dut remplacer la plume par une neuve, car Martial dit que pour une malheureuse fois qu'il lui arrivait d'écrire, il pouvait bien s'offrir une dépense aussi minime, étant donné qu'il ne fumait plus depuis trois mois. Il réclama ensuite un buvard, car il prévoyait qu'à cause de cette saleté de vernis qui lui avait taché les doigts, il allait saloper le papier avant même d'avoir écrit la date.

Il essaya la plume neuve qui se mit à crachoter. Il expliqua que ça n'avait rien d'étonnant, d'abord parce que ce n'était pas une sergent-major et qu'il ne savait se servir que de ce modèle, ensuite parce que l'acier de maintenant était de si mauvaise qualité qu'il rouillait rien qu'en voyant une goutte d'encre à un mètre, et que ça serait comme ça tant que ces fumiers de Boches occuperaient le pays, car notre bon acier d'avant-guerre, il partait de l'autre côté du Rhin pour fabriquer des tanks, des canons et des obus, mais que ça n'était pas nouveau, que c'était déjà comme ça en 38, même après Munich. Il ajouta qu'après tout on n'avait pas à se plaindre, parce que le fer qu'on leur avait vendu à cette époque, ils nous l'avaient rendu gratuitement en nous l'envoyant sur la gueule en 40 et qu'ils ne nous l'avaient pas économisé.

Puis il réclama la première plume qui, il en était sûr, écrivait plus proprement que la neuve.

Ils durent la chercher à genoux dans la litière de copeaux où Jean-Claude l'avait jetée. Enfin, après l'avoir essuyée sur sa manche, Martial inscrivit la date :

Ce 6 juin 1941.

Il se trompait d'un jour et Jean-Claude commit à son tour l'erreur de lui faire remarquer qu'on était le 5 et non le 6 – ce qu'il regretta aussitôt, car son oncle entreprit, malgré le vernis qui lui poissait les doigts, un compte à rebours en pianotant sur la table. Il recommença plusieurs fois ses calculs. Le temps passait. Jean-Claude qui avait des fourmillements d'impatience dans les jambes s'exclama tout à coup :

– Tu as raison, tonton. On est bien le 6. C'est moi qui me trompais.

Martial lui répondit qu'il en était sûr, car il avait un repère indiscutable : la foire du 25 qui, selon lui, avait eu lieu le 26, parce que le 25 était un dimanche. Il l'aurait affirmé la tête sur le billot. Même que ça ne valait pas le dérangement, parce que les foires de maintenant n'étaient plus les foires d'antan où tu trouvais de tout. Tu pouvais y acheter aussi bien une aiguille qu'une charrue, un lapin qu'une vache suitée. Si t'avais des sous, t'avais que la peine d'ouvrir ton porte-monnaie et ta gueule pour dire : « Je veux ça ! » et aussi sec, tu l'avais.

Il rêva un instant, sans doute à l'abondance d'autrefois, puis il soupira et reprit le porte-plume en disant :

– Tu vas voir, ça va filer.

Il calligraphia l'en-tête : *Chère sœur.*

– C'est à ma mère que tu écris ? s'étonna Jean-Claude.

– Oui, mais rassure-toi, ce n'est pas à propos de toi ou de Sylvette, c'est de moi que je veux lui causer. J'ai une grande nouvelle à lui annoncer.

Jean-Claude était intrigué.

– Pour ce qui est des fautes, reprit Martial, ne me les dis pas à mesure, ça me couperait mon élan. On s'en occupera après. Il vaut même mieux que tu ne regardes pas pendant que j'écris. Et même si tu ne les corrigeais pas toutes, ça n'aurait pas une très grande importance, parce que je vais te dire une chose : les fautes d'orthographe, c'est comme le linge sale, quand elles restent dans la famille, ça compte moins.

Il se courba sur la feuille et la plume se mit à cheminer allégrement. Il avait presque fini de remplir la première page quand, soudain, il s'arrêta net. Il épaissit plusieurs fois le point qu'il avait mis à la fin de la dernière phrase, puis l'encre sécha sur la plume.

Dix minutes plus tard, il en était encore à ce même point. L'inspiration était bloquée.

– Dire que si je l'avais écrite cette nuit, elle aurait coulé toute seule, cette lettre. C'était si bien ce que j'avais trouvé que ça m'épatait. Je me disais : « Ma Lucie, elle ne croira jamais que c'est moi qui ai inventé ça tout seul. » Je savais par cœur ce que j'allais mettre, je me le récitais. Et voilà qu'il ne m'en revient plus un seul mot à la tête…

Il se tut et se remit à réfléchir.

À midi moins le quart, Jean-Claude posa la planchette sur laquelle il venait de réussir le tour de force de graver ses initiales en écorchant seulement le bout de son pouce gauche avec une gouge fraîchement aiguisée. La nuque épaisse de Martial était toujours penchée sur la feuille, mais il n'écrivait pas. L'enfant eut envie de profiter de la distraction de son oncle pour expérimenter la grande tarière, autre outil prohibé en temps normal, mais il pensa que la rédaction menaçait de s'éterniser, alors il demanda, afin de tirer son oncle de sa rêverie :

– Où en es-tu, tonton ?

Martial revint à la réalité.

– Voilà, je vais te lire ce que je lui ai mis à ta mère. Écoute : « Lucie, je ne t'écris pas souvent. Tu sais ce que c'est le travail. Quand ce n'est pas l'étable à soigner les bêtes, c'est les champs. Quand ce n'est pas les champs, c'est la saboterie. Il n'y a pas à trouver une demi-journée à dire : “Tiens, je ne fais rien ou je vais me promener ou j'écris au monde.” Et les lettres, tu sais bien que ça n’est pas mon fort. Mais ne va pas croire que si je t’écris aujourd’hui, c’est parce qu’il y a une catastrophe sur la famille, que quelqu’un est malade ou pire peut-être mort. Non, le médecin n’a pas mis les pieds ici depuis longtemps. Ne va pas te manger les sangs avant de lire jusqu’au bout. Je te dirai mieux les portements de tout le monde à la fin de ma lettre. Et je commence en premier par moi. Ce n’est pas bien poli, je le sais, tu n’as pas besoin de me le dire. Mais une fois n’est pas coutume. Et si je fais comme ça, c’est que j’ai une grande nouvelle à t’annoncer »… Voilà, je me suis arrêté là et ça ne repart plus.

Jean-Claude demanda :

– Qu’est-ce que c’est, tonton, cette grande nouvelle ?

Il regarda son neveu avec embarras, hésita, puis répondit brusquement sur un ton bourru en détournant les yeux :

– Je vais me remarier… Voilà !… Cette fois, je l’ai dit !… Ça y est !…

Jean-Claude n’aurait pas été plus étonné s’il lui avait annoncé : « Ta grand-mère attend un bébé. » Il se demanda si son oncle avait toute sa raison, car il savait très bien qu’on ne se marie pas quand on est vieux avec des cheveux gris autour des oreilles et qu’en plus on a un fils de près de quatorze ans.

– Je me doutais bien que ça te surprendrait un peu. Il y en aura d’autres qui vont faire des têtes que ça sera peut-être rigolo à voir.

Il se tut. Il paraissait aussi mal à l’aise que le jour où il s’était assis sur la chaise où le curé en visite venait de poser son chapeau.

Le silence se prolongeait désagréablement. Jean-Claude sentit qu’il devait dire quelque chose. Mais il était tellement ahuri qu’il demanda bêtement :

– Tu vas te marier avec… une femme ?

– C'est une jeune fille.

– Avec une jeune fille ! s'exclama le garçon de plus en plus éberlué.

– Je ne devrais pas dire « jeune », parce qu'elle a ses trente-trois ans bien sonnés, mais c'est quand même une jeune fille vu qu'elle n'a jamais été mariée.

Ce n'était donc pas une idée en l'air, il avait vraiment fait son choix. Mais avait-il parlé de son projet saugrenu à la malheureuse ?

– Elle sait que tu veux te marier avec elle ? Tu lui as demandé si elle voulait ?

Martial passa son mouchoir sous le col de sa chemise.

– Ce n'est pas moi, c'est elle qui me l'a demandé.

De mieux en mieux ! Jean-Claude n'en croyait pas ses oreilles. C'était donc le monde à l'envers. Quelle était cette effrontée ? Une pauvre simplette, sans doute.

– Je la connais ?

– Non, elle habite à Limoges et elle n'est jamais venue ici.

C'était donc ça le motif des départs à bicyclette avec de la brillantine plein les cheveux.

Martial précisa qu'elle s'appelait Marcelline, qu'elle était décoratrice sur porcelaine, qu'elle était blonde et avait des rondeurs bien placées. Ses mains dessinèrent avec enthousiasme des courbes très amples à la hauteur de sa poitrine et de ses hanches. Soudain, il dut prendre conscience qu'il s'adressait à un enfant, car ses gestes se figèrent.

– Elle est grosse, alors ? s'inquiéta Jean-Claude.

– Grosse, le mot est peut-être un peu fort. C'en est quand même pas une, comme il y en a, qui serait arrivée plus rapidement au bas de la rue du Clocher en roulant comme une barrique qu'en marchant. Mais question d'avoir de la viande autour des os, elle en a. Et, tu vois, ça devient tellement rare dans les villes, les malheureux, par les temps qui courent, que c'en est presque un signe de... comment disent-ils dans les livres ?... de distinction... un signe de distinction.

– Mais même si elle t'a demandé de te marier avec elle, tu n'es pas obligé de dire oui.

Martial parut embarrassé :

– Tu es trop jeune pour comprendre. Mais il y a une raison qui fait que je ne peux plus lui répondre non. Je suis comme pris au piège. C'est presque une affaire d'honneur.

Jean-Claude pensa à son propre avenir :

– Tu me la diras, tonton, cette raison, quand je serai grand, pour que je ne me laisse pas piéger comme toi ?

Martial éclata de rire et posa la main sur l'épaule de son neveu.

– Promis. Mais ne te figure pas que je suis piégé à me débattre et à crier misère. Non, au contraire, ça me plaît bien.

Et de plus, il était content et il s'en vantait ! La mémé n'exagérait pas quand elle disait qu'il avait foulé de l'herbe folle. Que pensait-elle de ce mariage ? Il questionna son oncle dont le visage se rembrunit.

– Elle n'en pense rien, parce qu'elle n'est pas encore au courant...

Il n'avait pas osé lui en parler !

– C'est même pour ça que j'ai voulu écrire à ta mère avant. Je la connais, elle va me répondre : « Tu n'as pas tort, Martial, marie-toi, tant que tu n'es pas trop décati. Tu ne peux pas vivre tout seul comme un vieux garçon. Et pour le travail, c'est comme pour le reste, il faut être deux. Dans dix ans, ton

Raymond t'aura certainement quitté pour aller faire sa vie ailleurs et notre mère sera bien vieille, si elle est encore de ce monde. Qu'est-ce que tu deviendras, tout seul ? (Remarque, pour Raymond, je crois qu'elle se trompe et ça m'étonnerait s'il ne restait pas travailler la terre, parce que ça lui plaît.) Et si tu as trouvé une femme à ton goût, prends-la, n'hésite pas, parce que l'occasion ne se représentera pas de sitôt. » Et ci… et ça… Elle va m'en trouver des raisons que je ne pense même pas, parce qu'elle sait la faire parler, la plume, ta mère. Et comme je vais lui raconter que je délaisse mon ouvrage au moins une fois par semaine pour aller galoper la gueuse, et ça bien avant de connaître Marcelline, elle va me répondre : « Ça ne peut pas durer comme ça. Sans parler des dépenses de billets de chemin de fer (ça, c'est vrai, parce qu'à la longue ça fait des sous), ta propriété, elle court à la ruine. (Note bien qu'elle n'a pas besoin de me le dire, je le sais mieux qu'elle.) C'est préférable que tu aies une femme sous la main, à domicile, quand tu veux. »

Il s'interrompit pour refouler Sylvette qui, après avoir tambouriné à la verrière, en criant que la soupe au lard était trempée et qu'elle avait faim, essayait de forcer la porte en expliquant qu'elle voulait se passer du vernis à sabots sur les ongles pour être plus belle à table.

Puis il reprit :

– Bon. Et moi, qu'est-ce que je fais, aussitôt que j'ai reçu sa réponse ? Je la lis à la mémé. Et je lui dis que c'est Marcelline que je veux, mais que j'ai voulu avoir l'avis de ma sœur avant de lui en parler. Comme ça, on sera deux contre elle, la lettre et moi, au cas où elle trouverait quelque chose à redire.

Il ouvrit la porte et dit :

– Viens, on va aller manger et on finira après.

Jean-Claude réagit immédiatement, en comprenant qu'il risquait fort d'être emprisonné tout l'après-midi dans l'atelier à cause de cette grosse Marcelline que son oncle tenait suspendue au-dessus de la famille.

– Tonton, tu ne sais pas ce que la mémé disait l'autre jour en chauffant le four ? Elle disait qu'elle n'en pouvait plus, qu'elle était surchargée de besogne..., qu'il devrait y avoir ici une femme de trente-cinq ans pour faire les gros travaux de la maison. Alors, à mon avis, si tu lui dis que tu veux lui en amener une de trente-trois seulement, tu peux être sûr qu'elle ne discutera pas pour deux ans et qu'elle sera drôlement contente.

Martial était réellement étonné :

– C'est bien vrai qu'elle a dit ça ?

– Demande à Raymond, il y était.

– Eh bien ! tu vois comme elle est. Elle ne m'en a jamais parlé.

Une tristesse soudaine assombrit son visage et il poursuivit :

– Ça prouve qu'elle me cache ce qu'elle pense, alors que moi je suis franc comme l'or avec elle. Je lui dis toutes les idées qui me traversent la tête. Tu vois, ça me chagrine beaucoup de voir qu'elle est comme ça... Et moi qui voulais prendre des précautions pour la préparer... Je me répétais : « Voilà une femme qui est maîtresse chez elle depuis la mort de ma pauvre Adrienne. À son âge, elle ne s'habituera plus à en voir une autre commander à sa place. Je serai un égoïste, si je lui amène ma Marcelline, je vais la rendre malheureuse. Je vais lui gâcher les dernières années de sa vie. »

– Tu sais, ce jour-là, elle était fatiguée. Elle n'en pouvait plus. Elle disait que ce qu'elle faisait était au-dessus de ses forces.

Martial semblait atterré. Il se tut un long moment et dit :

– Je n'avais jamais compris les choses de cette façon. Mais je suis sûr que tu as raison. Elle ne peut plus y arriver toute seule. Et si elle ne s'en plaint pas à moi, ce n'est pas par manque de franchise, mais c'est parce qu'elle espère que je m'en rendrai compte tout seul. Elle doit se demander : « Pourquoi qu'il ne se marie pas ce grand dadais de Martial ? Il n'a donc pas pitié de sa pauvre mère ? Mais ce n'est quand même pas à moi de l'y pousser s'il n'en a pas envie. Vaut mieux que je continue de trimer jusqu'à la mort sans me plaindre. » Et ainsi de suite... Voilà : si elle se taisait, c'était par délicatesse, elle aussi. Et nous, les Poutarot, on est comme ça, on est des délicats. On voudrait être autrement qu'on ne pourrait pas. C'est dans notre tempérament. Il y en a d'autres, que c'est la grossièreté qu'ils ont dans le sang. Ça ne se commande pas. Mais fils de garce de bordel de Dieu, ça nous a toujours porté tort, parce que ceux qui réussissent sur cette putain de terre, c'est pas ceux qui s'embarrassent de sentiments délicats, c'est les grossiers, crois-moi.

Jean-Claude demanda :

– Alors, tu vas parler aujourd'hui de ta Marcelline à la mémé ?

– Ça mérite réflexion. Mais c'est probable. L'avantage, c'est que je n'aurais plus à m'échiner sur cette lettre et que tu pourrais annoncer toi-même mon mariage à ta mère. Mais seulement quand tu lui écrirais. Ça ne serait pas urgent maintenant.

C'était précisément ce que Jean-Claude souhaitait lui entendre dire.

15

Sylvette était triste. Elle était punie. Sa grand-mère lui avait interdit de sortir de la cuisine pendant tout l'après-midi parce qu'elle était allée, de nouveau, ce matin-là, rejoindre les garçons au moulin sans son autorisation.

Pauline l'avait appelée, en vain, plusieurs fois. Puis, quand la fillette était rentrée, elle lui avait dit un peu durement qu'il lui était interdit de quitter seule le pré qui s'étendait devant la cour de la ferme, car toutes sortes de dangers la guettaient au-delà de cette zone protégée.

Par exemple, elle pouvait être piétinée par un troupeau de vaches lancées au galop par un chien fou. Et celui des Bersier – pas leur noir : il était raisonnable, celui-là, mais leur rouge qui traînait toujours par les chemins à l'affût d'un mauvais coup – était bien capable de faire ça. Une vipère enroulée au pied d'une haie pouvait lui mordre la cheville ou même lui sauter au visage au moment où elle se penchait pour cueillir une fleur.

Bien sûr, ce serait un grand malheur, pourtant, morte ou vive, on aurait la consolation de la retrouver. Mais le plus grand malheur pouvait bien venir des romanichels qui enlèvent les enfants dans les villages où ils passent. Jamais, au grand jamais, on ne revoit ces petits imprudents parce que les gitans les revendent dans des villes lointaines des pays étrangers. Justement, une autre roulotte venait de s'arrêter dans le communal du village. Si Sylvette voulait voir des pays qu'elle ne connaissait pas, elle ne devait pas hésiter : c'était le moment d'aller se promener toute seule par les champs et par les chemins.

Sylvette pensait avec amertume que trop de choses sont défendues quand on est petite. Dans la ferme, de tous les côtés où elle pouvait porter les yeux, se dressaient des interdictions ou des rappels de danger. La mémé qui redoutait les accidents en avait mis partout. Elle citait de nombreux exemples de désobéissance que des enfants (toujours des fillettes de l'âge de Sylvette) avaient payée très cher – certaines, les pauvres petites, de leur vie.

Dans la cuisine, l'endroit le plus hérissé d'interdictions était incontestablement la cheminée.

Il était défendu de s'approcher très près des flammes, même si l'on avait froid aux mains, surtout lorsque flambait une brassée de branches de châtaignier, car ce bois en brûlant projette avec des crépitements de colère des étincelles capables de laisser des trous dans la robe et de vilaines cicatrices sur le joli visage d'une petite fille trop frileuse.

Lorsqu'il commençait à faire nuit, mais que la lampe n'était pas encore allumée, il était interdit de saisir un brandon, puis de l'agiter vivement dans l'obscurité afin de tracer ces beaux rubans de lumière rouge qu'on ne se lasse pas de regarder.

Il était dangereux de tisonner le feu, même avec des pincettes, pour provoquer ces écroulements de braises sur lesquelles des flammèches bleues courent longtemps comme des feux follets. Cependant, on avait le droit de décrocher le soufflet et de ranimer le feu quand on voyait qu'il allait s'éteindre, alors que la mémé était occupée ailleurs. Mais il fallait bien faire attention de ne pas souffler sur la cendre qui serait retombée sur les marmites et il ne fallait pas oublier de raccrocher le soufflet, car son cuir supportait mal les brûlures et il aurait pu devenir « azematique » comme la mémé qui avait parfois la respiration bien sifflante.

Il était formellement défendu de soulever les couvercles des marmites, des braisières ou des casseroles sur les trépieds pour s'informer de ce que la mémé préparait pour le repas (il était plus simple et moins dangereux de le lui demander) ou pour goûter les sauces afin de s'assurer qu'elles étaient convenablement salées. La mémé avait connu une petite fille qui, à cause de sa curiosité et de sa gourmandise, avait renversé une casserole d'eau bouillante sur sa jambe, laquelle, même guérie, était restée toute rouge ; ce qui, entre parenthèses, avait bien failli empêcher la petite malheureuse de se marier, parce que ça ne plaît pas tellement aux garçons que les filles n'aient pas les deux jambes de la même couleur.

En hiver, à la fin des veillées devant le feu, alors que quelques-uns somnolent dans la bonne chaleur quand on a fini de peler les châtaignes pour la blanchie du lendemain, il était défendu de glisser en cachette sous la cendre l'une de celles qui n'avaient pas été épluchées. La mémé comprenait bien que c'était pour rire et qu'il est en effet très amusant de voir la tête des gens réveillés en sursaut par l'explosion de la peau de la châtaigne, mais, à son âge, son pauvre cœur était trop usé pour supporter de telles détonations et il pouvait bien s'arrêter d'un seul coup. Il valait mieux la prévenir discrètement. Ainsi, elle aurait tout le temps de reculer sa chaise et de profiter, elle aussi, en toute sécurité, du spectacle.

Outre la cheminée, la cuisine présentait d'autres dangers. Il était fortement déconseillé de prendre les couteaux dans les tiroirs de la longue table de cerisier sauvage, puis de passer les doigts sur le fil des lames pour voir si le tonton les avait suffisamment affûtées ; de monter sur une chaise pour se regarder dans le miroir ou pour atteindre un pot de confiture sur une étagère du placard ; d'ouvrir la porte de la grande horloge comtoise pour regarder de plus près le disque du balancier qui, contrairement à ce qu'on pouvait croire, n'était pas en or ; de se laisser tenter par l'eau glacée du seau de bois, les jours de grande chaleur quand on a couru au soleil et qu'on rentre essoufflée dans la fraîcheur de la cuisine. On pouvait, à la rigueur, en boire une petite gorgée, mais pas plus d'une. On ne devait pas placer à la queue leu leu les dix chaises de la cuisine pour former un train : les cris stridents qui imitaient les coups de sifflet du chef de gare faisaient mal aux pauvres oreilles de la mémé et cette longue file de wagons l'empêchait de passer pour faire sa besogne – et Dieu savait mieux que personne qu'elle n'en manquait pas ! Il y avait bien assez des deux garçons pour faire du bruit. Quand ils s'y mettaient, ces deux-là, la mémé criait qu'à son âge, elle aurait mieux aimé être bonne chez un curé que grand-mère dans une maison où il y avait deux diables comme eux.

Quant à Pataud, il ne fallait pas l'attirer avec une friandise dans la cuisine les jours de pluie, car ses pattes auraient laissé des feuilles de trèfle boueuses sur les dalles de granit que la mémé avait déjà bien du mal à tenir propres à cause du tonton qui ne faisait attention à rien. De plus, Pataud, après s'être ébroué sans se gêner, se serait campé entre les landiers, au mitan de la cheminée, sans s'occuper si la mémé avait à faire avec les marmites. Et après tout, ce grand flandrin était aussi bien sous le hangar où il pouvait se rouler tout son diable d'aise sur la botte de paille qui lui servait de lit. Non, il n'avait pas sa place dans la maison quand il pleuvait.

Pas plus que le chat. Un prudent qui ne laissait jamais traîner sa queue dans un entrebâillement de porte et, de plus, un pas bileux, celui-là. Pluie, neige ou beau temps, il passait toute la sainte journée à dormir à la bonne distance du feu : pas trop près pour être hors de portée des éclats de braises, pas trop loin pour en recevoir quand même la chaleur. Et je vous assure que le sabbat que faisaient les rats, par moments, au grenier ne troublait pas son sommeil. Car, ainsi que disait la mémé, il vivait en bonne entente avec eux. Elle ajoutait que s'il en avait croisé un dans l'escalier, il se serait rangé poliment pour lui laisser le passage au lieu de lui planter ses griffes dans les reins. C'étaient plutôt les odeurs de cuisine qui le réveillaient. Quand on le voyait bâiller, s'étirer, puis frémir des narines en tendant le cou vers les braisières, on n'avait pas besoin de savoir lire l'heure à la pendule pour comprendre qu'on allait bientôt se mettre à table. Et pendant qu'on mangeait, il était éveillé et bien éveillé, je vous jure. Toujours à griffer vos genoux ou votre robe pour réclamer un morceau. Mais il connaissait son monde. Pas de danger de le voir s'approcher du tonton, parce que les coups de casquette sur l'échine, ça ne lui plaisait pas tant que ça.

On avait le droit de lui faire quelques niches et la mémé prenait rarement sa défense. À condition de ne pas exagérer, car on ne doit pas maltraiter les animaux utiles à l'homme, même quand ils ne rendent pas tous les services qu'on pourrait attendre d'eux. Il était toléré de le chausser, pendant son sommeil, de demi-coques de noix vides, puis de lui enfoncer rapidement la tête dans une boîte en carton pour le plaisir de le voir reculer en dérapant et en se heurtant dans les meubles. Mais cette plaisanterie ne devait pas durer longtemps.

Au milieu de la cour était le puits avec ses pierres recouvertes de mousse, sa poulie accrochée à un arc de fer empanaché de lierre et son bac creusé dans un seul bloc de granit. Mais il était défendu de se pencher au-dessus de la margelle, car une bête monstrueuse, nommée la Gourgou, se tenait tapie au fond de l'eau, guettant les enfants trop curieux, prête à les attirer à elle en lançant en un éclair à leur visage ses longs bras griffus. À l'époque très lointaine de l'enfance de la mémé, deux fillettes, deux sœurs, et de belles petites, ma foi, avaient ainsi disparu dans un puits. Personne ne les avait revues et il n'était resté à leurs malheureux parents que les deux yeux pour pleurer.

Pourtant, un jour qu'elle était seule, Sylvette n'avait pu résister à la tentation de regarder dans le puits. Le cœur battant à grands coups, prête à faire un bond en arrière à la moindre alerte, elle avait avancé la tête au bord de la margelle et avait vu au fond de ce long tunnel de pierres, à fleur de l'eau et découpé sur rond de ciel, un visage dont les yeux la regardaient. Elle s'était reculée, épouvantée. Puis, s'étant ravisée après avoir supposé que ce reflet était le sien, elle s'était penchée de nouveau et avait été rassurée en constatant que cette tête aux cheveux bouclés faisait les mêmes mouvements que la sienne. Elle s'était dit que la Gourgou dormait probablement au fond de l'eau, mais qu'il était plus prudent de ne pas attendre son réveil accoudée à la margelle.

Dans la basse-cour, il était défendu de glisser la main sous une poule qui couvait et de toucher les œufs tout chauds. Et quand les poussins étaient éclos, on ne devait pas en prendre un entre les mains pour le regarder de plus près et pour le caresser. Dans le temps, une mère poule avait crevé à coups de bec l'œil d'une petite imprudente qui habitait un village voisin.

La grange et les étables étaient le domaine du tonton et Sylvette y était beaucoup plus libre. Il la prenait par la main pour lui permettre de caresser le museau des jeunes veaux qui ont des yeux si doux, mais qui font des gambades inattendues au bout de leur chaîne. Elle restait près de Martial pendant qu'il trayait les vaches assis sur un tabouret et elle regardait avec émerveillement ses grosses mains qui montaient et descendaient en pressant les tétines tandis que le lait giclait dru dans le seau.

Parfois, il lui en donnait à boire, tout chaud, tout mousseux et il riait en disant qu'elle avait de belles moustaches blanches.

Mais il lui était interdit de toucher les vaches, sauf la Riban dont elle avait le droit de caresser le front ; mais il ne fallait pas lui chatouiller les oreilles, car, même quand une vache n'est pas méchante, on ne sait pas, comme disait le tonton, quelle idée peut lui passer sous les cornes.

Elle était fière d'aider Martial à préparer les légumes pour les repas des animaux. Elle lui présentait les betteraves qu'il introduisait dans la gueule du coupe-racines dont les lames vous auraient cisaillé sans hésiter les cinq doigts d'un coup. Il ne fallait donc pas plaisanter avec cette brute.

Parfois, à ces moments-là, la mémé entrait dans la grange et, les mains sur les hanches, elle grondait le tonton, lui disant qu'il allait faire attraper du mal à cette petite et lui faire salir ses effets, qu'il ne restait plus à la maison qu'un seul morceau de savon d'avant-guerre et qu'il fallait l'économiser, parce que celui de maintenant ne valait rien. On avait beau faire bouillir et frotter le linge, les taches ne partaient pas.

Mais on voyait bien dans ses yeux qu'elle était contente de les voir ensemble, qu'elle disait ça simplement parce qu'elle devait le dire. Le tonton ne la contrariait pas. Il disait : « Bon, laisse ces betteraves. » Mais, quand elle était partie, ils riaient et continuaient à s'amuser.

Ils jouaient, par exemple, à *Pince-m'y et Pince-moi qui sont dans leur bateau*. C'était un plaisir de jouer avec lui, car il se laissait tromper chaque fois. Quand on lui demandait : « *Pince-m'y* tombe à l'eau, qui c'est qui reste dans le bateau ? », il répondait sans réfléchir, même si on lui avait posé la devinette la veille :

– *Pince-moi*, bien sûr.

Alors Sylvette, en riant aux éclats, lui pinçait les bras, le cou et les joues, tandis qu'il poussait des cris de goret qu'on égorge.

– Il me semble pourtant que tu m'as déjà demandé ça, disait-il quand ils avaient repris leur souffle, mais je n'ai plus de mémoire et le dedans de ma tête doit être percé comme une écumoire. C'est pour ça que je me fais avoir à tous les coups.

16

Au loin, l'horloge de l'église sonna minuit, puis le silence retomba de nouveau sur la campagne. Jean-Claude pensa qu'il attendait ses deux complices au bord de cette route depuis dix minutes au moins. Il était assis sur le mur de pierres sèches, pelotonné sur lui-même et il commençait de regretter de ne pas s'être vêtu plus chaudement.

Le déclenchement des premières semailles nocturnes avait été fixé à onze heures et demie. Il avait été entendu que Milou ne viendrait pas à la ferme, car il pensait que les aboiements de Pataud, même de courte durée, auraient risqué de réveiller Martial et de le faire lever. Aussi, Raymond n'avait pas voulu se coucher, de peur de ne pouvoir résister au sommeil. Il était resté assis sur une chaise pendant près de deux heures, tandis que son cousin dormait. Le temps avait dû lui paraître terriblement long, car il avait murmuré à l'oreille de Jean-Claude après l'avoir réveillé :

– Cette nuit, j'ai fait une découverte scientifique :

les aiguilles des pendules et des montres tournent moins vite la nuit que le jour !

Tout en s'habillant en hâte, Jean-Claude avait tenté de lui faire comprendre son erreur en lui expliquant, à voix basse, que, si cette observation était exacte, elle n'aurait pas échappé aux savants qui auraient constaté et expliqué ce phénomène depuis longtemps.

Mais Raymond ne se laissa pas impressionner par ces arguments. Il fut catégorique :

– De quelle manière veux-tu qu'ils s'y prennent pour le constater ? Si les aiguilles de *toute*s les montres et pendules tournent plus lentement la nuit, il n'en reste *pas une seu*le qui tourne à la même vitesse que le jour et il n'y a plus moyen de faire des comparaisons. On ne peut plus se rendre compte... Voilà !... Et c'est pour ça que tout le monde se trompe.

Il avait ajouté en enjambant le rebord de la fenêtre :

– C'est ça que j'ai trouvé cette nuit, et on ne m'en fera pas démordre.

Puis ils étaient allés dans le hangar prendre sous un tas de paille le matériel qu'ils y avaient dissimulé : trois houes – qu'en Limousin, on appelle des *tranches* – et trois paniers.

Ils étaient partis après avoir découragé Pataud, qui voulait les suivre, avec des gestes menaçants et des injures criées à voix basse. Ils avaient contourné le village, loin des habitations, en suivant des sentiers et en sautant des clôtures.

Raymond avait quitté Jean-Claude au chemin de l'écluse, le laissant au bord de la route avec les outils et les paniers, puis il s'était éloigné en courant dans la direction du vieux moulin où Milou devait l'attendre depuis onze heures et demie avec deux énormes sacs bourrés de rhizomes de liseron et de chiendent. Les deux garçons n'allaient sans doute pas tarder à venir.

La pleine lune brillait, immense au-dessus des collines. La campagne ruisselait de lumière. Les toits couverts d'ardoises luisaient comme des plaques d'aluminium. Et les prés, comme givrés, semblaient ourlés de dessins à l'encre de Chine. Mais la vallée était recouverte d'une nappe de brouillard d'une blancheur éclatante et qui barrait le chemin de la rivière comme une épaisse congère.

Jean-Claude était attentif aux bruits. La nuit était si calme que la petite cascade de la retenue de l'écluse paraissait toute proche. De temps en temps, une chevêche ululait. C'était un appel lugubre qui serrait la gorge. Parfois, derrière l'enfant, dans le taillis qui bordait la route, il y avait des froissements mystérieux de feuilles sèches et des craquements de branches. Pourtant, on ne sentait pas un souffle de vent.

Tout à coup, il poussa un cri : une bête qui venait de surgir entre les fougères sauta le mur et bondit sur lui. Il n'eut pas le temps de se lever : deux pattes étaient déjà sur ses épaules et il sentait une haleine chaude sur son visage. Il se mit à se débattre et à crier d'épouvante. Ce ne fut que lorsqu'il sentit la langue de l'animal sur les joues qu'il reconnut Pataud. Il comprit que le chien avait retrouvé leur trace, et il se mit à rire de sa frayeur.

– Oh ! que tu m'as fait peur ! Que tu m'as fait peur ! répétait-il en serrant le chien contre sa poitrine et en enfonçant ses doigts glacés dans son pelage.

Ils restèrent ainsi de longues minutes, l'un contre l'autre, tandis que le cœur de l'enfant s'apaisait et que son corps se réchauffait un peu. Soudain, Pataud grogna et se dégagea, les oreilles dressées et le museau tourné vers le chemin.

Quelques instants plus tard, Raymond et Milou émergèrent de la nappe de brouillard et le chien s'élança à leur rencontre avec de brefs jappements de joie.

Les deux garçons portaient chacun un énorme sac sur le dos. Raymond marchait fièrement, le buste droit, la tête haute. Milou le suivait avec peine, courbé comme un vieillard, titubant sous le poids du fardeau presque aussi haut que lui. Il le laissa tomber et s'affala dessus quand Jean-Claude les eut rejoints. Il dit en haletant :

– Oh ! que j'ai mal aux reins ! Charogne de Taupard ! Il nous en donne du mal ! Ça ne devrait pas être permis de faire souffrir à ce point des gamins comme nous. Et pendant ce temps, il ronfle tranquillement au creux de son lit.

Pour le réconforter, Jean-Claude lui répondit que Taupard ne perdait rien pour attendre et qu'à son tour, un jour, il demanderait à sa femme de lui frictionner le dos après s'être éreinté à sarcler les mauvaises herbes qu'ils allaient lui semer.

– Milou, pose ton sac dans le fossé, lui dit Raymond. Je reviendrai le chercher quand le premier sera vide. Donne seulement un coup de main à Jean-Claude pour porter les paniers et les outils.

Cinq minutes plus tard, ils étaient devant le champ où Taupard était venu le matin même butter ses pommes de terre. Les petites touffes de feuilles encore délicates brillaient sous la lune, à distance régulière, bien alignées au sommet des planches nettement tracées.

– Je vais vous montrer comment il faut s'y prendre, dit Raymond. Regardez.

Il emplit l'un des paniers de rhizomes, saisit la houe et se mit à commenter ses gestes au fur et à mesure qu'il les accomplissait :

– Et pan ! un coup de tranche bien franc à côté du pied de patates. Attention à bien viser pour pas les couper ! Bon. Maintenant, la terre, je me la soulève avec le fer de la tranche et je prends une petite poignée de racines dans le panier. Ni trop grosse ni trop petite, bon poids, bonne mesure quand même. Et en avant la musique ! je la glisse dessous. Pas plus difficile que ça !... Maintenant, je laisse retomber la terre et je la tasse un peu. Et c'est fini pour ce pied. Alors, je fais le même coup à un autre un peu plus loin. Je marche à reculons et j'efface à mesure la trace de mes pas avec la tranche.

Jean-Claude regardait le champ qui pourtant n'était pas immense et il se demandait s'ils auraient fini à l'aube.

– À l'ombre des arbres, sur la rive du bas, on n'y verra rien du tout, remarqua-t-il.

– C'est vrai, répondit Raymond. Et dans le noir, on serait bien capables de foutre un coup de tranche sur la gueule d'un crapaud sans le voir.

Milou fut magnanime :

– Je ne suis pas regardant à quelques mètres près. Alors on lui fait cadeau de l'ombre, au Taupard.

Ils se mirent au travail. Les houes s'enfonçaient à coups sourds dans la terre très meuble puisqu'elle avait été remuée quelques heures auparavant. Ils allaient, tantôt courbés, tantôt accroupis, les doigts terreux, les joues en feu, n'échangeant que de rares paroles, s'interrompant seulement pour aller remplir les paniers au sac. Parfois, la grande ombre d'un oiseau de nuit traversait silencieusement le champ inondé de lune. De temps en temps, Milou se redressait et se frictionnait énergiquement les côtes. Jean-Claude suivait avec peine ses deux amis qui étaient plus expérimentés que lui. Mais il travaillait avec hâte afin de ne pas trop se laisser distancer. Il lui arrivait de donner des coups de houe maladroits qui déterraient quelques pommes de terre grosses comme des billes. Il les mettait dans sa poche, puis les jetait dans les broussailles lorsqu'il arrivait au bout du sillon.

– Fais attention, lui disait Raymond. On n'est pas là pour lui guillotiner ses patates. On n'est pas des ravageurs. Ce qu'on veut, c'est que les mauvaises herbes leur pompent toute la nourriture et qu'après, elles ne soillent pas plus grosses que des œufs de pigeon quand il les arrachera, et puis qu'entre-temps il se soit crevé une ou deux fois à les sarcler. C'est tout.

L'horloge de l'église sonna deux heures au moment où ils cognaient leurs sabots l'un contre l'autre pour en décoller la terre fraîche qui s'y était agglutinée. Ils rassemblèrent leur matériel et Raymond, qui n'était pas à une contradiction près, dit :

– Le temps a passé vachement vite.

Milou souffrait d'une douleur dans le dos qui lui gâchait son bonheur.

– On n'a pas eu besoin de l'autre sac, constata Jean-Claude. Il en reste presque le quart de celui-ci. On avait vu grand.

Milou qui se lavait les doigts dans la rosée de l'herbe lui répondit qu'on ne voyait jamais assez grand quand il s'agissait de cette ordure de Taupard.

Déjà, Raymond avait chargé les outils sur son épaule.

– Allez, tirons-nous d'ici. Y a plus qu'à laisser faire la nature.

Pataud gambadait devant eux dans le chemin creux. Quand ils furent arrivés près d'un sentier qui s'enfonçait dans une châtaigneraie, Raymond proposa :

– Si on allait réveiller la pierre basculante avant de rentrer ?

– Au point où on en est, répondit Milou, un quart d'heure de sommeil de plus ou de moins, ça ne compte pas.

Tous les habitants de Saint-Sernin connaissaient la roche basculante qui se trouvait dans cette châtaigneraie. C'était une gigantesque table de granit qui, disait-on, pesait plus de cent vingt tonnes et que supportait seulement, en son milieu, un socle rocheux pointu aux parois abruptes. Presque la moitié de la masse du bloc était en porte à faux, surplombant à l'une de ses extrémités un précipice d'une dizaine de mètres de profondeur. Et pourtant, le poids d'un homme – ou de deux enfants – suffisait à faire osciller le monstre de granit.

Elle était là, devant eux, couchée sous la lune, avec ses paillettes de mica étincelantes, fascinante comme un pachyderme de cauchemar.

– Si ça se trouve, personne n'est venu la secouer en pleine nuit, dit Raymond en se hissant sur le socle.

Les deux autres grimpèrent eux aussi sur la roche.

– Jean-Claude, assieds-toi au bout, les pieds pendants. Milou et moi, on va te faire balancer.

Jean-Claude s'installa sur la pierre froide et humide de la rosée de la nuit. Sous ses yeux, le fond du ravin se perdait dans l'obscurité pleine de formes mystérieuses. Une angoisse délicieuse lui serrait la gorge. Raymond, debout à l'autre extrémité, lui demanda :

– Prêt ?

– Prêt ! lui répondit la voix un peu étranglée de Jean-Claude.

Milou et Raymond avancèrent lentement vers lui. Tout à coup le monstre bascula comme s'il allait plonger dans le vide et Jean-Claude vit le gouffre monter vertigineusement vers lui. Il retint un cri, tandis que ses doigts se crispaient sur les aspérités de la pierre. Aussitôt après, il se sentit brutalement soulevé, car les deux autres venaient de reculer, libérant la roche qui reprit sa position initiale en retombant sur son socle dans un formidable coup de canon qui roula et vibra dans le silence des bois.

Raymond riait aux éclats.

– Attention, on va aller plus vite maintenant. Tiens-toi bien.

Et Milou et Raymond se mirent à danser comme deux diables, de part et d'autre du centre de gravité de la pierre, lui imprimant des mouvements de plus en plus rapides. Les coups de canon se succédaient en rafales. Jean-Claude bondissait, propulsé à cinq centimètres au-dessus de la roche, puis il retombait, et remontait encore, secoué jusqu'aux entrailles.

Tout à coup, il sentit qu'il glissait, que ses jambes pendantes dans le vide s'avançaient malgré lui, comme aspirées par le ravin. Il cria, affolé :

– Arrêtez ! Arrêtez ! Je n'arrive plus à tenir. Je vais tomber.

Ils se précipitèrent et le tirèrent en arrière par les aisselles, puis ils descendirent.

Raymond était ravi :

– Je ne connais pas un jeu plus rigolo, dit-il. En 39, mon père m'a emmené un jour sur la place de la République, à Limoges. Il y avait des pousse-pousse qui te baladent en l'air, ficelé par des chaînes sur une balançoire. Ça te coupe le souffle, c'est vrai, mais ça ne te remue pas les tripes comme la pierre basculante. Rien de comparable.

— Et ça coûte plus cher, ajouta Milou en se frictionnant les côtes sous sa chemise.

17

Les semailles au clair de lune se poursuivirent pendant quatre autres nuits consécutives. Des graines en vrac, du chiendent et du liseron furent enfouis à profusion dans les champs de pommes de terre, de navets, de carottes et de betteraves du dénonciateur.

Les trois semeurs étaient à bout de forces. Jamais les journées de classe ne leur avaient paru si longues, surtout les après-midi. Les deux derniers jours, leurs yeux étaient fiévreux, pleins de picotements et leurs paupières se fermaient malgré eux. À la moindre défaillance de leur volonté, leur tête s'abattait brusquement, comme attirée par le livre. Ils la relevaient avec effort, mais les lignes imprimées dansaient sur la page, comme vues à travers des zones d'air surchauffé. Ils devaient relire plusieurs fois les phrases avant d'en entrevoir le sens. Des ruches d'été bourdonnaient dans leurs oreilles et la voix de l'institutrice leur arrivait lointaine, comme venue d'un monde irréel, à travers des épaisseurs d'édredons. Ils rêvaient de chambres fraîches et silencieuses, de lits profonds, d'oreillers moelleux. Raymond et Jean-Claude redoutaient les heures des repas, craignant de trahir leur immense besoin de sommeil. Ils étouffaient leurs bâillements sous leur main, se lançaient mutuellement des claques sur les épaules et quittaient la table dès qu'ils avaient fini de manger, de peur de s'écrouler, le front dans l'assiette. Ils s'aspergeaient le visage d'eau fraîche vingt fois par jour.

À la fin de l'après-midi, sitôt sortis de l'école, tous les trois couraient au vieux moulin dont ils avaient transformé la chambre haute en dortoir avec trois couches faites de couvertures usagées et de sacs à farine propres étalés sur le plancher.

Milou avait dit :

– Si on ne récupère pas quelques heures de sommeil entre la fin de la classe et le repas du soir, plus question d'aller semer la nuit, ou alors on tombera endormis au milieu des betteraves de Taupard et il nous y assommera le lendemain matin, à coups de bâton comme des lièvres au gîte. J'apporterai le réveil de ma chambre. Comme ça, on sera sûrs de ne pas rater l'heure de la soupe, parce que si, en plus, on se prive de manger, on est foutus.

Dès qu'ils étaient allongés, ils poussaient des soupirs d'aise, s'étiraient, bâillaient, se détendaient avec volupté. Ils savouraient les instants de bonheur conscient qui précédaient le sommeil tant désiré : l'air était parfumé par les herbes qui séchaient pendues aux poutres ; parfois, des insectes entraient en bourdonnant par les fenêtres ouvertes, puis ressortaient aussitôt ; la rivière bruissait contre la vieille bâtisse ; le bien-être coulait dans leurs veines et ils fermaient les yeux presque à regret.

Le troisième jour, Raymond annonça :

– Moi, j'ai les côtes en long. Le plancher est trop dur. Alors, cet après-midi, à la sortie de l'école, c'est dans mon lit que je coucherai. Je monterai dans ma chambre en disant que c'est pour réviser plus tranquillement mon certificat. Et vous pouvez être sûrs que personne ne viendra me déranger et que je pourrai dormir comme un noir.

– Comme un loir, rectifia Milou.

Raymond avait vu juste. Non seulement l'escalier fut condamné de cinq heures à huit heures, mais il fut interdit à Sylvette de crier et de chanter dans la cour et la cuisine.

Un soir, comme il descendait à l'heure du repas, le visage encore bouffi de sommeil, Martial le prit à part et lui dit :

– Écoute un peu ici, toi. Je trouve que tu as mauvaise mine. Ta grand-mère ne s'en rend pas compte parce que sa vue devient un peu courte, et je n'ai pas voulu en parler devant elle parce que ça l'aurait tracassée pour rien, peut-être. Mais je vais te dire ce que je pense sans y aller par quatre chemins. Voilà : ton certificat te mange trop la tête. Tu le prends trop à cœur. Tu travailles jusqu'à des huit heures du soir et tu ne te rends pas compte que la fatigue commence à te miner. Alors, moi, je te dis : « Doucement ! », sinon, tu vas tomber malade.

Raymond lui promit de freiner ses efforts.

Un peu plus tard, la mémé lui dit à son tour qu'elle avait constaté qu'il était en un tel état de fatigue qu'il fallait être un père aveugle comme Martial pour ne pas s'en rendre compte. Elle en attribua la cause, non au surmenage intellectuel, mais à la croissance. Sa conclusion fut cependant la même que celle de son fils : des révisions, certes, mais coupées par des temps de repos.

Raymond lui promit, à elle aussi, de modérer son ardeur au travail.

Le plus pitoyable des trois était Milou. Outre le manque de sommeil, les courbatures que lui avait laissées la première nuit des semailles le faisaient cruellement souffrir.

Il décida de se fabriquer une embrocation d'après une formule qu'il avait lue dans un vieil *Almanach François* trouvé dans le grenier de ses parents. Avant la guerre, ce livre était distribué gratuitement, tous les ans, par les pharmaciens à ceux de leurs clients qui avaient la chance d'être malades en décembre ou en janvier, au moment des étrennes. Presque toutes les pages étaient consacrées à la réclame, comme on disait alors, pour les produits pharmaceutiques. On y apprenait, par exemple, que si l'on avait des démangeaisons, il valait mieux appliquer de la *Crème Mysca* plutôt que de se gratter ; que, lorsqu'il pleuvait, il valait mieux avoir oublié son parapluie que sa boîte de *Pastilles Samson* pour la gorge. Les amateurs de rimes y trouvaient également leur compte :

Riclès, la menthe forte
qui réconforte.

Un cachet Sandol
Et la douleur s'envole.

Quelques pages de cet almanach étaient réservées à une rubrique intitulée : « Maladies et remèdes ». On y trouvait des formules laconiques qui permettaient aux plus ingénieux – et aux plus téméraires – de bricoler eux-mêmes certains médicaments. C'est dans ces pages que Milou avait lu :

« EMBROCATION SIAMOISE : *préparation onctueuse à base de jaunes d'œufs, térébenthine, essences, camphre, employée en frictions et en massages en cas de foulures, entorses et fatigues musculaires. Le flacon 10 francs.* »

Évidemment, il ignorait dans quelles proportions les différents ingrédients devaient être mélangés. Le pluriel appliqué au nom « essences » l'intrigua quelque peu. De plus, il ne possédait pas de camphre. Mais il ne se laissa pas décourager par ces obstacles mineurs, se disant que les embrocations siamoises pouvaient fort bien, comme les chattes de même appellation, comporter plusieurs variétés, et il se mit à l'ouvrage un matin avant d'aller à l'école.

Il se fabriqua un chalumeau avec une longue paille de seigle qu'il utilisa pour aspirer une bonne gorgée d'essence dans le fond du réservoir de la camionnette de son père, qui était remisée depuis les restrictions sous le hangar du moulin. Il cracha dans un bol toute l'essence qu'il n'avait pas avalée, puis il alla au poulailler rafler trois œufs encore tout chauds, les cassa, en recueillit les jaunes dans le bol, les arrosa de trois cuillerées d'essence de térébenthine habituellement réservée au délayage de la peinture et fouetta le tout avec une fourchette, comme pour faire une omelette. Le résultat fut surprenant. Il obtint immédiatement une mixture jaunâtre et nauséabonde avec laquelle il se frictionna si généreusement les côtes que sa chemise en fut toute trempée.

Puis, il passa comme tous les matins chez les Poutarot en allant à l'école. Dès qu'il entra dans la cuisine, les narines de la mémé frémirent au contact des vapeurs d'essence et, avant même de s'être informée de l'origine de la puanteur, elle arracha vivement Milou au fauteuil de bois tressé dans lequel il venait de s'asseoir devant la cheminée où un demi-fagot de châtaignier flambait en crachant des escarbilles. Puis elle le poussa jusqu'à la porte, lui recommandant d'attendre ses amis sur le seuil, car, affirmait-elle, lorsqu'une chemise est imbibée d'essence, il vaut mieux la faire sécher lentement au soleil que rapidement devant un grand feu, si l'on ne veut pas qu'elle perde ses couleurs et même totalement sa forme en quelques instants.

Dans la cour de l'école, il crut remarquer que certains camarades lui parlaient avec quelque distance. En classe, Mlle Berthelot ouvrit toutes grandes les fenêtres et le fit installer à la table la plus éloignée du bureau en lui recommandant d'utiliser à l'avenir ses médicaments le soir et non le matin. Il fit semblant de se vexer et se tint la tête penchée sur son cahier et soutenue par sa main gauche rabattue en visière sur les yeux. Ce qui lui permit de somnoler impunément toute la matinée.

Même quand cette première tranche de semailles de la pleine lune fut terminée et qu'ils eurent récupéré les heures de sommeil perdues, ils conservèrent l'habitude de se réunir tous les soirs au vieux moulin, après la classe.

Milou et Jean-Claude pêchaient des goujons qu'ils jetaient tout vivants dans un grand vivier métallique immergé dans la rivière.

– Quand on en aura plus de cent, disait Milou, j'apporterai une poêle et de l'huile. On les fera cuire sur un feu de bois. On les fera bien rissoler, puis on les mangera ici.

Raymond ne pêchait pas. Vautré dans les hautes herbes, au bord de l'eau, tantôt à plat ventre, tantôt sur le dos, il « révisait », entouré de libellules et de papillons. toujours la même matière : l'histoire.

De temps en temps, il se redressait sur un coude et disait :

– Ce qu'on est bien ici !

Milou lui répondait sans perdre de vue son flotteur :

– Oui, Raymond, tu as raison, on est peinards ici.

Jean-Claude ajoutait :

– Et des potes comme nous trois, il n'y en a sûrement pas beaucoup. Maintenant, je ne regrette plus ceux de Belleville.

Denis Bersier tenta plusieurs fois de se joindre à eux, mais ils le repoussèrent.

Un soir qu'il se promenait le long de la rivière, son livre de grammaire ouvert à la main, il s'approcha d'eux et expliqua à Raymond qu'il révisait depuis la veille la conjugaison des verbes au subjonctif. Il affirma que même l'imparfait de ce mode n'avait plus de secrets pour lui et, pour le prouver, il ajouta sur un ton pédant :

– Crois-moi, Poutarot, il se pourrait bien que nous eussions cette question à l'examen et il faudrait que tu révisasses, toi aussi, cette conjugaison.

Pour ne pas être en reste de langage distingué, Milou lui répliqua, sans prendre la peine de se retourner :

– Il faudrait surtout que tu ne l'emmerdasses plus avec tes conseils à la noix et que tu te foutisses le camp.

Un autre soir, ils le surprirent dans l'escalier du vieux moulin, sur le point de découvrir l'existence du magasin de graines. Alors, ils le firent fuir sous une pluie d'injures et de cailloux ramassés dans le lit de la rivière. Il déguerpit à toutes jambes pour aller se protéger sous les arbres qui bordaient le chemin. Puis il se retourna quand il fut à une distance où seules les injures pouvaient l'atteindre et il lança, de toutes ses forces, une malédiction à Raymond au sujet de son certificat d'études. Le grand gaillard lui répondit tranquillement en se recouchant dans l'herbe qu'il se foutait autant du diplôme du certificat d'études que d'un faux cul comme Bersier.

– Il faudra quand même prendre l'habitude de toujours fermer la porte du moulin à clef, dit Milou. Cet animal est bien capable de revenir fouiner ici quand on n'y sera pas.

Quand les goujons ne mordaient pas, les garçons allaient visiter les champs de Taupard qu'ils avaient ensemencés. Les premiers temps, ils disaient : « Allons voir *ses* terres », puis, plus tard : « Allons voir *les* terres. » Et enfin : « Allons voir *nos* terres. »

Ils observaient attentivement la croissance de leurs mauvaises graines. Ils se penchaient avec tendresse sur les petites tiges qui venaient de naître ; ils s'agenouillaient, parfois, pour voir de plus près leurs minuscules feuilles encore incomplètement formées.

– Que c'est délicat ! Que c'est beau ! disait Jean-Claude.

Milou parlait de prendre des croquis d'après nature, de faire des graphiques montrant la croissance comparée des diverses espèces. Raymond essayait de deviner les noms des jeunes pousses.

En deux semaines, les champs verdirent uniformément. Les garçons allaient les visiter tous les jours. Ils se congratulaient, se lançaient des bourrades en disant : « Ça nous a donné du mal, mais on a vachement bien réussi nos semailles. »

Hélas ! un jeudi à midi, Jean-Claude et Raymond virent arriver Milou dans leur cour avec un visage consterné.

– Savez-vous ce que Taupard a fait ce matin ? leur demanda-t-il.

Et, sans leur laisser le temps de répondre :

– Ce salaud, il a biné ses betteraves. J'en viens.

Maintenant, c'est net comme ici, fit-il en frappant le sol du talon.

Raymond ne comprenait pas pour quelle raison son ami était indigné.

– Mais, c'est bien ce que tu voulais. Tu disais : « On veut qu'il s'échine à sarcler, qu'il y attrape mal aux reins… » Alors ?

Milou parut embarrassé, puis il dit :

– Oui, c'est vrai. C'est ce que je voulais. Et pourtant, je ne suis pas content. C'est difficile à expliquer. Quand je le voyais en train de se crever au travail avec son outil, je pensais : « Enfin, il commence à payer toutes les misères qu'il nous a faites, et c'est moi qui en ai eu l'idée ! », mais, d'un autre côté, je ne me sentais pas aussi heureux que j'aurais dû l'être parce que je regrettais toutes nos plantes qu'il détruisait.

– Moi aussi, dit Jean-Claude, ça me fait mal au cœur de savoir que nos plantes qui devenaient plus belles de jour en jour ont été massacrées. J'aurais été heureux de les voir grandir.

Jamais Raymond n'avait regardé ses deux complices avec autant d'étonnement.

18

Saint-Sernin avait son légionnaire. Ce n'était pas un ancien baroudeur de la Légion étrangère, mais un adhérent de la Légion des Anciens Combattants récemment fondée par le Maréchal Pétain.

Il habitait avec sa sœur Mélanie, célibataire comme lui, une maison couverte de tuiles courbes, au milieu d'un grand jardin entouré de murs. On les appelait les Cantalou, car ils étaient originaires d'Auvergne et en avaient ramené un accent chuintant qui avait résisté aux années. Ils avaient la soixantaine et se ressemblaient. Même visage maigre et allongé, mêmes yeux tristes d'un bleu pâle, même nez tombant mollement sur des moustaches grises. Cependant, Mélanie portait les siennes beaucoup moins épaisses que son frère. Autre différence, qui ne pouvait échapper, même à un observateur distrait : Mélanie avait une jambe de plus que son frère, car il en avait laissé une, en 1917, dans un hôpital militaire de Reims, entre les mains d'un major débordé de travail. Cette jambe avait été atteinte à l'origine d'une gangrène consécutive à deux éclats d'obus. Mais Cantalou avait porté, au fil du temps, ce nombre à trois, puis à cinq. Il venait même de la truffer rétrospectivement de huit éclats. Et le bougre n'avait sans doute pas dit son dernier chiffre.

Autres différences, vestimentaires celles-là : alors que Mélanie portait ses cheveux gris simplement ornés d'un gros peigne qui retenait son chignon, son frère était toujours coiffé d'un béret décoré de l'insigne de la Légion : un écusson avec une courte épée verticale et, sur fond tricolore, un casque ailé comme celui des paquets de gauloises.

Enfin, si la sœur et le frère avaient une poitrine aussi plate l'une que l'autre, celle de Cantalou s'ornait de nombreuses décorations multicolores suspendues à des rubans et qu'il ne quittait jamais, même lorsque, en équilibre sur sa jambe valide, et sa béquille sous l'aisselle, il nettoyait les cabanes à lapins.

Ils étaient unis par une longue haine réciproque que les années n'avaient jamais altérée.

Elle lui en voulait d'avoir sacrifié ses dernières années de jeunesse depuis qu'il était revenu invalide du front en 1917. « Il en a fallu du dévouement ! Il ne peut pas dire que je n'ai pas été aux petits soins pour lui. J'en avais pourtant trouvé des partis. Et des beaux. Mais, tant pis pour moi, j'ai préféré me dévouer et je l'ai soigné. Et aujourd'hui, j'en suis encore à la veille qu'il me dise merci. Pour lui, tout ça, c'était normal, je le lui devais ! »

Cantalou répondait à Mélanie qu'en 17, elle approchait déjà de la quarantaine et que, ses années de jeunesse, c'était plutôt derrière elle qu'elle les avait ; que, même si elle avait trouvé un homme assez bête pour se marier avec elle, il l'aurait quittée avant d'avoir mangé un kilo de sel ensemble ;

qu'elle ne lui avait rien sacrifié du tout ; qu'au contraire, elle devait s'estimer heureuse de profiter de la pension qu'il avait vaillamment gagnée sur les champs de bataille, et qu'enfin, il se demandait de quoi elle aurait vécu s'il n'était pas revenu vivant de la cote 304.

Il vouait à Pétain une vénération inconditionnelle. Il citait souvent ses ordres du jour et surtout son célèbre : « On les aura ! » qu'il répétait à propos de tout, des jours d'hiver, des doryphores, des petits pois qu'il aidait sa sœur à écosser.

Mélanie savait que si elle voulait atteindre son frère au plus profond de lui-même, c'était en attaquant le vieux Maréchal. Aussi attendait-elle les soirs où il rejoignait sur la place, à coups de béquilles laborieux, les groupes d'hommes qui s'y retrouvaient après leur journée de travail et qu'il essayait de leur exposer les grands principes de la Révolution Nationale. Elle jetait un fichu sur ses épaules et le suivait sans bruit. Puis, dès qu'il commençait à commenter le premier des trois volets du grand triptyque : TRAVAIL, FAMILLE, PATRIE, elle lui coupait la parole pour signaler à l'assistance que si son frère admirait le travail, c'était surtout celui qui était fini et qui, de préférence, avait été fait par les autres ; que même du temps où il était ingambe, les outils ne lui avaient pas souvent laissé des ampoules aux mains, étant donné que ses paumes étaient matelassées d'une touffe de poils si épaisse qu'elle aurait fait envie à beaucoup de derrières de singes.

Cantalou lui répondait que si elle n'avait pas été sa sœur, il lui aurait fait constater en la lui lançant sur la figure que sa main n'était pas aussi capitonnée qu'elle voulait le faire croire, mais s'il s'en abstenait, c'était, affirmait-il, en mémoire de leur défunte mère.

Puis il abordait le deuxième point fort du slogan : LA FAMILLE. « Trop peu d'enfants, voilà l'une des causes de notre défaite ! », a dit le Maréchal.

Mais Mélanie veillait au grain :

– Trop peu d'enfants ! couinait-elle ! Trop peu d'enfants ! Et c'est ton vieux Pétain qui dit ça ! Et lui, hein ! combien en a-t-il eu ?... Combien ?... Ah ! tu fais semblant de ne pas le savoir ? Eh bien ! je vais le leur dire, moi. Pas un ! Vous entendez : pas un ! Et c'est lui qui trouve que les femmes des autres n'en ont pas assez eu ! Il ne manque pas de culot ! Et toi non plus, tu n'en manques pas, parce que, pour te permettre de prêcher la famille, il aurait fallu que tu donnes l'exemple. Or, toi non plus, tu n'as pas eu d'enfants !

Cantalou se composait le visage de la dignité offensée :

– Depuis que j'ai été amputé...

Mais elle l'interrompait avec un rire aigu :

– Mais c'est la jambe qu'on t'a coupée. Et rien d'autre ! Rappelle-toi !...

Et les rieurs se rangeaient immédiatement du côté de Mélanie.

Cantalou effectuait alors un repli stratégique et se cantonnait dans la troisième place forte de la Révolution Nationale : LA PATRIE.

– Quant à la patrie, disait-il, en regardant sa sœur de biais, certains ne pourront pas m'accuser de ne pas avoir donné l'exemple.

Et il exhumait et brandissait sa jambe morte :

– Le Maréchal a dit, dans un de ses discours, qu'il faisait le don de sa personne à la France. Moi, c'est ma jambe que j'ai donnée à la patrie.

– Ça lui fait une belle jambe à la patrie, ricanait Mélanie, signifiant ainsi qu'elle ne se laissait pas impressionner par les héros familiaux.

Puis elle citait l'exemple de Coulaud, le bedeau de Saint-Sernin, qu'on appelait Coulaud-n'a-qu'un-bras depuis qu'il était revenu manchot de la guerre de 14-18. Elle disait qu'il aurait pu, lui aussi, porter quotidiennement ses médailles et rappeler ainsi sans cesse aux autres qu'il était un héros, mais que, Dieu merci, il ne le faisait pas et que tout le monde admirait davantage son courage à cause de sa modestie. Se plaignait-il lorsqu'il tirait les cloches d'une seule main ? Non, jamais. Les habitants de Saint-Sernin étaient-ils en droit de se plaindre parce que leurs cloches étaient plus mal sonnées qu'ailleurs ? Non, au contraire. Il n'y avait qu'à repenser à la façon dont il avait envoyé le tocsin de septembre 1939 pour en être convaincu. Un beau tocsin, comme peu de communes pouvaient se vanter d'en avoir eu.

Certains se rangeaient dans le camp de Mélanie et rappelaient que Coulaud, qui n'était pas manchot de la langue, savait, en accompagnant son récit avec des gestes faits avec son seul et unique bras, raconter et mimer sa nuit de noces d'une manière bien plus amusante que beaucoup d'autres qui avaient leurs deux bras.

Mais la majorité de l'assistance donnait quand même le point à Cantalou qui profitait imprudemment de son avantage, évoquant les souffrances que ce sacrifice lui avait coûtées, ainsi que la fatigue qu'il éprouvait après avoir parcouru seulement quelques dizaines de mètres…

– La fatigue ! s'écriait Mélanie, tu ne t'en plains pas quand tu vas faire le gugusse toute une journée derrière les fanfares et les drapeaux avec les autres légionnaires.

Un soir, il répliqua :

– Mélanie, pendant les défilés de la Légion, je ne me plains pas, parce que c'est un honneur pour moi de me retrouver parmi mes camarades de la Grande Guerre.

Et il ajouta, profondément écœuré :

– Quand nous étions dans les tranchées, nous n'aurions jamais pu imaginer que nous, les poilus, nous deviendrions la risée des autres, après la guerre…

Alors Mélanie se surpassa dans l'ignominie. D'un geste fulgurant comme un coup de griffe de chat, sa main escamota le béret du légionnaire dont le crâne apparut complètement chauve.

– Le voilà, notre poilu ! Admirez !

Personne ne rit, cette fois. Les hommes regardèrent en silence Cantalou se recoiffer, puis repartir sans mot dire, balancé sur ses béquilles, tandis que sa sœur le suivait lentement, réglant à distance son pas sur le sien.

Raymond et Jean-Claude se rendaient trois fois par semaine chez eux pour leur apporter leur lait. Le légionnaire les aimait bien. Il les accueillait chaque fois avec la même plaisanterie, à laquelle ils se prêtaient avec plaisir. Quand il les voyait entrer dans le jardin, il criait de loin :

– Qui va là ?

– C'est le service du lait, mon adjudant !

– Alors, la bleusaille, on ne salue plus ? Garde… à vous !

Ils claquaient les talons et restaient figés, les bras au corps.

Il avançait péniblement et criait :

– Repos !

Souvent, il leur donnait des gâteaux vitaminés du Secours National et, selon la saison, des fruits de son jardin.

Quand Mélanie entendait cela, elle sortait de la cuisine, venait prendre, sans un mot de remerciement, le pot à lait que portait Raymond et disait invariablement à Cantalou :

– Laisse donc ces enfants tranquilles !

Puis, tout en remontant le perron, elle soulevait le couvercle de la boîte pour s'assurer qu'elle n'était pas volée sur la quantité.

Pourtant, quelques jours avant la visite de Pétain à Limoges, un matin, alors que le parfum de la confiture de fraises embaumait même le jardin, Mélanie accueillit les garçons avec un large sourire qu'ils ne lui avaient jamais vu. Elle semblait rajeunie de plusieurs années. Elle les conduisit avec des mots aimables dans sa cuisine où se trouvait son frère, souriant lui aussi, en train de visser les couvercles des bocaux. Elle prépara des tartines de confiture encore tiède que Raymond et Jean-Claude furent obligés de manger. Puis elle prit une grande boîte en carton sur un meuble et la posa sur la table.

Cantalou, tout joyeux, dit :

– Voilà, ma sœur va vous donner quelque chose.

Raymond crut qu'il s'agissait d'une nouvelle largesse et il se préparait à protester lorsque le légionnaire le détrompa :

– C'est des cocardes tricolores en papier plissé que Mélanie a découpées et cousues pour les écoliers de Saint-Sernin. Vous allez les remettre à la remplaçante de M. Marty. Je lui en ai déjà parlé. Elle vous les distribuera jeudi, à Limoges, pour que vous les portiez à la poitrine lorsque vous irez applaudir le Maréchal.

Puis il mit son bras autour des épaules maigres de la vieille fille qui souriait toujours et ajouta :

– C'est Mélanie qui a eu cette idée. C'est elle qui a acheté le papier… du beau papier gaufré… vous verrez. Pour une fois, elle a tenu à me faire plaisir.

Ils repartirent en déplorant cet armistice qui allait les priver des sketches matinaux auxquels le frère et la sœur les avaient habitués.

Ils racontèrent la scène à Martial qui s'exclama :

– Mélanie a fabriqué toutes ces cocardes pour le grand carnaval à Pétain ? Et elle a décidé ça d'elle-même, sans que personne ne lui demande rien ? Et en plus, elle dit que c'est pour faire plaisir à son frère, alors qu'elle le déteste autant que Pétain ! Jamais on ne me fera croire ça. Vous pouvez être sûrs que ça cache quelque chose. Je ne sais pas quoi, mais ça cache quelque chose.

Martial avait raison et l'on n'allait pas tarder à apprendre quel vilain tour Mélanie avait joué à son frère.

19

Pendant l'Occupation, la très grande majorité de la population de Saint-Sernin échappa au matraquage politique déversé par Paris et par Vichy.

La propagande pronazie de la capitale occupée ne l'effleura qu'à peine. Cependant, un observateur étranger à la commune aurait pu s'y tromper. En effet, les soirs d'été, il arrivait que, parmi les hommes du village rassemblés par groupes sur la place, l'un d'eux levât tout à coup son bras raidi devant lui, immédiatement imité par les autres. Mais celui qui se serait imaginé, en voyant ces hommes de loin, qu'ils se saluaient à la mode hitlérienne aurait commis une lourde erreur. Non, s'ils levaient ainsi le bras, c'était simplement pour se montrer, les uns aux autres, selon la saison, la hauteur de leurs topinambours ou de leur seigle, ou bien la taille de leur aîné.

Quant à la propagande de Vichy, elle n'eut qu'une influence minime sur eux.

La presse écrite ne toucha que peu de personnes. Les plus de soixante-dix ans en furent épargnés en bloc, non parce qu'ils manifestaient une hostilité au régime plus vive que les autres, mais parce qu'ils ne savaient pas lire, les lois sur l'enseignement primaire obligatoire de 1881 ayant été promulguées alors qu'ils avaient passé l'âge d'y être soumis. La moitié environ des autres y échappèrent également parce qu'ils n'étaient abonnés à aucun journal.

Et même lorsque le maréchal Pétain vint à Limoges, les 19 et 20 juin 1941, et que pendant huit jours la presse régionale se déchaîna, ceux qui recevaient un quotidien n'en lurent guère plus que les gros titres jetés au-dessus des colonnes comme des banderoles au-dessus de rues en fête, car la fenaison venait de commencer et ils n'avaient plus de temps à perdre. Pourtant, pendant huit jours, la fibre cocardière vibra à toutes les pages et les périphrases fleurirent tout au long des articles : « LE VAINQUEUR DE VERDUN », « UN HOMME À AIMER », « CELUI QUI TIENT LES PROMESSES DES AUTRES », « L'ANNONCIATEUR DES TEMPS NOUVEAUX »... Les associations officielles mobilisèrent leurs adhérents, racolèrent les sympathisants à coups de mots d'ordre, fixant des lieux de rassemblement, organisant des moyens de transport exceptionnels pour convoyer vers Limoges des foules prêtes à applaudir n'importe qui et à hurler des vivats. Il y eut des trains spéciaux, et, dans chaque commune, des autobus doublés et triplés, des services de camions ou d'autos. On n'avait vraiment aucune excuse si l'on refusait de se rendre à la manifestation. *Le Courrier du Centre*, conscient des risques de désaffection des campagnes, écrivait le 18 juin : « *Venez en foule. Sans doute ce voyage causera-t-il une gêne dans vos travaux agricoles, mais qu'est-ce en comparaison des périls et des malheurs que le Maréchal nous a évités ?* »

La propagande par T.S.F. eut une portée encore

plus restreinte que celle de la presse écrite : il n'y avait que quatre postes récepteurs dans le bourg. Le plus admiré était celui du café Michaudon que les tenanciers avaient récemment acheté pour exercer des représailles contre le phonographe du débit de boissons concurrent, celui de la mère Cul de Satin. Louise Michaudon disait, avec orgueil, que c'était un appareil à la pointe de la technique, un cinq lampes luxueusement présenté dans une ébénisterie de noyer verni au tampon, avec autosélecteur et cadran lumineux. Il était également le plus entendu, sinon le plus écouté. Surtout les jours où Louise s'absentait du café pour aller vaquer à ses occupations à l'extérieur, laissant par mégarde son père, le presque centenaire de Saint-Sernin, à proximité de l'appareil. Le vieillard profitait alors de l'occasion pour manipuler les boutons afin de régler l'intensité du son à sa convenance. Or, il était pratiquement sourd. Ce qui expliquait qu'en ces circonstances, une allocution du Chef de l'État pouvait aisément, quand le vent était favorable, survoler la rivière et, après s'être chargée du bourdonnement du moulin, atteindre le versant opposé de la vallée et y faire planter tout droits les outils de ceux qui travaillaient dans les champs.

Mais ces moments de superdiffusion étaient rares et ne duraient jamais plus de cinq minutes, car Louise Michaudon revenait chez elle à la course et éloignait aussitôt le pépé du récepteur en tirant le fauteuil à roulettes avec le crochet du rideau de fer de l'épicerie pour se mettre hors d'atteinte des coups de canne. Puis elle réduisait le volume du son et battait le rappel des buveurs qui avaient fui le café, les uns en se bouchant les oreilles, les autres en emportant verres et bouteilles jusqu'au gros tilleul situé de l'autre côté de la place.

Il ne lui restait plus qu'à expliquer au pépé, en criant à tue-tête près de son oreille, que les sons trop forts n'étaient pas bons pour lui, car ils achevaient de le rendre sourd. Elle ajoutait qu'un poste de T.S.F. qui hurle dévore un cubage incroyable d'électricité et qu'il fallait y regarder à deux fois avant de tourner un bouton, car les sous ne se trouvaient pas sous les pas d'une vache. Enfin, elle lui donnait un caramel mou pour le consoler et tout rentrait dans l'ordre.

Quant à la propagande par affiches, elle eut une efficacité encore plus réduite.

Cantalou, le responsable local de la Légion, en collait bien quelques-unes sur le mur de la mairie ; mais, lorsqu'il en recevait qui lui plaisaient particulièrement, il n'avait pas le cœur de s'en défaire et il les gardait pour lui seul afin de décorer sa chambre, une pièce de plain-pied qui donnait sur son jardin, basse de plafond, sobrement meublée, blanchie à la chaux et qui, sans son imagerie murale, aurait été sévère comme une cellule de moine. Seuls quelques invités avaient le droit d'y pénétrer pour venir admirer les affiches. Raymond et Jean-Claude faisaient partie de ces privilégiés.

Il y en avait deux qu'ils préféraient aux autres.

Sur la première, intitulée : UN GRAND PASSÉ DOULOUREUX MAIS INSTRUCTIF, on voyait Jeanne d'Arc en chemise de nuit blanche, les pieds nus et les yeux levés au ciel, en train de gravir les barreaux de l'échelle du bûcher, apparemment pas plus inquiète qu'une qui monte au poulailler ramasser les œufs frais pondus, ainsi que le faisait remarquer Raymond. Hypocritement, les soldats anglais faisaient semblant de ne pas la voir. On aurait même dit qu'ils ne savaient pas pourquoi ils étaient là. Pourtant, ils avaient pris la précaution de revêtir leur armure afin, expliquait Jean-Claude, de protéger leur uniforme des étincelles et des escarbilles quand le bûcher flamberait.

C'était un passé triste, mais en effet très instructif, car il montrait la traîtrise de ceux qui l'année précédente encore se disaient nos amis.

La seconde affiche était fixée à côté du diplôme de légionnaire de Cantalou, au-dessus du lit de camp avec ses draps et ses couvertures pliés au carré. On y voyait deux combattants, l'un de la guerre 14-18, l'autre de celle de 39-40. Ce dernier – en uniforme kaki, capote aux pans retroussés et molletières – avait reçu un sale coup, car il portait au front un bandage taché de sang. Il n'avait pas bonne mine et ses jambes flageolaient. On devinait qu'il était prêt à s'évanouir. Il avait perdu son casque et jeté son fusil dont on apercevait la crosse, mais il n'avait pourtant pas lâché la hampe du drapeau tricolore, frangé d'or et déployé au vent, sur lequel brillaient les mots *Honneur et Patrie*.

Il serait certainement tombé à la renverse si le combattant de 14 – un sacré briscard celui-là, un vieux de la vieille à moustaches blanches et capote bleu horizon – n'était précipitamment descendu de son socle pour le rattraper à temps en le soutenant par les épaules.

Raymond disait que le vieux avait heureusement eu un bon réflexe, sinon le jeune, qui avait bien assez de malheurs comme ça, se serait certainement cassé quelque abattis en tombant.

Mais malgré cette image qui glorifiait la solidarité des deux générations, on sentait bien que Cantalou ne pouvait se défendre de rendre ceux de 40 responsables de la défaite ; et certains se demandaient même s'il n'allait pas jusqu'à leur reprocher de ne pas avoir été capables de remplir correctement, comme leurs aînés, les deux faces du monument aux morts qui leur étaient réservées. Ce soupçon leur était venu le 11 novembre précédent lorsque, béret bas, Cantalou avait lu, après avoir déposé une gerbe au pied de la stèle, les noms gravés sur les plaques de marbre. D'abord les soixante-deux de 14-18, d'une voix vibrante, comme s'il avait proclamé un palmarès ; puis les trois de 39-40, mais sur un ton glacial, presque méprisant. Le ton sur lequel M. Marty nommait, le jour de la distribution des prix, en fin de liste, les élèves qui avaient miraculeusement réussi à obtenir leur certificat d'études, mais qui ne le méritaient pas.

20

La veille de la grande manifestation, Martial faucha le pré attenant à la maison. Mais, l'après-midi, la chaleur étant trop vive pour atteler les bêtes, il en profita pour travailler au sabot qu'il avait promis depuis plus de trois mois à Cantalou.

Il lui avait dit :

– Un seul sabot, ce n'est pas long à faire. Le tout, c'est que je trouve le temps de m'y mettre.

Il n'avait pas dû le trouver, car lorsque le légionnaire était venu à l'atelier en avril, puis en mai, il n'avait pu lui montrer qu'un bloc de hêtre grossièrement ébauché. Maintenant, il ne pouvait plus reculer la date de la livraison, car son client qui s'impatientait lui avait fait dire qu'il viendrait cet après-midi essayer le sabot.

Martial travaillait calmement. De la main gauche, il maintenait la pièce de bois pointée sur le billot à quatre pieds, tandis que de la droite il la frappait à petits coups avec une hache à fer recourbé vers le manche, qu'on appelle une herminette. Quand cette opération fut terminée, il se mit à actionner le paroir qui est une sorte de sabre portant un manche à l'une de ses extrémités et qui est fixé par l'autre au billot à l'aide d'un crochet. Peu à peu, à mesure que les copeaux vrillaient sur le tranchant de l'outil, le sabot prenait forme. Son nez se retroussait avec insolence, ses courbes devenaient plus harmonieuses et son talon se galbait finement.

De temps en temps, Martial le caressait de la paume, l'effleurait du bout des doigts, puis il le tournait dans tous les sens en le tenant à bout de bras et en examinant son profil à contre-jour, les yeux mi-clos.

Il se remettait ensuite à le fignoler, adoucissant une ligne, polissant une surface

L'atelier était frais, parcouru par une légère brise, car la porte et la fenêtre étaient ouvertes. Le parfum de l'herbe coupée qui séchait au soleil y pénétrait et se mêlait aux senteurs du vernis et du bois fraîchement raboté.

Les enfants étaient venus tous les trois retrouver Martial. Ils étaient adossés au mur, assis sur le plancher parmi les copeaux.

Sylvette avait apporté un gros bouquet de pissenlits mûrs et jouait à « *Je sème à tout vent* », comme la dame de la couverture du *Petit Larousse* du tonton. Elle saisissait les tiges l'une après l'autre, portait les délicates houppes d'aigrettes à hauteur de sa bouche et soufflait dessus d'un coup sec. Elle poussait des cris de joie comme a un feu d'artifice en suivant du regard les troupes de minuscules parachutes emportés par le courant d'air jusqu'à la tête de Martial qui, sans s'arrêter de travailler, gonflait les joues et les chassait dans un puissant tourbillon.

Raymond révisait son programme d'histoire, c'est-à-dire qu'il feuilletait son Lavisse en regardant les gravures et en les commentant le plus souvent avec indignation, car, pour lui, la barbarie humaine était encore une source inépuisable d'étonnement.

Jean-Claude s'approcha de son oncle. Il était émerveillé de voir ses doigts épais accomplir des gestes aussi précis.

Quand la mise en forme fut terminée, Martial lui permit de l'aider à installer le sabot sur la chèvre, qui est une sorte d'établi rudimentaire fait d'une longue pièce de bois étroite grossièrement équarrie et juchée sur quatre pieds. Ils le calèrent entre des planchettes à l'aide de coins que Jean-Claude enfonça à coups de maillet dans les trous pratiqués à cet effet dans l'épaisseur de la chèvre.

– Il ne reste plus qu'à le creuser, dit Martial.

Il commença ce travail avec la grande tarière en forme de T, puis il continua avec des gouges et des cuillères de différentes tailles et de différentes formes. Les copeaux jaillissaient de la cavité, s'amoncelant sous la chèvre. De temps en temps, Martial tâtait entre son pouce et son index l'épaisseur du bois restant.

– Ça ne doit pas être facile de savoir quand on en a assez creusé, remarqua Jean-Claude.

– Moi, je me sers de mes doigts, mais mon grand-père, il n'avait pour ainsi dire pas besoin des siens pour savoir si le bois était assez mince. L'œil lui suffisait. Et il n'y en avait pas beaucoup qui avaient un coup d'œil comme lui ! Il faisait des sabots légers, il fallait voir ça... Moi, j'ai fait ma première paire à quatorze ans. C'était pour ma mère et j'aurais voulu qu'ils soient, eux aussi, légers, légers. Alors, je t'empoigne cette tarière et en avant la musique !... Ah ! ça n'a pas traîné. Tout d'un coup, qu'est-ce que je vois ?... la mèche qui sort toute brillante de l'autre côté du bois, sous le nez du sabot. Bon, je la tire et je me dis : « Cette fois, attention ! Vas-y doucement. » Mais pan ! voilà cette garce de mèche qui passe encore un coup à travers le bois. Exactement à côté du premier trou. Et de deux ! Ça n'était pas dans les habitudes de mon grand-père de rire, mais je t'assure que ce jour-là, il s'est payé une pinte de bon sang. Il disait, à cause de ces deux trous côte à côte, que j'avais fabriqué le premier sabot à narines. Il m'a guidé de près pour m'empêcher d'esquinter le deuxième. Eh bien ! cette paire ratée, ta grand-mère a voulu la porter quand même. Pour me faire plaisir, bien sûr. Naturellement, elle ne les mettait qu'en été et encore quand il faisait beau temps. Elle disait qu'elle les aimait mieux que ceux que faisait mon grand-père. À cause de la ventilation. Mais quand il y avait eu un orage pendant qu'on était aux champs, en revenant par les chemins détrempés, il ne faisait pas bon marcher à côté d'elle, parce que pour traverser les flaques de boue, elle était obligée de sauter à cloche-pied sur le sabot qui n'était pas percé et tu peux te figurer que la boue volait autour d'elle. Nous, on la laissait passer toute seule, loin devant nous.

Pataud se mit à japper clair ainsi qu'il le faisait chaque fois qu'il annonçait un visiteur. C'était Cantalou qui pénétrait dans la cour.

Martial débarrassa l'unique tabouret des copeaux qui le recouvraient et le désigna au légionnaire quand il entra.

– Toi, tu peux te vanter d'avoir un sacré flair, lui dit-il. Tu arrives juste au moment qu'il faut pour essayer ton sabot.

Cantalou appuya ses béquilles contre la chèvre et s'assit avec difficulté en soupirant.

Martial remarqua alors qu'il avait la figure défaite. Il plaisanta :

– Qu'est-ce qui t'arrive ? Est-ce que, par hasard, quelqu'un t'aurait volé quelque chose dans ton paquetage ?

Mais Cantalou n'avait pas envie de rire. Il dit d'une voix sourde :

– Quarante-deux familles ! Tu m'entends ? J'ai visité quarante-deux familles en trois jours pour leur demander d'envoyer au moins une personne à Limoges pour applaudir le Maréchal. Et sais-tu combien Saint-Sernin aura de représentants, sans compter les gosses qui doivent y être obligatoirement ?

– Un, répondit doucement Martial. Un seul : toi !

– Oui, tu as deviné. Eh bien ! veux-tu savoir ma façon de penser ?... Tant d'ingratitude, ça me révolte. Quand je pense qu'il y a tout juste un an, ils disaient tous : « Heureusement qu'on a eu Pétain pour signer l'armistice ! Sans ça, ils occupaient toute la France et ça faisait des morts et des prisonniers de plus pour rien. »... Si le Maréchal était venu à Limoges à cette époque, ils se seraient tous mis à genoux devant lui pour le remercier. Et aujourd'hui, plus personne !... Ah ! il a bien raison de dire que les Français ont la mémoire courte.

– Écoute, lui répondit Martial, je ne connais pas grand-chose à la politique, tu le sais, et le plus souvent j'aime mieux me taire plutôt que de lancer des âneries. Mais, pour ce qui est de Pétain, je peux te répéter ce que j'entends dire de lui à droite et à gauche. Il y a d'abord ceux – et, à mon avis, c'est la grande majorité – qui ne prennent pas bien au sérieux toutes ces promenades qu'il fait d'une ville à l'autre pour chercher des applaudissements. Ils ne voient pas bien à quoi ça sert, sinon à faire perdre du temps au monde et à leur faire dépenser des sous, alors qu'il est le premier à prêcher qu'il faut travailler et faire des économies. À côté de ceux-là, il y en a d'autres qui ne le portent plus autant dans leur cœur que l'an passé parce que la poignée de main qu'il a été donner à Hitler à Montoire ne leur a pas plu du tout, pas plus que ses discours sur la collaboration avec les Boches. Enfin, vois-tu, il y a tous ceux qui se méfient de Laval et de sa clique et qui disent qu'ils font tout ce qu'ils peuvent pour entraîner le vieux plus loin qu'il voudrait aller du côté de l'Allemagne. Voilà ce que j'entends dire à droite et à gauche...

– Surtout à gauche ! s'exclama Cantalou. Tout ce que tu viens de dire, c'est justement ceux de la gauche d'avant-guerre, les responsables de la défaite, qui inventent ça pour détacher les Français du Maréchal.

Martial prit un air candide, haussa évasivement les épaules et répondit :

– Moi, je ne sais pas de quel bord ils sont, ceux-là qui disent ça.

Et il ajouta, en lui tendant le sabot :

– Tiens, essaie-le.

Cantalou trouva que le bois lui serrait un peu trop le cou-de-pied. Martial jugea qu'il pouvait encore enlever une lichette de fayard pour agrandir l'ouverture. Ce qu'il fit. Cantalou fut alors satisfait et dit qu'il était inutile de le vernir, qu'il le cirerait lui-même.

Il ne restait plus qu'à décorer le dessus en y gravant deux fleurettes avec la gouge la plus fine et à le ferrer avec des clous à tête ronde, ceux que Martial appelait des clous baladeurs à cause de leur humeur vagabonde qui les poussait tôt ou tard à quitter la semelle du sabot pour aller se planter, au hasard des rencontres, dans le pneu d'un vélo ou dans le pied d'une vache.

Soudain, la rancœur qui rongeait Cantalou ce jour-là se réveilla de nouveau brutalement, sans prétexte apparent. Il reprocha aux paysans d'être la seule classe sociale qui ne souffrait pas trop cruellement des suites de la défaite, car ils mangeaient à leur faim.

Martial quitta les rangs des artisans pour défendre avec véhémence les cultivateurs. Il rappela à Cantalou que dans toutes les guerres, c'étaient eux qui avaient eu le triste honneur d'être choisis pour former la piétaille des armées. Il cita des chiffres qu'il avait lus récemment et qui démontraient d'eux-mêmes que la paysannerie était la classe sociale qui avait payé le plus lourd tribut à la guerre : la moitié des tués de 14-18 et les deux tiers des prisonniers de 40 étaient des paysans. Et il s'indigna, lui qui n'avait jamais envié ni méprisé ceux qui avaient quitté leurs champs pour aller répondre chaque matin à une sirène d'usine :

– Si ceux des villes trouvent que les paysans n'ont pas payé la guerre assez cher, je ne sais pas ce qu'il leur faut. Et pour ce qui est de la nourriture, même si on se rationnait nous-mêmes, ici à la terre, si ceux des villes se figurent qu'ils en auraient un peu plus, ils se fourrent le doigt dans l'œil, parce que tout ce supplément filerait en Allemagne. Un point, c'est tout.

Cantalou reprocha alors aux habitants de Saint-Sernin de se désintéresser de la poursuite de la guerre.

Martial s'arrêta de marteler les clous et le regarda un instant.

– Pour une fois, je trouve que tu as raison. Moi non plus, je le reconnais, je ne suis plus bien ça de très près, maintenant qu'on ne se bat plus. Je te dirai franchement que je ne sais pas où ils en sont exactement. Faudrait que de temps en temps j'ouvre le livre de géographie pour les suivre un peu.

Pourtant, rarement époque avait été plus fertile en événements militaires. Les journaux avaient annoncé, au cours de ce printemps, que le drapeau à croix gammée flottait sur l'Acropole d'Athènes ; que Rommel, avec l'Afrika Korps, avait repris Benghazi aux Anglais et commencé le siège de Tobrouk. Dans quelques jours, ils annonceraient l'invasion de l'U.R.S.S. et plus tard, ce même été, la ruée des panzers en direction de Kiev…

Mais, pour la plupart des habitants de Saint-Sernin, depuis que l'orage s'était éloigné de nos frontières, ces événements semblaient se dérouler dans un autre monde et presque dans un autre temps. Les riches terres à blé de l'Ukraine et les sables du désert de Libye étaient si éloignés de leur village que les souffrances des hommes qui y luttaient et y mouraient ne les touchaient guère plus que celles des combattants de Marignan ou des victimes de la Saint-Barthélemy.

Ils ne pouvaient imaginer que les jours étaient proches où ils verraient monter sur leurs routes sinueuses des convois de véhicules hérissés d'armes à feu et chargés de soldats en uniformes vert-de-gris, qu'ils entendraient crépiter les mitrailleuses, éclater les grenades du côté des maquis des sommets de leurs collines, et qu'ils pleureraient à leur tour les plus généreux des leurs.

21

– Voyez-moi ça, dit Milou en descendant du wagon, tout juste s'ils n'ont pas peint les rails en bleu, blanc et rouge.

Les enfants de Saint-Sernin, ainsi que ceux des autres écoles que le train spécial avait collectés de gare en gare, avançaient sur le quai en tournant la tête de tous côtés. On voyait partout les trois couleurs nationales. Il y avait des drapeaux tricolores au sommet des mâts et aux fenêtres des bureaux de la gare. Des cocardes gigantesques décoraient les murs. Sur une immense banderole, on lisait :

VIVE LE MARÉCHAL PÉTAIN
VIVE L'AMIRAL DARLAN
VIVE LIMOGES
VIVE LA FRANCE

Des soldats, l'arme au pied, jalonnaient les quais. Des officiers faisaient les cent pas, conversant avec des civils à l'air important et aux boutonnières fleuries de rubans.

– Il y a du grand monde, constata Raymond. Je n'avais jamais vu autant de cerceaux dorés autour d'un képi. Le petit gros, là-bas, il en a cinq autour du sien.

Un détachement de musique militaire était massé près des escaliers d'accès au hall, et les enfants virent en passant l'image déformée de leur groupe dans le miroir des cuivres.

Quand ils gravirent les marches entre deux épais tapis de marguerites, de bleuets et de coquelicots, Milou dit :

– C'est malheureux de voir de belles fleurs saccagées pour ça. Elles auraient fait de belles graines.

– Avancez ! Avancez ! criaient des voix et faites attention de ne pas marcher sur les fleurs. Dépêchez-vous ! Le train du Maréchal ne va pas tarder à entrer en gare.

Ils sortirent, éblouis de soleil.

Encore et partout des drapeaux, des poitrines éclaboussées de médailles, de rubans et de barrettes. Encore des uniformes. Le service d'ordre était assuré par des cordons de soldats : ceux du génie et les cuirassiers en kaki, les chasseurs en bleu marine, les gardes mobiles casqués.

Quatre adolescents vinrent à la rencontre du troupeau d'écoliers qui les prirent d'abord pour des apprentis chasseurs alpins en culottes courtes, car ils portaient comme leurs aînés un vaste béret qui cachait leur oreille ainsi qu'une partie de leur joue droite, et leur chemisette avait des poches sur la poitrine et des pattes sur les épaules.

Ils expliquèrent aux instituteurs qu'ils étaient des Compagnons de France et qu'on les avait chargés d'organiser le rassemblement des écoliers avant de les conduire sur la place de l'Hôtel de Ville où le Maréchal prononcerait un discours. Ils firent ranger les élèves en colonne et les dirigèrent vers le Jardin-de-Juillet où quelques centaines d'enfants étaient déjà alignés.

Là, un homme minuscule, guère plus haut que Jean-Claude, marchait le long des rangs en faisant de grands gestes. Quand il se retourna, on vit qu'il avait des moustaches blanches et des rides. Un petit coq blanc sur fond rouge se dressait sur un écusson cousu sur sa veste. Il avait un brassard tricolore et il portait en sautoir un sifflet qui pendait jusqu'à son nombril. Il tenait à la main une boîte pleine de drapeaux en papier. Il en donna un à chaque enfant et expliqua :

– Quand vous verrez arriver la voiture du Maréchal, vous lèverez aussitôt vos drapeaux. Comme ça, regardez !

Et il se mit à en brandir un au-dessus de sa tête. Même juché sur la pointe des pieds, il avait encore l'air d'un chef de gare pour train miniature.

– Il est haut comme trois connes, murmura Raymond.

Milou rectifia :

– Comme trois pommes !

Tout à coup, le petit monsieur fonça, l'œil méchant, le drapeau pointé sur les élèves de Saint-Sernin.

– Qu'est-ce que c'est, ces cocardes ? demanda-t-il d'une voix blanche.

Et, d'un geste brutal, il arracha celle de Marie-Jeanne Micoulet qui poussa un cri et fit un bond en arrière. Il jeta la fleur de papier à terre et se mit à la piétiner en hurlant :

– Mais c'est la cocarde anglaise que vous portez, petits malheureux ! Les couleurs sont les mêmes que celles de la cocarde française, mais elles ne sont pas placées de la même façon. Vous ne voyez pas que le rouge est au milieu ? Nous, c'est le bleu !

Milou chuchota :

– C'est ça le coup de la Mélanie Cantalou. Et il est réussi !

Raymond dit sur un ton conciliant :

– Nous, on savait pas. Mais si vous voulez, on peut essayer de changer les couleurs de place.

L'autre ne l'écoutait pas. Il vociférait :

– C'est le bouquet !... Donner des cocardes anglaises à des enfants qui viennent applaudir le Maréchal Pétain. Il faut un sacré culot pour faire ça !... C'est un affront !... C'est de la provocation !... Je vous garantis que ça ne se passera pas comme ça. Où est votre instituteur ?

Mlle Berthelot qui parlait avec l'un de ses collègues à quelques mètres de là s'était approchée.

– Je suis l'institutrice de ces enfants, fit-elle sèchement. Quant aux cocardes, elles leur ont été distribuées par un membre de la Légion. C'est tout ce que j'ai à vous dire.

Puis, s'adressant aux élèves :

– Enlevez-les et mettez-les dans vos poches.

Elle avait déjà fait demi-tour, mais le petit bonhomme l'apostropha d'une voix hargneuse :

– Et vous avez le toupet d'affirmer que ces cocardes ont été distribuées aux enfants par un légionnaire !... Vous n'espérez tout de même pas que je vais avaler ça et que vous allez vous en tirer de cette façon ? Un légionnaire !... On va voir si vous allez vous moquer gratuitement de moi...

Mlle Berthelot avait fait volte-face et le regardait avec mépris. Il sortit de sa poche un crayon et un calepin et demanda d'une voix neutre comme s'il allait verbaliser :

– Comment vous appelez-vous et où exercez-vous vos fonctions ?

Puis il demeura le crayon en l'air en attendant la réponse.

Il ne l'attendit pas longtemps. La jeune fille le toisa d'un regard glacial et répliqua :

– Ça ne vous regarde pas !... Et d'abord, de quel droit me posez-vous cette question ?

Il se retourna vers les enfants, prêt à les interroger, mais elle le devança :

– Je vous interdis de répondre aux questions de cet homme.

Il la regarda un instant, interloqué. Des tics agitaient son visage. Il avalait sa salive. On sentait qu'il faisait un effort pour se maîtriser. Il dit enfin :

– Mademoiselle, sachez que je fais partie des personnes qui ont été officiellement désignées par M. le Préfet et par M. l'Inspecteur d'Académie pour organiser les manifestations de tous les écoliers du Limousin pendant le séjour du Maréchal Pétain. Je suis donc responsable à ce titre de la tenue des enfants. Et je considère que vous êtes, vous, institutrice, sous mes ordres pendant la durée des manifestations. De plus, j'estime qu'il est de mon devoir de savoir qui a distribué ces cocardes ou qui en a eu l'initiative.

Il changea brusquement de ton et sa voix s'adoucit :

– Vous me dites que ce n'est pas vous... Très bien. Alors, qui est-ce ? Vous serez d'accord avec moi, j'espère, pour reconnaître qu'il s'agit plus probablement d'une provocation délibérée que d'une erreur. Et je pense que vous admettrez que je dois faire une petite enquête afin de faire prendre les sanctions qui s'imposent. Tout ce que je vous demande, c'est de collaborer à cette enquête, d'abord en répondant à mes questions et ensuite en me laissant interroger les élèves.

Mlle Berthelot le regarda avec ironie et le cingla de cette réplique :

– Collaborer ? Sachez à votre tour que je n'ai pas l'âme d'une collaboratrice !

Il se mit à glapir :

– Vous êtes d'une inconscience inouïe. Vous ne semblez pas vous rendre compte que vous êtes, en ce moment même, en train de jouer votre carrière. Des instituteurs, des professeurs, et même des maires, ont été révoqués pour moins que ça. Voulez-vous un exemple ? Un maire de gauche a été révoqué parce qu'il ne s'était pas découvert et pas mis au garde-à-vous pendant la cérémonie des couleurs. Il faut bien vous dire que nous ne sommes plus sous la Troisième République. Tout le monde sait aujourd'hui que l'instituteur français est responsable de la défaite et nous ne lui laisserons plus corrompre notre jeunesse comme il l'a fait impunément pendant des années. L'épuration du corps enseignant est déjà commencée et nous la poursuivrons impitoyablement. De plus, je vous signale que j'ai de solides relations à l'Inspection académique. Alors, je vous conseille de changer de ton, mon petit !

Mlle Berthelot éclata de rire :

– Mon petit !... D'abord je ne suis pas *votre* petit. Et s'il est un mot que vous devriez vous abstenir de prononcer, si vous aviez le moindre sens du ridicule, c'est bien celui-ci.

La moustache du petit monsieur devint tout à coup d'une blancheur éclatante, car son visage venait de virer au violet. Il desserra le nœud de sa cravate. Les mots ne venaient pas. Il y eut de longues secondes de silence angoissant pendant lesquelles on crut qu'il allait sauter comme un petit coq en furie à la figure de la jeune fille.

Marie-Jeanne Micoulet profita de ce répit pour éclater en sanglots.

– Il lui a déchiré son corsage en lui arrachant la cocarde, expliqua posément Milou.

– Et l'épingle lui a rentré dans la viande, ajouta Raymond. C'est pas pour dire, mais ça saigne pas qu'un peu.

– Ça saigne ! reprirent d'autres élèves.

Les sanglots de la grande fille redoublèrent.

À ce moment, une voix forte dit :

– Monsieur, vous êtes un sauvage !

On vit un homme d'une cinquantaine d'années, bâti comme un demi de mêlée, qui s'avançait, écartant du bras Mlle Berthelot pour se camper devant le petit monsieur. C'était M. Hébert, un camarade de promotion de M. Marty. Les élèves le connaissaient, car il venait souvent à Saint-Sernin. Il poursuivit :

– Vous êtes un sauvage et vous méritez une correction pour avoir brutalisé et blessé cette fillette, puis insulté cette jeune fille, ainsi que tous les instituteurs en général. Et si vous ne donnez pas immédiatement l'ordre de conduire ces enfants place de l'Hôtel-de-Ville, cette correction, c'est moi qui vais vous l'infliger, ici même. Je vous laisse quinze secondes pour faire votre choix.

La moustache du petit homme parut brusquement grisâtre, car son visage était devenu blafard. Il se mit à reculer en bafouillant :

– Vous me le paierez... tous les deux... Je vais m'en occuper, de ces tocardes anglaises... de ces clocardes angaises...

Ce qui fit rire les enfants, y compris Marie-Jeanne Micoulet qui essuyait ses larmes avec son mouchoir taché de trois gouttes de sang.

Il donna un coup de sifflet, tourna les talons et disparut tandis que les jeunes Compagnons de France entraînaient la colonne d'écoliers vers l'Hôtel de Ville.

Mlle Berthelot paraissait soucieuse. Jean-Claude l'entendit qui disait à M. Hébert :

– J'ai sûrement exagéré. Ça va sans doute me causer des ennuis, mais je n'ai pas pu résister au plaisir d'être insolente.

M. Hébert souriait :

– L'insolence est un luxe à notre époque. Attendons, on verra bien. Si cet imbécile se plaint à l'Inspection académique, nous pourrons toujours répondre que notre indignation a été motivée par sa brutalité envers une élève. Mais, comme c'est lui qui a commis la première faute, je pense qu'il se taira et que l'affaire est terminée. Tout de même, à l'avenir, soyez plus prudente. Je sais qu'il est pénible de courber la tête devant les hommes qui ont profité de la défaite pour accaparer le pouvoir en rejetant les fautes sur tous les autres et qu'il faut un certain courage pour accepter leurs injures en silence, mais actuellement, nous ne pouvons guère faire autrement. Patience, vous verrez, un jour le vent tournera et nous leur demanderons des comptes.

Tout en marchant, les enfants regardaient les délégations rangées sous leurs fanions : celle des Chantiers de Jeunesse, celle du Secours National, celle des Éclaireurs de France, celle des fils d'une corporation artisanale de Limoges qui étaient venus remettre les clefs de la cité au Chef de l'État. Ils passèrent devant la Légion des Combattants, avec, aux premiers rangs, les grands mutilés dans leurs fauteuils roulants, leurs poitrines chargées de décorations.

Les enfants de Saint-Sernin reconnurent Cantalou parmi les légionnaires.

Milou dit :

– Je voudrais voir sa tête quand il apprendra le coup que lui a fait sa sœur.

Il était 16 heures 30 à l'horloge de l'Hôtel de Ville lorsqu'ils débouchèrent du boulevard Louis-Blanc.

– C'est vraiment la grande mascarade tricolore, constata M. Hébert en promenant un regard circulaire sur la foule.

La façade de l'édifice municipal était barrée d'une longue banderole. Le square disparaissait totalement sous un immense drapeau aux couleurs nationales. Quand on regardait plus attentivement, on s'apercevait que ce drapeau était composé de trois groupes d'écoliers et d'écolières massés en rangs serrés, les uns vêtus de bleu, les autres de blanc et de rouge. Près du perron couvert de tapis, il y avait un autre détachement de la musique militaire.

Les élèves gravirent l'escalier de pierre qui donne accès à la place Haute-Vienne.

– C'est ici que vous allez rester, dit l'un des Compagnons avant de les quitter. Vous verrez très bien passer le cortège. Vous serez comme à un balcon.

– À quelle heure est prévue l'arrivée du Maréchal Pétain ? demanda Mlle Berthelot à un garde mobile.

– À cinq heures et demie à la gare. À six heures ici. Cette nuit, il a couché dans son train à Vieilleville. Ce matin, il est allé à Saint-Léonard, à Valmate, puis à Saint-Junien en passant par La Jonchère, Ambazac et Nantiat.

– Et on va faire attendre les écoliers ici pendant une heure et demie ?

– Avec la cérémonie et les discours, vous pouvez compter deux heures et demie. Et ne vous plaignez pas, vous venez d'arriver. Il y a des écoles qui sont là depuis plus d'une heure.

– Il est inhumain de laisser des enfants pendant plusieurs heures en plein soleil. Si j'avais su cela, j'aurais refusé de conduire mes élèves ici, dit à très haute voix Mlle Berthelot.

M. Hébert lui répondit en souriant qu'elle avait vraiment très mauvais esprit.

La première demi-heure d'attente se déroula sans incident. Les enfants furent distraits par le défilé des délégations qui allaient prendre place sur le carrefour : les Médaillés du Travail, les Sœurs de l'Hôpital, les Petites Sœurs des Pauvres et des Vieillards, les représentants des Orphelinats et des Hospices. Même la délégation des Aveugles civils était là...

Un long murmure d'étonnement parcourut la foule lorsque six vieillards accrochés aux bras de douze solides cheftaines passèrent en trottinant, le buste courbé vers leurs souliers : c'étaient des survivants de la guerre de 70.

M. Hébert dit à sa jeune collègue que ces pauvres vieux qui avaient échappé aux balles et aux sabres de Frœschwiller ou de Forbach soixante et onze ans plus tôt, risquaient bien de finir leur vie sur cette place, tués par le soleil de Limoges.

Mais les organisateurs avaient certainement eu conscience de ce danger, car, lorsque les vieillards furent arrivés au pied du perron, les cheftaines les saisirent aux aisselles et les soulevèrent comme des jarres pour les emporter à l'ombre, dans le hall.

Près des enfants de Saint-Sernin, une grosse matrone au corsage auréolé de taches de sueur disait qu'elle n'avait jamais vu une foule pareille à Limoges et que, même, quelques années plus tôt, la dernière fois qu'on y avait planté la guillotine, il n'y avait pas eu autant de monde pour voir tomber la tête de Dardillac, spectacle qui, à son avis, valait pourtant le déplacement.

La chaleur devenait intolérable. Les enfants s'éventaient avec leurs petits drapeaux et Milou évoquait la fraîcheur de son écluse.

Le premier nez de Saint-Sernin qui saigna fut celui de Denis Bersier. Il était 17 heures 15. L'institutrice fit immédiatement modifier les places des enfants. Ils furent groupés par paires : un petit à l'ombre d'un grand et le chapeau ou le béret du petit sur la tête du grand quand celui-ci n'en avait pas. Jean-Claude fut séparé de ses amis et se retrouva accolé au dos de Marie-Jeanne Micoulet.

Malgré cette sage initiative, à 17 heures 30, il y avait cinq autres hémorragies nasales et le nez de Denis Bersier n'était pas encore tari. Les mouchoirs propres commençaient à faire défaut.

– Utilisez vos petits drapeaux, dit Mlle Berthelot. C'est presque du papier buvard. Au moins ils serviront à quelque chose d'utile.

Dix minutes plus tard, le sang des six nez avait teint tous les petits rectangles de papier qui avaient été distribués à la classe.

– On va encore se faire repérer, tout à l'heure, quand ils vont agiter des drapeaux entièrement rouges, dit M. Hébert en souriant.

Depuis un moment, Marie-Jeanne se contorsionnait, les mains sur le ventre. Elle avait chuchoté à Jean-Claude :

– J'ai trop envie de faire pipi. Je ne tiendrai pas jusqu'au bout.

Elle se mit à se balancer tantôt sur un pied, tantôt sur l'autre. Derrière elle, son protégé fut obligé d'imiter ses mouvements pour maintenir à l'ombre sa tête aux cheveux encore ras. Bientôt la classe entière se mit à se dandiner sur place. Soudain un gros garçon, habituellement timide et taciturne, partit comme un fou à travers les groupes d'écoliers, criant :

– J'en peux plus. Un mur ! Je veux un mur !

Au même instant, il y eut des exclamations et des remous parmi les élèves d'une autre école, à une trentaine de mètres des rangs de Saint-Sernin. On vit un instituteur se baisser, se relever aussitôt avec une fillette allongée sur les bras. Il l'emporta en criant :

– Laissez-moi passer ! Elle est évanouie…

Une femme lui lança :

– À droite de la place, du côté de l'hôpital, vers l'avenue Baudin, il y a un poste de secours de la Croix-Rouge. On voit d'ici l'ambulance.

Mlle Berthelot manifestait son indignation de plus en plus fort. M. Hébert lui dit :

– Que voulez-vous, c'est cela la grandeur du régime de Vichy ! La vanité d'un vieillard de quatre-vingt-cinq ans a besoin de fêtes et d'applaudissements au prix des saignements de nez, des douleurs de vessie et des évanouissements des enfants. Voilà où se trouve la gloire de la Révolution Nationale !

Jean-Claude observait ses deux amis depuis quelques instants. Milou, haussé sur la pointe de ses souliers, parlait à l'oreille de Raymond qui souriait et hochait la tête en signe d'approbation. Il se tramait sûrement quelque chose. Jean-Claude se rapprocha d'eux.

– Tiens-toi prêt, murmura son cousin. Milou va faire le guignol et on va s'en aller tous les trois à l'ombre. Reviens à ta place et ne regarde plus de notre côté.

Deux minutes plus tard, des élèves poussèrent des cris :

– M'zelle ! Milou est tombé ! Il s'est trouvé mal.

Mlle Berthelot se précipita :

– Écartez-vous ! Voyons, écartez-vous !…

– C'est encore une insolation, dit M. Hébert.

Jean-Claude et Raymond virent leur ami couché de tout son long sur le dos, les bras en croix, les paupières fermées, la bouche tordue par un affreux rictus.

L'institutrice qui s'était accroupie se mit à le gifler avec force.

– Qu'est-ce qu'il prend ! chuchotait Jean-Claude.

M. Hébert intervint :

– Il faut le transporter au poste de secours. Je m'en charge. Surveillez mes élèves pendant mon absence.

Ce fut alors que Raymond entra en scène :

– Moi, Monsieur, je suis assez fort pour le porter jusque là-bas. Mon cousin peut venir avec moi, il fera déranger les gens devant nous.

Mlle Berthelot dit à son collègue :

– Ce garçon a raison. J'aime mieux que vous restiez ici, il peut y avoir d'autres insolations.

M. Hébert chargea Milou sur les bras de Raymond et le trio s'enfonça dans la foule qui s'ouvrait devant eux comme la mer Rouge devant Moïse, car le grand gaillard criait à pleins poumons :

– Laissez-nous passer ! Il est insolationné !

Les femmes s'apitoyaient :

– Encore un ! Les pauvres gosses, ils tombent comme des mouches.

Milou avait calé sa tête contre l'épaule de Raymond. Son œil gauche était fermé, mais le droit brillait joyeusement.

– Foncez directement vers les arbres du jardin, disait-il à mi-voix.

Ils se trouvaient à une trentaine de mètres de l'Hôtel de Ville quand une clameur s'éleva au loin et se rapprocha en s'amplifiant. Vers l'entrée du boulevard Louis-Blanc, des bras s'agitaient. Des gens crièrent :

– C'est lui ! Le voilà !

Milou se laissa glisser à terre.

– Il faut s'approcher encore plus près de la mairie. Sinon, d'ici on ne verra rien.

Une grande femme sèche, vêtue de noir, l'air halluciné, se frayait énergiquement un chemin, le parapluie pointé devant elle, en jouant des coudes et des épaules.

Elle criait :

– Gandissé-vou ! Seï pas davalado dé Sauvagna per né ré veïré.

(– Garez-vous ! Je ne suis pas descendue de Sauvagnac pour ne rien voir.)

Les trois garçons se coulèrent dans son sillage et arrivèrent sans peine jusqu'au premier rang des spectateurs, derrière le cordon du service d'ordre qui ondulait sous les violentes poussées de la foule.

Il était temps : les grosses automobiles noires encadrées de motos débouchaient sur la place, déclenchant une explosion d'acclamations et d'applaudissements. Des milliers de bras étaient levés, des milliers de voix criaient :

– Vive le Maréchal ! Vive la France !

Le cortège de voitures s'immobilisa. Des hommes se précipitèrent pour ouvrir les portières. Pétain, Darlan et le préfet descendirent, accueillis par un redoublement de vivats.

Le Chef de l'État semblait tout guilleret. Il caressait sa moustache blanche et promenait son œil gris-bleu sur la foule en souriant. Il se mit à tourner lentement sur lui-même en faisant des petits saluts de la tête et de la main, comme un clown au milieu de la piste. Il portait un uniforme kaki à large ceinturon et un képi à triple rang de feuilles de chêne dorées.

La musique se tut. Les cris de la foule s'apaisèrent.

Derrière les trois garçons, une femme disait :

– Il n'y a pas à dire, pour ses quatre-vingt-cinq ans, il est encore bien conservé.

– Oui, répondait une autre, c'est un petit vieux tout ce qu'il y a de propre. Ça fait honneur au pays.

Soudain, la fanfare attaqua *La Marseillaise* que Pétain écouta au garde-à-vous, la main au képi. Pendant les secondes de silence qui suivirent, une voix puissante cria au loin : « Laval au poteau ! » Mais pas une des personnalités ne parut l'entendre.

Pétain tapota paternellement les joues de trois fillettes venues lui offrir une gerbe, tandis que les enfants qui formaient le gigantesque drapeau tricolore commençaient à chanter *Maréchal, nous voilà !* Puis il gravit le perron, suivi de Darlan et du préfet, serrant des mains, saluant, jetant quelques mots à des hommes qui s'inclinaient.

– Il va parler au balcon, disaient des gens en montrant les micros à une fenêtre du premier étage.

Quand la suite de Pétain eut disparu dans le hall de l'Hôtel de Ville, Milou déclara :

– Maintenant qu'on l'a vu de près, on va chercher un coin pour pisser. C'est plus important que d'écouter des discours. Après, on reviendra retrouver les autres, parce qu'il ne faudrait pas qu'ils repartent sans nous.

Cinq minutes plus tard, ils étaient tous les trois immobiles, côte à côte, au milieu d'une ruelle déserte. Le buste cambré, le bassin en avant, ils lançaient trois jets devant eux en poussant des soupirs d'aise.

– Ouf ! C'est le meilleur moment de la journée, fit Jean-Claude.

– Moi, dit Raymond, quand je serai vieux, si mes petits-enfants me demandent ce que ça me rappelle, la visite de Pétain à Limoges, je leur dirai : « Une envie de pisser. Une formidable envie de pisser. »

Au loin, la voix du vieux Maréchal chevrotait dans les haut-parleurs :

« Je savais que Limoges est une ville d'artistes. Je vous remercie de votre accueil, car j'étais venu ici pour vous voir. Le spectacle que vous m'offrez est merveilleux. »[1]

– Dommage qu'il ne nous voie pas, dit Milou.

---

1. Pétain a réellement prononcé ces paroles à Limoges le 19 juin 1941.

22

Raymond et Marcelline subirent leurs épreuves le même jour : le garçon, celles du certificat d'études primaires ; la jeune femme, celles de l'examen d'entrée dans la famille Poutarot.

Le premier fut réveillé comme les condamnés à mort, à l'heure du petit matin blême, puis il disparut, emporté par une carriole à cheval conduite par le père d'un autre candidat. Avant de prendre place sur la banquette près de son camarade transi d'inquiétude, il observa le ciel et dit qu'il était idiot d'enfermer un garçon de sa force dans une salle d'examen par une si belle journée d'été comme celle qui se préparait, alors qu'il y avait du foin à rentrer.

Le conducteur de la voiture, sans descendre de son siège, but la goutte offerte par Martial, s'essuya les moustaches d'un revers de main, fit claquer sa langue (pour signifier que la gnole était bonne), puis son fouet, et la jument repartit au petit trot pour aller collecter, de maison en maison et de goutte en goutte, trois autres candidats afin de les conduire au chef-lieu de canton.

Quant à Marcelline, elle fit, vers dix heures, une entrée très remarquée dans le village.

Milou était à ce moment accroupi sur le bord de la chaussée dans le haut du bourg. Il faisait semblant de renouer les lacets de ses espadrilles, mais en réalité, il écoutait la conversation du père Pacaud et de Taupard qui se tenaient debout à trois mètres de lui.

Tout à coup, des pieds de femme chaussés de semelles articulées en bois lui frôlèrent la tête. C'étaient ceux de Marcelline assise en amazone sur le cadre du vélo, entre les cuisses à l'équerre de Martial qui pédalait. Il lâchait parfois le guidon pour saluer de la main les voisins sortis en hâte sur le pas des portes. La machine faisait alors des embardées, chancelait, rasait les murs, décrivait des courbes hésitantes d'un bord de la chaussée à l'autre, mais elle finissait par reprendre la ligne droite, supportant sans broncher les trois cent soixante livres du couple, tandis que Milou, médusé, se disait qu'avant-guerre, on fabriquait des vélos vachement costauds.

Dans le bas du bourg, la vitesse s'accéléra à cause de la pente qui devenait plus forte. Ils zigzaguèrent entre les quinze vaches Micoulet-du-haut qui allaient boire à la rivière. Marcelline, le buste en arrière, presque à l'horizontale, para adroitement quelques coups de queue destinés aux mouches. Martial réussit à lancer son talon dans la gueule du chien rouge Micoulet qui les suivait sournoisement, sans aboyer, mais en mordillant le pneu arrière qui ne méritait pas cette nouvelle épreuve, car il était suffisamment accablé.

La vieille Micoulet poursuivait l'animal à coups de bâton et jappait que ce vaurien causerait un jour ou l'autre un malheur, qu'elle l'avait toujours dit, mais que personne ne l'écoutait à la maison et que c'était bien triste de devenir vieux.

Sylvette guettait leur arrivée depuis une demi-heure. Dès qu'elle les vit de loin déboucher du troupeau, elle s'élança vers la cour en criant :

– Mémé ! Mémé ! Le tonton apporte la nouvelle tata en travers sur son vélo et elle a une robe toute rouge.

Jean-Claude se précipita vers la porte, renversa une chaise en doublant sa grand-mère entre la table et l'horloge, marcha sur l'une des pattes du chat qui franchit le seuil d'un bond en poussant des cris aigus.

Il y eut un grincement de freins, des piaillements et des envols de poules effarouchées, et Marcelline, rose, épanouie, se laissa glisser à terre en découvrant ses grosses cuisses blanches. Jean-Claude put alors constater que son oncle n'avait pas menti : elle avait vraiment de la viande autour des os, sans pourtant être obèse.

Elle rabattit sa robe en riant. Martial appuya le vélo contre le mur et dit :

– Voilà mes neveux !

Elle captura Sylvette qui fuyait vers le jardin, la souleva un instant dans ses bras, fit claquer un baiser sur ses joues et s'exclama :

– Oh ! la belle petite blonde !

Puis elle s'approcha du garçon, posa les mains sur ses épaules et l'observa un instant en souriant. Il vit qu'elle avait un beau visage frais avec des traits réguliers et de larges yeux d'un gris très tendre.

– Bonjour, Jean-Claude !

– Bonjour,... Mademoiselle.

Elle lui caressa les cheveux, se pencha, l'embrassa et dit :

– Tu m'appelleras Marcelline et tu me diras « tu ».

Puis elle se retourna vers la mémé qui se tenait un peu raide avec un sourire figé en haut du perron.

Martial paraissait embarrassé. Il dit à sa mère :

– Voilà, c'est elle... C'est Marcelline. Le train était à l'heure.

Pauline descendit deux marches et Marcelline en monta trois sans quitter du regard son examinatrice. Leurs visages se trouvèrent à la même hauteur. Il y eut quelques secondes de gêne, puis la jeune femme tendit la main. La mémé ne la prit pas, mais elle attira Marcelline à elle et, à l'étonnement de Jean-Claude, elle l'embrassa, puis l'invita à entrer.

On prit place autour de la table. Martial qui était en sueur sortit des bouteilles et des verres qu'il emplit immédiatement. On but et on causa.

Avant d'aborder des sujets plus sérieux, on parla, comme il se doit, du temps. Tout le monde fut d'accord pour trouver qu'il était chaud, même très chaud, mais qu'il était de saison. Il ne fallait pas s'en plaindre. Martial dit que c'était mieux pour faire la besogne du dehors que par ces étés pourris, comme il y en avait eu des années, alors qu'on était obligé de rentrer sous la pluie les récoltes comme qui les vole. On avait chaud, c'était une affaire entendue, mais on engrangeait du foin de première qualité. On n'avait pas besoin de le gorger de sel pour l'empêcher de fermenter. Et c'était déjà quelque chose. Non pas comme celui d'il y avait deux ans. Pourtant, bon Dieu, l'herbe était belle après avoir séché un premier coup. Blonde comme du tilleul sec. Mais, au moment de ramasser le foin, pan ! il pleut. Un orage, quoi ! Ça refait beau. Tu le retournes encore un coup. Il sèche une fois de plus. Mais au moment que tu es prêt à le monter dans la charrette, encore un orage !... Et des trois quatre fois comme ça. À la fin, tu rentres de l'herbe rousse, du renard, quoi ! Et les vaches, même si tu le leur fous sous le nez, elles ne veulent même pas te le regarder, ton foin, elles font semblant de voir autre chose.

Marcelline demanda si la fenaison était terminée.

– Il nous en reste une grosse charretée dans notre pré de la Bouège. Je l'ai fauché il y a deux jours et on l'a fané hier. On le rentrera demain avec Raymond.

Marcelline fit alors une proposition stupéfiante :

– Et pourquoi on ne le rentrerait pas aujourd'hui ? Je pourrais vous aider. Je ne suis pas très adroite, mais j'ai quelquefois fait les foins chez mon oncle qui habite en Dordogne… Rien ne prouve que demain il fera beau.

La mémé se récria, disant qu'on ne demande pas à une future bru, une *nore*, de travailler le jour de sa première visite, qu'on se rattrape plus tard, ainsi que le veut l'usage. On épargnerait même à Marcelline la visite des champs comme cela se faisait autrefois en pareilles circonstances.

Puis elle évoqua cette lointaine journée de décembre 1893 où elle était venue pour la première fois dans ces collines, assise à côté de son père sur la banquette de la voiture à cheval, toute fière dans ses bottines de mégis à boutons et à bouts anglais qu'elle avait achetées à Paris. Malheureusement, lorsqu'ils arrivèrent à Saint-Sernin, une épaisse couche de neige couvrait le sol.

Après le repas de midi, il pendait du ciel bas, presque aussi sombre qu'à la tombée de la nuit, des rideaux de brouillard épais. Malgré cela, Pauline ne fut pas dispensée de la visite des champs. Eugène fit remarquer au père Poutarot que sa future femme ne vivrait sûrement jamais à Saint-Sernin, que leur vie était toute tracée à Paris. Peine perdue ! Il fallut partir. Ils errèrent les uns derrière les autres, comme des insectes noirs, perdus dans l'immensité lugubre, enfonçant parfois leurs jambes jusqu'aux genoux dans les congères qui recouvraient les chemins.

De temps en temps, la cordée fantomatique s'arrêtait et le futur beau-père désignait vaguement de la main une parcelle qui se noyait dans la grisaille et disait :

– Ici, si je ne me trompe pas, c'est notre terre des Brandes. Sous la neige, il y a du blé qui est déjà sorti.

On ne vérifiait pas, on lui faisait confiance et on continuait d'errer jusqu'à un autre champ blanchâtre, aux limites indécises, où se dissimulaient, au dire du propriétaire, des raves si grosses que les premières auraient été aisément visibles malgré le brouillard s'il n'y avait pas eu de neige.

Mathurin Poutarot tenait absolument à montrer aux visiteurs un bois d'un demi-arpent accroché au flanc de la colline. Mais cette promenade fut heureusement épargnée à Pauline, non parce qu'elle se plaignait d'avoir les pieds complètement gelés dans ses fines bottines, mais parce qu'on remarqua que la neige du sentier portait les empreintes toutes fraîches de deux loups qui les avaient précédés. Comme personne ne manifestait le désir de faire la connaissance de ces animaux, on décida enfin de rentrer.

Ainsi, à cause de ses chaussures trop légères, elle jugea ce jour-là que les champs des Poutarot étaient trop éloignés de leur maison. Près d'un demi-siècle plus tard, son opinion n'avait pas varié. Mais c'était maintenant à cause de ses sabots qu'elle trouvait de plus en plus lourds d'année en année.

Marcelline renouvela sa proposition, disant qu'on mangerait sur l'herbe. Elle fut immédiatement approuvée par les enfants. Leur oncle se laissa convaincre à son tour. Alors, Pauline se leva et alla chercher deux grands paniers pour y mettre la vaisselle et les victuailles.

Martial se rendit à l'étable pour atteler les vaches.

– Alors, comment tu la trouves, ma Marcelline ? demanda-t-il à Jean-Claude quand l'enfant vint l'y rejoindre.

– Elle a l'air gentille et puis elle est très belle. Je comprends que tu te sois laissé piéger.

Martial prit un air sévère et menaça son neveu du doigt :

– Tu n'as pas l'intention de me la souffler, au moins ?

Jean-Claude, tout en se demandant ce qu'il pourrait bien faire de cette Marcelline si on la lui donnait, répondit :

– Hé ! Hé !... Moi, à ta place, je me méfierais. Il ne fallait pas la choisir si belle. Tant pis pour toi.

Martial était ravi :

– Ah ! je vois que tu es bien un Poutarot, même si tu n'en portes pas le nom. Tu es déjà comme nous tous, un connaisseur en femmes. Il y en a que c'est les vaches qu'ils sont capables d'expertiser du premier coup d'œil sans se tromper. Nous, les Poutarot, c'est les femmes. Chacun son rayon. Voilà, nous autres, on est comme ça. C'est instinctif. Ça ne s'apprend pas.

Jean-Claude se sentit très fier d'apprendre qu'il appartenait à une lignée d'experts instinctifs.

– Tu te rappelles que je t'avais dit qu'il y avait une raison qui faisait que j'étais obligé de me marier

– Oui, tu m'avais même promis de me la dire quand je serai grand.

– Eh bien ! cette raison n'existe pas. Marcelline s'était trompée. Ça aussi, je te l'expliquerai plus tard. Alors, ça fait que je me marie sans y être forcé. Voilà la différence. Simplement parce que Marcelline me plaît bien. Un point, c'est tout.

Et laissant son neveu perplexe, il toucha du sabot la croupe de la Riban, puis celle de la Baillard.

– Allez, debout, grandes feignantes ! On va au soleil, non pas à rester mâchouiller à l'ombre comme des rentières.

Les bêtes se levèrent à regret tandis que Jean-Claude saisissait à bras-le-corps le joug et l'emportait dans la cour. Il le posa contre le puits à l'ombre du tilleul et commença à libérer les longues lanières de cuir enlacées en forme de huit, les *juilles*, entre les deux chevilles plantées aux extrémités.

Il entendit les deux chaînes de fer tomber dans l'étable, puis les vaches sortirent sans hâte, se frottèrent le cou contre l'angle du mur et vinrent docilement se placer devant le joug.

Martial les rejoignit, apportant les deux frontaux qui sont des coussinets de cuir de mouton rembourrés de laine qu'on place sur le front des animaux de trait pour les protéger du frottement des courroies. Il tira la Baillard par les cornes afin de l'obliger à se ranger tout près de sa compagne, puis il plaça le joug sur le sommet de leur cou. Tout en maintenant de la paume gauche le premier frontal contre la tête de la Riban, il saisit l'une des lanières de la main droite et commença à lui faire décrire des enroulements savants autour des cornes afin d'assujettir le joug.

– Tu vois, expliquait-il à son neveu, il y en a qui se figurent que lier des vaches, c'est à la portée du premier venu. Mais ça ne s'invente pas. Faut l'avoir appris. Faut pas avoir peur de tirer sur les courroies pour les serrer, parce que sans ça, le joug finit par danser sur leur tête et ça peut les écorcher.

Quand il eut terminé, il dit :

– Moi, je vais revenir dans la maison, parce que j'ai encore à parler avec ta grand-mère et Marcelline de choses importantes pour notre avenir à tous. Toi, pendant ce temps, tu vas passer de l'*Emouchine* sur le poil des vaches et tu n'as pas besoin de la leur économiser parce que les mouches vont être mauvaises par la chaleur qu'il va faire en plein corps du jour. Sans ça, les vaches seraient intenables.

Jean-Claude alla prendre le flacon de liquide noirâtre sur une étagère de l'étable. À peine l'eut-il débouché qu'il s'en échappa une âcre puanteur. Il se mit à badigeonner le museau des animaux avec une plume d'oie qu'il tenait délicatement entre le pouce et l'index ainsi qu'il l'avait vu faire à son oncle. Il savait que si cette mixture nauséabonde avait la vertu relative de mettre les mouches en fuite, elle avait, plus infailliblement encore, celle d'éloigner les humains du maladroit qui en avait répandu sur ses doigts ou sur ses vêtements.

Après avoir constellé les museaux de taches noires, il se dit qu'il serait intéressant d'apporter quelque originalité à ce travail en lui donnant une note artistique toute personnelle.

Il cercla alors leurs yeux de lunettes à grosses montures et, d'une plume légère, il fit fuser de leurs naseaux des faisceaux de moustaches de chat.

Il se recula pour juger à distance de l'effet produit et constata avec satisfaction que les bêtes étaient devenues méconnaissables.

Puis il entreprit la décoration de leurs postérieurs. Il leur souleva la queue et dessina autour des vulves des feuilles de vigne grandes comme celles qu'on expose dans les musées, accrochées à des messieurs nus pour étonner les visiteurs par leurs dimensions phénoménales.

Les cuisses et les côtes de la Riban furent ensuite ornées de marguerites et de tulipes sur lesquelles il fit voler des papillons.

Il envisagea un instant de peindre sur le flanc de la Baillard un tableau panoramique représentant le passage de la Berezina avec une interminable cohorte de soldats figurés par de minuscules traits bruns sous des vols de corbeaux. Mais il pensa qu'il n'aurait pas le temps de réaliser une entreprise aussi ambitieuse et il se contenta de dessiner des coquelicots, des renoncules et des liserons, transformant ainsi la Baillard en vache-sandwich pour la publicité anonyme des MAGASINS MILOU.

La réunion des adultes avait pris fin et la mémé traversa la cour pour aller distribuer du grain aux poules avant de partir. Elle s'arrêta devant les vaches fleuries, en fit le tour en souriant et dit qu'elle savait qu'il existait toutes sortes de peintres : en bâtiment, en automobile, sur porcelaine, comme Marcelline, mais qu'à sa connaissance, le métier de peintre sur vache n'existait pas encore, que Jean-Claude venait de l'inventer et qu'il pourrait sûrement, quand il serait grand, en tirer le plus grand profit.

23

Les vaches libérées du joug broutaient au bord de la rivière l'herbe que la faux n'avait pu atteindre sous les branches basses des arbustes. Pataud, la langue pendante, était allongé à l'ombre. Pas un souffle ne rafraîchissait l'air brûlant. Une faucheuse cliquetait au loin. Des insectes bourdonnaient haut dans le ciel d'un bleu profond.

Dans le pré en pente, les faneurs travaillaient sous la lumière aveuglante. Avant de quitter la maison, la mémé avait pris un décret rendant le port du chapeau obligatoire pour tout le monde. Marcelline avait coiffé sans façon celui d'Adrienne, la mère de Raymond. Martial, en le sortant du carton où on le conservait à tout hasard depuis quatre ans, l'avait regardé avec émotion en constatant que c'était un chapeau encore tout bon, car la pauvre malheureuse ne l'avait pas porté dix fois et que c'en était une qui avait soin de ses effets comme il n'y en a pas beaucoup.

Il restait encore quelques *barges*[1] à démolir. Martial faisait équipe avec Marcelline, Jean-Claude avec sa grand-mère. Tous les quatre éparpillaient le foin avec des fourches pour le faire parfaitement sécher. Sylvette poursuivait les papillons, car elle s'était lassée d'écrêter les petites meules en les prenant d'assaut et en se laissant rouler le long de leurs flancs en poussant des cris aigus.

De temps en temps, la mémé observait sans mot dire Marcelline qui, pour une citadine, travaillait assez adroitement. Et Jean-Claude se disait que la jeune femme était en train de passer, à son insu, mais avec succès, les épreuves pratiques de l'examen d'entrée dans la famille Poutarot.

À peine le foin de la dernière meule fut-il fané que Martial s'écria :

– À la soupe ! C'était temps que ça finisse. Avec une chaleur pareille, on tomberait raide au milieu du pré.

Ils descendirent vers l'ombre d'un bouquet de vergnes au bord de la rivière, où la charrette avait été dételée.

La grand-mère décrocha le panier aux victuailles qu'elle avait niché dans la fraîcheur du feuillage, dans les branches et contre le tronc d'un des arbustes. Puis elle s'agenouilla, étala un linge sur l'herbe et commença à y disposer les assiettes et les verres.

Pendant ce temps, les autres qui s'étaient déchaussés pataugeaient dans la rivière en s'aspergeant le visage et les bras d'eau fraîche. Martial, torse nu, jambes de pantalon retroussées, se mouillait la nuque et la poitrine en clamant son bien-être à la vallée.

1. Petites meules de foin.

À un moment, comme Marcelline était penchée, il prit de l'eau dans le creux de sa paume et en fit couler quelques gouttes dans le corsage de la jeune femme qui riposta immédiatement en lui en lançant des paquets à pleines mains au visage. Ce fut le signal de l'attaque générale contre Martial. Il ne se défendait pas, il reculait pas à pas dans la rivière en se protégeant le visage de ses mains réunies. Il appelait sa mère à son secours, la suppliant de lui apporter un parapluie. Jean-Claude, à lui seul, lançait plus d'eau que ses deux alliées réunies, car il se servait d'un des sabots de son oncle comme d'une écope.

La mémé riait, tout en disant que son fils, à quarante ans, était plus gamin que les gamins et qu'elle se demandait sérieusement s'il ne mourrait pas avant d'avoir atteint l'âge de raison, qu'il allait faire enrhumer ces enfants et que ce serait elle, comme d'habitude, qui les soignerait.

Martial s'échappa enfin, ruisselant, les cheveux plaqués sur le front. Tout en s'essuyant avec sa chemise restée au soleil, il se plaignait de la lâcheté des membres de sa famille qui n'hésitaient pas à l'attaquer, soit avec de l'eau glacée, soit avec des paroles blessantes, lui, un homme foncièrement bon, faible et sans défense.

Marcelline dit qu'en effet ce faible risquait de prendre froid et elle demanda aux enfants de l'aider à lui frictionner le torse.

Aussitôt, ils se précipitèrent sur les torchons qui avaient enveloppé les vivres et se mirent à lui frotter énergiquement les bras et la poitrine. Il riait et criait tantôt qu'on le chatouillait et que c'était insupportable, tantôt qu'on lui faisait mal et qu'on allait lui mettre la peau en feu.

Ils le firent retourner pour lui frictionner le dos et se remirent à le bouchonner sans ménagements.

Sylvette fut intriguée par une cicatrice ancienne qui formait un bourrelet rose à la base de son épaule.

La mémé s'approcha et conta qu'à cinq ans Martial avait voulu participer à une course à pied organisée par des garçons du village âgés de quinze ou seize ans. Il s'agissait de traverser dans le sens de la longueur le pré des Micoulet-du-bas. Martial avait pris le départ avec les autres qui se moquaient un peu de lui. Mais, à la surprise générale, il avait bel et bien gagné la course en arrivant le premier à la rive opposée, accroché par sa petite robe rouge aux cornes du taureau des Micoulet qui se trouvait dans le pré au moment de la compétition. Il avait fallu recoudre la robe et faire quelques points de suture au dos de Martial.

Il dit que le vieux Micoulet d'alors, qui n'était guère plus fin que son taureau, lui en avait toujours voulu d'avoir été obligé, à cause de la robe rouge, de faire appeler le hongreur pour transformer l'animal en bœuf inoffensif.

Sylvette voulut savoir de quelle manière on s'y prenait pour opérer une transformation aussi surprenante, mais la mémé coupa court elle aussi, en disant qu'il était grand temps de manger.

Tous s'aperçurent alors qu'ils mouraient de faim et surtout de soif. Jean-Claude sortit de la rivière les bouteilles d'eau, de cidre et de vin où on les avait mises pour les rafraîchir. On remplit les verres et on but longuement. Martial prépara, entre deux pierres empruntées à une murette, un feu de bois pour réchauffer le civet qui avait voyagé dans une braisière calée dans le second panier.

Quand chacun fut assis autour de la nappe, la mémé distribua des œufs durs et Marcelline versa de la vinaigrette dans les assiettes, tandis que Martial taillait des chanteaux dans la tourte qui n'avait pas encore été entamée.

Pataud surveillait ses gestes, car il savait qu'il était prioritaire. En effet, on lui réservait toujours le premier chanteau, non pour lui faire une bonne manière, mais parce qu'on jugeait que la croûte, qui était dure et épaisse, convenait mieux à ses dents qu'à celles des Poutarot jeunes ou vieux.

Le chien bondit, happa au vol le morceau que lui avait lancé Martial et l'emporta, la tête haute, pour le dévorer sous la charrette.

Martial tendit ensuite poliment à Marcelline la deuxième tranche de pain piquée à la pointe du couteau.

Pendant tout le repas, il étonna les membres de sa famille, car il fut aux petits soins pour elle, lui remplissant son verre dès qu'elle avait bu une gorgée, lui choisissant les meilleurs morceaux, chassant les guêpes qui tournoyaient autour de sa tête, lui proposant du sel, du poivre, l'invitant à manger davantage, s'inquiétant à cause du soleil qui filtrait à travers les branches et l'éblouissait. À un moment, il se leva et l'obligea à venir s'asseoir à sa place et il l'aida à s'adosser au tronc de l'arbuste, affirmant qu'elle serait mieux à son aise. Marcelline protestait, s'efforçait de rire, mais elle était toute confuse.

La mémé amusée et malicieuse les observait en souriant finement. Elle conseilla à la jeune femme de profiter sans gêne des prévenances de Martial, car dans quelques mois, et peut-être seulement dans quelques semaines, disait-elle, il ne serait plus nécessaire de les décourager. Elle ajouta que les hommes sont comme les genêts secs qu'on jette au feu : ils s'enflamment facilement. Ça fait une belle flambée, mais ça ne dure jamais longtemps.

Au dessert, tous s'exclamèrent en voyant le gâteau de Savoie nappé de chocolat d'avant-guerre. On eut une pensée émue pour Raymond : il aimait tant cette pâtisserie ! Quelles misères les examinateurs lui faisaient-ils en ce moment ? On décida à l'unanimité de lui réserver une double portion de gâteau pour le réconforter après cette pénible journée.

Quand Martial eut avalé la dernière bouchée, il fit claquer la lame de son couteau en le fermant, se leva et dit qu'il voulait montrer à Marcelline la pierre basculante qui ne se trouvait qu'à une dizaine de minutes de marche de ce pré.

Le couple s'éloigna aussitôt que la mémé eut réussi à décrocher Sylvette de la robe de la jeune femme à laquelle elle s'était cramponnée en disant qu'elle voulait, elle aussi, aller à la pierre basculante pour offrir une partie de balançoire à sa poupée qui s'ennuyait ici.

La petite les regarda s'éloigner, toute dépitée, puis elle dit à son frère avec un froid mépris :

– Ces gens-là, je les cause plus. Et je m'en fous de pas y aller, je me suis bien dînée.

Une heure plus tard, ils n'étaient pas encore revenus. Jean-Claude pataugeait dans la rivière à la recherche de portefaix. Il soulevait les pierres, les retournait et découvrait parfois sept ou huit bâtonnets de bois ou de sable agglutiné qui servaient d'étuis à ces larves dont les goujons et les truites sont friands. Quand le sachet de toile dans lequel il les mettait fut plein, il revint sur la berge. La mémé avait fini par s'endormir, la bouche ouverte, assise le dos contre un vergne. Sylvette qui venait de baigner sa poupée essayait de lui faire avaler un gland en lui disant que c'était un bonbon. Les vaches étaient couchées à l'ombre un peu plus loin. Elles ruminaient paisiblement.

Jean-Claude s'allongea au soleil, son chapeau posé sur le visage. Vu de l'intérieur, le fond était une coupole féerique, car les rayons qui filtraient à travers les brins de jonc entrelacés, par les minuscules interstices, formaient des astres irisés des couleurs de l'arc-en-ciel. La campagne était engourdie de chaleur. Les oiseaux se taisaient. On entendait seulement le bruissement monotone de la rivière et, par instants, le cri-cri d'un grillon. Jean-Claude se dit que le bonheur existait.

Soudain, la voix de Sylvette murmura à son oreille :

– Moi, je sais à cause de quoi ils ne reviennent pas, le tonton et sa Marcelline... C'est parce qu'ils sont tous les deux montés sur le bout de la pierre basculante, et pis ils étaient trop lourds, alors la pierre, elle a viré et ils sont tombés avec elle. Mais dessous.

Jean-Claude, qui s'était redressé, s'apprêtait à la rassurer, mais elle ne lui laissa pas le temps de parler et ajouta avec un sourire mystérieux :

– Ils peuvent pas revenir parce qu'ils sont morts. Voilà ! Heureusement que j'ai pas voulu aller avec eux.

Puis elle s'éloigna et se remit tranquillement à rhabiller sa poupée, disant qu'elle était malade parce qu'elle avait pris froid dans la rivière et qu'il faudrait demander le thermomètre merdical de la mémé en rentrant pour lui guérir sa fièvre.

Quelques instants plus tard, elle s'exclama, sans le moindre étonnement, en tendant le bras vers le chemin :

– Tiens, les voilà !

Et elle s'élança à la rencontre de Martial et de Marcelline.

Ils rapportaient quelques girolles et, chacun, une grosse brassée de branches de framboisiers sauvages chargées de fruits que la fillette commença aussitôt à grappiller.

Jean-Claude remarqua, lorsque sa future tante se tourna, qu'elle rapportait également quelques feuilles de chêne sèches prises dans ses cheveux blonds au-dessus de sa nuque, comme la Dinde, le jour qu'il était perché sur le hêtre.

La mémé qui s'était réveillée en sursaut décida qu'on mangerait les framboises avec du vin sucré quand on serait de retour à la maison et qu'il était temps de se remettre à l'ouvrage.

Chacun prit un râteau pour rassembler le foin en andains.

Quand ce travail fut terminé, Martial attela les vaches et aida Marcelline à se hisser dans la charrette qui était équipée de pieux et de barres. Puis il tendit la *guyade* [1] à son neveu en lui disant :

– Tiens ! c'est toi qui vas guider les vaches. Fais seulement attention de ne pas les faire passer dans les *bouillous* [2], parce que les roues s'y enterreraient.

Jean-Claude prit la gaule et cria :

– Dza ! Riban.

Et il conduisit l'attelage entre les deux premiers andains.

Martial commença à charger le foin avec une fourche à long manche, tandis que la mémé râtelait derrière lui. Marcelline allait et venait sans cesse dans la charrette pour tasser, au fur et à mesure, les fourchées de foin qu'il y jetait.

Jean-Claude se débattait contre les mouches et les taons qui l'attaquaient et lui piquaient la peau après avoir tourbillonné sans se poser sur les vaches protégées par l'*Emouchine* Il se lançait en vain des claques vigoureuses sur les joues, sur les bras et sur

1. Aiguillon.
2. Parties marécageuses du pré.

les mollets en regrettant de ne pas s'être lui aussi badigeonné la peau avec le liquide nauséabond.

Quand il voulait faire avancer l'attelage, Martial criait :

– Enlevez, c'est pesé !

Les vaches suivaient docilement Jean-Claude et s'arrêtaient en même temps que lui.

Les fourchées de foin s'entassaient les unes à côté des autres et Marcelline s'élevait peu à peu au-dessus des ridelles.

Parfois, Martial lui demandait de se tenir au milieu de la charrette pour vérifier l'équilibre de la masse. Il soulevait le timon qui jouait le rôle de l'aiguille d'un balance : si la longue pièce de bois soulevait le joug, cela signifiait qu'il y avait trop de poids à l'arrière ; par contre, si elle le faisait peser sur la tête des animaux, cela voulait dire que c'était l'avant qui était trop chargé.

La mémé râtelait en silence. Elle avait l'air fatiguée. Martial lui ôta son outil :

– C'est pour ainsi dire fini : va te mettre à l'ombre. Tu te reposeras avant de rentrer pendant que je vais câbler.

Jean-Claude la regarda s'éloigner avec un serrement de cœur. Elle marchait lentement, un peu courbée, et son visage paraissait tout à coup très triste.

Martial se mit à peigner la charretée de foin avec le râteau.

– Tu vois, dit-il à Jean-Claude, il ne faut pas peigner n'importe comment, il faut juste enlever le foin qui risque de tomber pendant le transport, et pas plus. Parce que si tu as la main trop lourde, et que tu en enlèves trop, ta charrette, elle ressemble à une qui sortirait de chez un coiffeur qui aurait eu les ciseaux trop vifs. Et elle fait rigoler le monde sur son passage.

Sylvette arriva en courant. Elle rapportait un bouquet de digitales et de marguerites. Martial le prit, le lia avec une ficelle à une branche de vergne, puis il tendit le tout au bout de sa fourche à Marcelline qui le piqua au sommet de la charrette. Sylvette battait des mains en regardant le bouquet qui allait publier que la fenaison des Poutarot était terminée.

Enfin, Martial saisit le câble accroché à l'une des ridelles et le lança sur l'avant de la charrette. Marcelline le déroula en reculant, puis elle s'y suspendit et se laissa glisser le long du foin à l'arrière de la voiture. Après s'être soulevé, le timon se rabattit brutalement sur les anneaux de fer quand elle toucha le sol. Martial l'accueillit dans ses bras, puis il s'allongea sur l'herbe pour tendre le câble à l'aide d'un treuil fixé sous la charrette et que l'on actionnait avec des chevilles en bois. Enfin, il se releva et cria joyeusement :

– C'est terminé ! On revient à la maison ! Et à nous les framboises au vin sucré !

24

Ils entrèrent. La cuisine était sombre, car Martial avait arrêté l'énorme charretée devant la fenêtre.

Une feuille de cahier d'écolier faisait une tache claire sur la table. Jean-Claude, qui avait reconnu l'écriture de Raymond, la prit et lut à haute voix :

Pas la peine d'acheté un cadre pour cloué mon certificat au mur de la chambre. Ils n'ont pas voulut me le donné. Pourtan je m'est appliqué. Pour une fois pas beaucou de faute dans ma dictée. Mais ils ont peutêtre trouvé que s'était encore trot. Enfin c'est comme sa.

Moi je vai me beignet à l'écluze à Milou parce que j'ai eu chaud je vous dit que sa. Les problèmes a moitié juste camême. En gimastique ils ont dit ces bien. Bon sa fait rien tanpi. Même en histoire que ces mon fort ils m'ont demandé qui s'est qui a assasiné le Duc Deguize. Je le savait mais sa ma pas revenu sur le cou. À toutazard je leur ai dit Ravaillac. Sétaipassa. S'était la

Charlote Cordée. Bon sa fait rien. Cette fois je vait me beignet.

À ce soir.

Raymond.

Cet échec n'étonna ni la mémé ni Martial. Celui-ci hocha la tête et dit :

– Le certificat, il n'en a pas besoin pour savoir faire pousser des topinambours. Mais ça me fait de la peine parce qu'il avait travaillé dur les derniers temps. Il y allait même un peu fort. Toujours enfermé dans sa chambre à réviser. Tiens, il a une figure comme moi l'année que j'ai perdu mon Adrienne : des joues de taille-pré et des yeux comme un qui a la fièvre. Non, il n'a pas été récompensé du mal qu'il s'est donné et c'est ce qui me chagrine le plus.

Marcelline était émue.

– Il doit être bien malheureux. Il a sûrement un peu honte de lui. C'est sans doute pour ça qu'il n'est pas venu nous retrouver. Il préfère être seul. Il faudrait préparer quelque chose de gentil pour le consoler… un cadeau, par exemple.

– Ce qu'il aimerait avoir, c'est un vélo à lui, suggéra Jean-Claude.

Il se tut, pensant qu'il avait exagéré et que son oncle et sa grand-mère allaient se récrier en entendant ce vœu déraisonnable. Mais celle-ci répondit qu'elle y avait pensé et que, justement, Jeanne Thevenet voulait se défaire de celui de son fils. Si elle n'en demandait pas trop cher…

Martial dit :

– C'est un vélo qui n'a pas beaucoup roulé, mais il s'abîme à ne pas servir. Faudrait sûrement changer les pneus. Mais j'en ai deux que j'avais achetés aussitôt que j'ai été démobilisé, quand j'ai compris que ça allait manquer. Je peux bien aller demander à la

Jeanne combien qu'elle en voudrait. Ça consolera notre Raymond. De plus, c'est une dépense en avance, parce qu'un jour ou l'autre, il aurait bien fallu lui en acheter un. Deux vélos, ce n'est pas du luxe dans une maison.

Jean-Claude pensa que son cousin allait devoir son vélo à la fatigue et à la privation de sommeil causées par les semailles au clair de lune. Il savait déjà que les bonnes actions ne sont pas toujours récompensées. Il découvrit ce jour-là que les mauvaises peuvent l'être quelquefois, et il jugea cette compensation équitable et rassurante.

25

Les chauves-souris volaient dans le crépuscule. Courbé sur le guidon, Raymond décrivait des cercles autour des tilleuls de la place. Milou et Jean-Claude, juchés sur des vélos dont le meunier et Martial avaient baissé les selles, lui faisaient une escorte d'honneur. Ils pédalaient du bout des pieds en se dandinant à droite et à gauche à cause de leurs jambes trop courtes.

De temps en temps, le trio s'arrêtait pour admirer la nouvelle machine. C'était un *Dilecta* demi-course, jaune comme une jonquille, avec cale-pieds et dérailleur à trois vitesses. Martial avait eu le temps de l'acheter à la Jeanne, de le réviser et de le graisser avant de reconduire Marcelline à la gare.

Raymond, après avoir passé joyeusement la fin de l'après-midi à l'écluse avec Milou, Marie-Jeanne Micoulet et quelques autres, s'était composé avant de rentrer le triste visage du candidat malheureux afin de décourager les reproches éventuels.

Mais tous l'avaient embrassé avec émotion et

l'avaient conduit dans la grange où l'attendait sa consolation.

Il avait été tellement heureux qu'il avait abandonné à Sylvette et à Jean-Claude sa double ration de gâteau de Savoie qui était revenue de la Bouège avec, en supplément, quelques fourmis incrustées dans le chocolat fondu. Il s'était contenté de manger les framboises au vin sucré, debout, son bol à la main, sans quitter le vélo des yeux, en répétant :

– Ça, alors !... Si je m'y attendais !... Si je m'attendais à ça !...

Depuis, il ne tarissait pas d'éloges sur la bicyclette.

– C'est autre chose que la bécane de mon père. Le pédalier tourne comme une horloge. T'as pas l'impression de fatiguer là-dessus. Je vais vous le faire essayer, vous allez voir ça.

Milou avait immédiatement évalué les avantages que cette acquisition allait apporter à leur entreprise :

– Maintenant, ça nous fait trois vélos. Comme la plupart des graines vont être mûres sans tarder, nous pourrons aller très loin pour faire nos récoltes pour la sélection de l'an prochain.

Jean-Claude lui toucha le bras et murmura :

– Tais-toi, voilà Bersier.

En effet, Denis s'approchait, le visage bouffi d'orgueil, car il avait été reçu à son examen.

Il dit hypocritement à Raymond :

– Je te plains d'être collé. Moi, si ça m'était arrivé, j'aurais trouvé ça vachement vexant.

Milou lui répondit :

– S'il avait été reçu, tu aurais trouvé ça vachement vexant aussi, puisque tu disais l'autre jour qu'il ne méritait pas d'avoir son certif, étant donné qu'il allait se balader au lieu de faire ses révisions.

Mais Denis ne semblait pas entendre ce que disait Milou. Il regardait la nouvelle bicyclette avec étonnement.

– C'est quelqu'un qui t'a prêté ce vélo ? demanda-t-il.

– Non, c'est le mien, fit modestement Raymond. Il n'y a pas longtemps, mais c'est le mien.

Puis, comme l'autre demeurait muet, mais incrédule, il précisa :

– C'est mon père qui vient de me l'acheter d'occasion à la Jeanne Thevcnet.

– Et en quel honneur ?

– En l'honneur que j'ai été collé au certificat, répondit Raymond sans orgueil.

Milou ajouta gentiment :

– Il est même certain que s'il avait été reçu, il ne l'aurait pas eu.

Tous les trois, ils regardèrent Denis avec une joie sans mélange, car celui-ci ne cherchait pas à dissimuler l'écœurement et la jalousie qui se lisaient sur son visage. Il bafouillait :

– Ça, alors... c'est incroyable !... À toi qui es collé... on achète un vélo... Et à moi qui suis reçu, on n'achète rien du tout !... parce que ma mère est trop pauvre... Voulez-vous que je vous dise ?... C'est dégueulasse !... Il n'y a pas d'autre mot... C'est franchement dégueulasse !...

Milou, sans se départir de son calme, s'adressa à ses deux amis :

– Vous l'entendez, ce citoyen ? Il a eu la joie d'être reçu et ça ne lui suffit pas, il lui faudrait un vélo par-dessus le marché. Et quoi de plus ? Tout pour lui et rien pour les autres ! Tiens, tu nous dégoûtes parce que tu es un égoïste. Adieu !

Et le trio s'éloigna à coups de pédales sous les vols des chauves-souris.

26

Les Poutarot ne savaient pas célébrer leurs grandes joies familiales sans verser le sang de leurs animaux domestiques.

Aussi leur basse-cour fut-elle saignée à blanc lors du mariage de Martial et de Marcelline qui, préparatifs compris, coûta la vie à quatre canards, dix poulets de l'année, cinq maîtresses poules, dix-huit pigeons, ainsi qu'à un coq rouge dans la force de l'âge.

En plus, il y eut un dernier tourbillon de plumes la veille du jour de la batteuse. Puis les survivants s'aperçurent avec stupeur qu'ils pouvaient aisément se compter sur les doigts des pattes d'un seul d'entre eux, car ils n'étaient plus que six : une vieille cane boiteuse, quatre poules, les meilleures pondeuses, et un antique coq, coriace et presque aveugle, dont Martial disait qu'il perdait la tête puisqu'il lui arrivait d'annoncer par des cocoricos le lever du soleil à n'importe quelle heure du jour ou de la nuit.

Côté lapins, le tableau était encore plus sinistre : il ne resta plus au clapier qu'un mâle et une femelle, tandis que sous les poutres du grenier séchaient, pendues comme dans un vestiaire, les peaux de dix de leurs congénères, retournées et tendues sur des branchettes qui leur servaient de cintres. À ces fourrures en bon état, qui auraient pu tenir au chaud leurs propriétaires encore longtemps, étaient venues s'ajouter celles de huit garennes que Martial avait commandés à Guizou, un spécialiste qui braconnait impunément, posant avec un égal succès des collets aux lapins et des lapins aux gendarmes, car il poussait le cynisme jusqu'à envoyer à ces derniers des lettres anonymes leur précisant les soi-disant lieux et dates de ses futurs braconnages.

Quant aux deux lapins rescapés, ils ne se laissèrent pas abattre par les deuils familiaux et ils se mirent vaillamment à l'ouvrage pour reconstituer une nombreuse descendance. Et comme on entendait le mâle taper de la patte avec enthousiasme jusqu'à des heures avancées de la nuit, Martial disait qu'on pouvait leur faire confiance.

La première victime de l'hécatombe fut le cochon.

On décida de le sacrifier pour l'échanger contre un costume pour le marié et trois paires de chaussures.

Mais il faut dire que tous les membres de la famille déplorèrent cette décision presque autant que l'intéressé lui-même. Martial et la mémé parce que ce serait, de mémoire de Poutarot, le premier porc qui ne serait pas destiné au saloir familial et parce qu'ils jugeaient cette mort prématurée. En effet, si elle s'était produite en novembre, comme il était de tradition, celui-ci aurait pesé alors ses quatre cents livres et aurait été bardé sous sa couenne d'une couche de lard presque aussi épaisse que la main.

Les trois enfants avaient en vain demandé sa grâce, ou tout au moins un sursis, car ils l'aimaient beaucoup.

Ils le trouvaient plaisant à regarder quand la mémé l'avait lâché dans la cour et qu'il courait à toute vitesse sur ses courtes pattes. Il décrivait des lignes extravagantes coupées d'arrêts brusques et d'accélérations foudroyantes.

De plus, ils étaient charmés par son caractère espiègle qu'il avait révélé dès son jeune âge. Il s'amusait à faire rouler les seaux en les poussant à coups de tête et à tracer avec son groin des sillons au milieu des plates-bandes du potager chaque fois qu'il pouvait y entrer.

Un jour d'hiver, il avait même réussi à renverser l'échelle que Martial avait dressée contre le mur de la grange pour monter remplacer quelques tuiles. Comme sa mère était allée à Limoges avec Sylvette et que les garçons étaient à l'école, il avait dû grelotter sur le toit pendant deux heures en attendant le retour de ceux-ci.

Le jeu favori du porc était d'abattre les visiteurs comme des quilles en se lançant dans leurs jambes. Il employait toujours la même technique, celle qu'il avait expérimentée lors de son coup d'essai, un matin de la fin du mois de décembre. C'était un jour de dégel. La neige était boueuse et, de temps en temps, des stalactites de glace se détachaient du bord des toitures. Le facteur qui était venu présenter ses vœux et ses almanachs parlait avec Martial dans la cour. Le cochon passa innocemment près des deux hommes, sans hâte, tête baissée, oreilles sur les yeux, comme s'il ne les avait pas vus. Il alla sournoisement se poster à une quinzaine de mètres derrière eux, prit son élan et se propulsa en ligne droite à une vitesse de bolide en vrombissant comme une moto. On imagine aisément qu'un facteur, même lesté de son sac, ne peut encaisser un tel choc dans les mollets tout en continuant tranquillement de souhaiter la bonne année à son interlocuteur. Ses pieds partirent en avant, son képi en arrière, tandis que les calendriers et les cartes de nouvel an pleuvaient de tous côtés.

Il fallut ramasser le tout, racler avec un couteau le fond boueux du pantalon, installer l'homme debout, dos au feu, un verre de gnole à la main, disposer les almanachs mouillés sur des chaises rangées en demi-cercle et sur deux rangs, comme pour une grande veillée, tendre une ficelle devant la cheminée et y fixer à l'aide d'épingles à linge les lettres et les cartes postales pour les faire sécher.

Ce succès avait dû encourager le brave animal, car quelque temps plus tard, il avait successivement déplanté un voisin et deux hommes de passage : un rémouleur avec sa roue et un rempailleur de chaises.

Parfois, quand Martial entendait le ronflement de moto, il plongeait comme un joueur de rugby qui intercepte une balle et enlevait la cible à bras-le-corps au groin du cochon qui passait comme un boulet, incapable une fois lancé de faire dévier sa trajectoire rectiligne. Hortense Bersier avait été sauvée de justesse de cette façon.

Mais, comme disait Raymond, le porc avait joué son plus beau tour de cochon le jour où Martial avait vendu son dernier veau, car il avait réussi un magnifique doublé. À l'aller, il avait expédié le boucher dos au sol ; au retour, après avoir décrit une gracieuse courbe pour reprendre son élan, il avait abattu le commis qui, tourné vers son patron, s'esclaffait en se tapant sur les cuisses.

Il aurait eu certainement l'occasion de donner sa pleine mesure le jour où, maire en tête, le conseil municipal, au complet et en complets, était venu, à la sortie d'une réunion, demander à Martial de céder à la commune une bande de terre pour élargir un chemin vicinal. Malheureusement, la mémé avait fait rentrer en hâte le cochon dans sa porcherie, malgré les supplications de Raymond et de Jean-Claude. Mais tout le temps que les visiteurs étaient restés dans la cour, on avait entendu le pauvre animal grogner de dépit et de convoitise en arrachant des lambeaux de bois à sa porte.

Hélas ! l'occasion de battre son propre record ne se représenta plus, car il fut condamné, puis exécuté la semaine qui suivit la première visite de Marcelline.

La veille de sa mort, les deux cousins virent, en rentrant à la maison, une automobile noire stationnée dans la cour. C'était la traction que conduisait Pierre Lobeau, un camarade de régiment de Martial. Il habitait Limoges et était depuis quelques mois chauffeur dans une administration. Il venait de temps en temps à Saint-Sernin, toujours seul dans la belle voiture, acheter du ravitaillement pour le compte, disait-il avec un air mystérieux, de personnages haut placés et qu'il ne pouvait nommer. Martial ne lui vendait jamais rien, lui ayant expliqué une fois pour toutes qu'il y avait assez de dents chez les Poutarot pour manger ce que la ferme produisait. Mais Pierre Lobeau s'arrêtait quand même pour lui serrer la main chaque fois qu'il le voyait.

Les adultes parlaient devant le puits, à l'ombre du tilleul et Sylvette était assise dans la voiture, à la place du chauffeur.

– Qu'est-ce que tu fais là-dedans ? lui demanda Jean-Claude.

– C'est le copain du tonton qui m'y a apportée.

Mais j'ai bien compris que c'est pour pas que j'entende ce qu'ils disent.

Jean-Claude sourit :

– Et je parie que tu as quand même entendu.

Elle ouvrit la bouche dans un grand rire silencieux et fit un mouvement affirmatif de la tête.

– Qu'est-ce qui se passe ? demanda Raymond.

Elle leur fit signe du doigt de s'approcher et leur dit à voix basse :

– Il a dit au tonton et à la mémé qu'il connaît un monsieur qui peut changer le cochon en étoffe et en souliers.

Ils la regardaient bouche bée. Alors elle ajouta :

– Moi, j'ai compris. C'est que, le monsieur, il a une baguette magique comme la fée de Cendrillon quand elle a changé la citrouille en carrosse.

Jean-Claude se mit à rire.

– Ce n'est pas « changer », mais « échanger », expliqua-t-il à Raymond. Il connaît un homme qui leur échangera le porc contre du tissu et des souliers.

Ils regardèrent le visiteur qui parlait à Martial et à leur grand-mère. Il était rondouillard et avait une face épanouie qui inspirait confiance. Il portait un costume bleu marine égayé par une pochette blanche. Il était assis sur la margelle du puits et il devait mal supporter la chaleur, car il transpirait et s'éventait sans cesse en agitant son chapeau mou à la hauteur de son visage.

– Approchons-nous, dit Jean-Claude. S'ils ne veulent pas que nous entendions leur conversation, ils ne se gêneront pas pour nous le faire savoir.

La petite les rappela et leur dit en désignant Pierre Lobeau :

– Des coups, il se penche en arrière en se balançant. Il va tomber dans le puits, c'est sûr. Alors, aussitôt, vous ouvrirez la porte de la grange et moi, je vous aiderai à y pousser l'auto. Comme ça, elle sera à nous.

Ils lui promirent d'agir rapidement dès que l'accident se serait produit et ils s'approchèrent du groupe.

Le camarade de Martial parlait à la mémé. Il adressa un amical clin d'œil aux garçons, sans s'interrompre.

– Je vous répète, disait-il en souriant, que nous ne courons aucun risque. Vous pensez bien que ce n'est pas le premier porc que je transporte et je vous assure que je n'ai jamais eu la moindre histoire.

– Et si on trouve les gendarmes ? demanda Martial.

– Ça m'est déjà arrivé plusieurs fois. Pas plus tard que la semaine dernière. Ils m'ont demandé mes papiers et c'est tout.

– Ils n'ont pas fouillé la voiture ?

Pierre leva la tête au ciel comme pour prendre les hautes branches du tilleul à témoin de la naïveté d'une telle question.

– Une auto officielle ? Ils n'osent pas. Tout juste s'ils ne s'excusent pas de m'avoir retardé.

– Mais alors, si tu es sûr qu'on ne risque rien du côté des gendarmes, on pourrait mettre le porc coupé en morceaux dans le coffre.

– Non, vois-tu, j'ai mes principes : je n'y mets jamais de ravitaillement. Au cas improbable – je dis bien tout à fait improbable – où je tomberais sur des soupçonneux, la première chose qu'ils voudraient inspecter, tu t'en doutes bien, ce serait le coffre. Donc il doit être vide.

La mémé était songeuse. Elle finit par dire qu'elle se sentait mal à l'aise à l'idée de voyager en auto, assise à côté d'un cochon mort déguisé en femme en grand deuil, avec capote noire et chapeau à voilette.

Les garçons étaient stupéfaits, mais ils n'osèrent pas poser de questions.

Pierre Lobeau expliqua :

– C'est le quatrième que je transporte de cette façon. Une fois, une seule, je l'avais fait habiller en mariée avec robe blanche, tulle, voilette et fleurs d'oranger... Tout le tralala, quoi ! Au départ, c'était plaisant à voir. Mais, à l'arrivée, ça l'était moins. Vous savez ce que c'est un porc qu'on a tué. Même proprement saigné, il y a toujours du sang qui goutte à la longue. Et je n'ai pas besoin de vous dire que la robe blanche n'était pas belle à voir quand on a sorti l'animal de la voiture. Ça faisait penser, sauf le respect que je vous dois, à une qui aurait choisi une mauvaise période du mois pour se marier... C'est pour ça que depuis je les fais habiller en noir, mes porcs. Ça fait plus propre.

Il se tut un instant en regardant ses interlocuteurs qui étaient perplexes, puis il leur demanda :

– Alors, qu'est-ce qu'on décide ?

– Bon, admettons qu'on ne risque rien du côté des gendarmes, mais es-tu sûr qu'on trouvera du choix chez ton margoulin de Saint-Junien ? demanda Martial.

L'autre s'exclama :

– Du choix !... Toutes les chambres de sa maison sont pleines de robes, de manteaux, de vestons et de costumes. Des coupons de tissu, il y en a sur de grandes tables dans deux pièces du rez-de-chaussée. Elles en sont entièrement couvertes. Tu te croirais chez Dony à Limoges, avant-guerre, quand les vendeurs ne laissaient pas partir les gosses sans leur avoir donné en cadeau un ballon au bout d'une ficelle... Du choix ? C'est sûrement chez lui qu'il y en a le plus dans toute la région. Je ne sais pas comment il se débrouille, mais je t'assure qu'il fait du marché noir sur une grande échelle et il doit être bien protégé, parce qu'il n'a pas l'air d'avoir peur de se faire prendre. C'est un Parisien qui est là-bas depuis la débâcle et que personne ne connaissait avant. On l'appelle Gueule en or, je n'ai pas besoin de te dire pourquoi. Tu le comprendras toi-même quand tu le verras.

Martial regarda sa mère qui lui fit un signe d'assentiment et il dit :

– Eh bien ! si ton Gueule en or fait du marché noir sur une grande échelle, nous irons chez lui, c'est entendu. Maintenant, je vais te dire comment j'ai compris que les choses se passeront. Tu n'auras qu'à m'arrêter si je me trompe : cet après-midi, je tue le porc. Demain matin, à la pique du jour, tu es là avec ton auto et on le déguise en femme en deuil. On l'assoit sur la banquette, et en route ! Si les gendarmes nous arrêtent, on leur dira qu'on va à l'enterrement de notre cousine de Saint-Junien, notre cousine… comment tu me l'as appelée, déjà ? Regarde dans les avis d'obsèques.

Pierre prit le journal sur la margelle du puits, le déplia et lut à haute voix :

– « Veuve Augustine Bonardieu, décédée pieusement à Saint-Junien dans sa soixante-dix-huitième année. »

Il tendit le journal à Raymond et dit :

– Vous aussi, les gars, vous viendrez avec nous, alors retenez bien ce nom : « Augustine Bonardieu ». Si on vous interroge, c'était votre cousine. Une femme bonne comme du bon pain… Et tout, et tout… Elle vous gâtait. Elle se privait pour vous faire des cadeaux…

Martial reprit :

– Bon, une fois arrivés à Saint-Junien, on va chez ton fournisseur, il nous donne du tissu et trois paires de souliers en échange de notre marchandise. C'est bien convenu comme ça ? Et aussitôt après, on tourne bride. Ni vus ni connus !

– D'accord. Mais n'oublie pas qu'il nous faut une couronne mortuaire attachée sur le toit de l'auto pour faire plus vrai.

– J'y pense. Ce soir, j'irai chez les Micoulet-du-haut et je leur demanderai de me prêter celle qu'ils ont achetée pour leur Marie-Louise le mois passé. C'est une couronne qui est encore toute neuve et qui fera bien l'affaire.

– Pense aussi à mettre une cravate noire et un brassard. Il faut qu'on ait l'air en deuil.

Martial recommanda aux garçons :

– Et si les gendarmes nous arrêtent, surtout prenez un air triste. Il faut qu'ils se sentent honteux de poser des questions à des gens qui reniflent dans leurs mouchoirs.

27

Le porc était allongé sur une litière de paille près du puits. Il venait de pousser son dernier râle. Martial retira de la plaie le couteau ensanglanté jusqu'au manche. Puis il se redressa et dit aux deux garçons agenouillés et qui pesaient à côté de lui sur le flanc de l'animal :

– Cette fois, ça y est. On peut se relever, il n'aura plus l'idée de se sauver.

Il essuya la lame du saigne-porc sur les soies blanches à travers lesquelles on voyait la peau rose. La mémé versa dans une jatte de terre cuite la dernière poêlée de sang qu'elle avait recueillie pour faire les boudins, puis elle se dirigea vers la cuisine.

Ensuite, les opérations furent rondement menées. Le cadavre du porc fut recouvert de paille, une allumette craqua et les flammes s'élevèrent.

– Attention, dit Martial. Pas trop de feu. Il faut griller les poils, mais il ne faut pas transformer sa peau en charbon.

Il déplaçait avec une fourche des amas de paille

enflammés sur le corps de l'animal. Raymond confectionnait des torches avec lesquelles ils brûlèrent, à petits coups, les soies cachées dans les replis de la peau, aux jointures et dans les oreilles.

Puis le porc fut retourné, flambé sur l'autre flanc, raclé, râpé avec des morceaux de tuile, aspergé d'eau chaude, lavé, rincé à pleins seaux jetés à toute volée, essuyé, frotté, bouchonné, attaché par les pattes de derrière aux barreaux d'une échelle qui fut immédiatement dressée contre le mur de la grange.

Martial caressa du dos de la main la peau de l'animal qui avait pris une belle couleur mordorée et dit :

– Il est rasé de près comme un qui va à la noce.

Il prit un autre couteau et en affûta la lame large et courte avec une pierre à aiguiser.

– Je vais lui faire une autopsie. Je veux savoir exactement ce qui est la cause de la mort de cette pauvre bête.

– À mon avis, dit Jean-Claude, ce n'est pas une mort naturelle.

– On va voir. Mais je t'assure que je refuserai le permis d'inhumer si la moindre chose me paraît louche et me laisse supposer qu'il y a eu, par exemple, un assassinat.

– Et on fera une enquête, dit Jean-Claude en admirant les gestes précis de son oncle qui avait commencé à inciser le ventre verticalement.

Quand cette opération fut terminée, Raymond examina attentivement les viscères fumants et fit part à son père et à son cousin de ses réflexions. Selon lui, au premier coup d'œil, le dedans du porc ressemblait au dedans de l'homme éventré, boyaux au soleil, qui était dessiné en couleurs dans son livre de sciences. Mais il devait bien y avoir quelques différences qu'il serait intéressant, disait-il, de relever, livre en main.

Mais ces études d'anatomie comparée furent remises à plus tard, à la mort du prochain cochon, car Martial répondit qu'habituellement il n'était pas contre l'instruction, au contraire, mais qu'aujourd'hui, on n'avait pas de temps à perdre parce que la chaleur était déjà forte et que les mouches commençaient à tourner autour de la viande.

Il était donc urgent de mettre le porc au frais.

Ainsi, l'animal fut-il promptement délesté de ses viscères, détaché de l'échelle, transporté au cellier où il fut installé dans un coin sombre, assis sur un banc et étayé par des madriers.

Martial expliqua aux garçons :

– Si on l'avait laissé pendu à l'échelle, demain matin, on n'aurait pas pu le plier pour le faire asseoir sur la banquette de l'auto et on aurait été obligés de le faire voyager allongé. Et cette position aurait été difficile à faire comprendre à des gendarmes.

28

Le lendemain, bien avant le lever du soleil, les portes claquaient chez les Poutarot, les pas résonnaient sur les dalles et la poulie du puits grinça longtemps tandis que les seaux passaient de main en main, comme pour un incendie, car il fallait donner à chaque vache à l'étable une importante provision d'eau pour la journée.

Sylvette qui ne devait pas être du voyage fut réveillée la dernière, débarbouillée à grande eau et à grands cris, gavée de tartines de crème et conduite aussitôt chez la meunière par les deux garçons auxquels Martial confia une autre mission :

– Avant de revenir, vous passerez au cimetière. J'ai vu Cyprien hier soir, et je lui ai dit que les Micoulet-du-haut étaient d'accord pour nous prêter leur couronne. Vous la rapporterez ici, mais en contournant le bourg, pour que les gens ne vous voient pas. Quand Pierre sera arrivé, on la chargera sur l'auto et nous nous en irons directement et en vitesse pour ne pas être obligés de répondre aux questions des curieux.

Les cousins s'acquittèrent lestement de leur première tâche, l'un tirant, l'autre poussant Sylvette lorsqu'elle voulut s'arrêter pour expliquer à Jeanne Thevenet, qui ouvrait ses volets, que les Poutarot allaient, sans elle, faire leurs achats dans un marché où un marchand noir perché sur une grande échelle vendait du tissu et des souliers.

Ils l'abandonnèrent dans la cour du moulin et partirent en courant vers le cimetière.

Le Cyp était déjà là. Il redressa sa longue silhouette et les accueillit avec de grands gestes d'amitié.

– Ah ! c'est vous ! Venez, je vais vous la donner, cette couronne.

Ils le suivirent dans l'allée bordée de fleurs. Il y avait des reines-marguerites, des pieds-d'alouette et même quelques rosiers.

Jean-Claude se pencha et dit :

– Elles sont belles, tes fleurs, Cyprien.

– Oui, mais elles me causent bien des soucis par ces temps de sécheresse. De l'eau, il suffit pas de leur en faire voir, faut leur en donner, sinon sur le grand coup de la chaleur, elles baissent la tête que c'en est une pitié.

– Et le temps n'est pas encore à la pluie, fit remarquer Raymond. Regarde, il n'y a pas une goutte de rosée.

– Oui, c'est pas aujourd'hui qu'il faudrait venir chercher les escargots, parce qu'ils ont les cornes repliées dans les coquilles, dit Cyprien en s'arrêtant devant la tombe des Micoulet. Voilà, c'est celle-là, fit-il en désignant une couronne en perles qui portait cette inscription en lettres métalliques :

À NOTRE CHÈRE DISPARUE
REGRETS ÉTERNELS

Avant de les laisser repartir, il leur recommanda :

– Surtout, ayez soin d'elle. Allez pas me l'esquinter. C'est ma plus neuve et c'est pas demain que j'en toucherai une aussi chère. Pensez, ils s'étaient cotisés, peut-être à quinze, les Micoulet, pour la payer. Vous n'avez qu'à voir...

Raymond promit de veiller personnellement sur elle, puis ils regagnèrent la maison en suivant des sentiers qui zigzaguaient autour du village.

Pierre Lobeau était arrivé. L'auto était garée, toutes portières ouvertes, dans la grange. Martial et lui, vêtus de noir, étaient en train de charger le porc en ahanant. Ils l'avaient enveloppé dans une vieille capote qui avait appartenu à la mémé. Quand ils parvinrent enfin à l'asseoir sur la banquette arrière, Martial constata avec étonnement que la tête touchait presque le plafond :

– Ça aura l'air d'une grande femme.

– Je vais l'attacher, dit Pierre. Comme ça, il ne ballottera pas en roulant.

Et, sans savoir qu'il avait inventé la première ceinture de sécurité, il sangla la poitrine de l'animal à l'aide d'une large courroie qu'il fixa avec des crochets au dossier.

Puis il sortit du coffre un masque de carnaval représentant le visage grimaçant d'une vieille femme et il l'ajusta sous le groin dressé du porc.

– À toi, maintenant, coiffe-le, dit-il.

Martial posa délicatement le chapeau à voilette noire au-dessus du masque, puis il rabattit le capuchon de la capote afin de le maintenir en place.

Les deux hommes se reculèrent pour juger de leur œuvre. Ils furent assez satisfaits, car à une certaine distance, et surtout vu à travers la voilette de tulle, le masque avait tout de même une apparence humaine.

Cependant, ils trouvèrent que les épaules étaient un peu trop tombantes et qu'il était nécessaire de les rembourrer. Raymond courut à la cuisine et revint avec une pile de torchons de chanvre qui firent l'affaire.

Cinq minutes plus tard, l'automobile étincelante sortait de la cour avec la couronne mortuaire sur la galerie.

Martial était assis près du chauffeur et il tenait Jean-Claude sur ses genoux. À l'arrière, la mémé et Raymond encadraient le porc.

– Fonce, dit Martial, il ne faut pas que les voisins aient le temps de voir ce qu'il y a dans l'auto.

— Très bien, dit Pierre. Alors, je vais vous montrer à quelle vitesse peut rouler une traction et surtout une « Quinze ».

La voiture traversa le bas du bourg en trombe et s'engagea sans ralentir sur la route sinueuse et en forte pente qui longeait la rivière. Pierre conduisait à coups de frein et à coups d'accélérateur énergiques. Les pneus crissaient et tous les passagers riaient aux éclats, sauf le cochon et la mémé qui prédisait qu'on allait s'écraser dans un ravin.

Tout à coup, un objet brillant glissa sur le pare-brise et rebondit sur le capot. Pierre stoppa aussitôt l'auto. Jean-Claude et son oncle descendirent.

– Je m'en doutais. C'est la couronne qui perd ses lettres, dit Martial aussitôt. On ne l'avait pas ficelée assez solidement sur le porte-bagages, alors avec la vitesse et le frottement, elles se foutent le camp…

Jean-Claude en retrouva une sur la chaussée et Martial compta sept places vides.

Il se grattait la nuque avec embarras et dit :

– C'est toujours pareil, quand tu empruntes quelque chose, tu peux être sûr que tu vas l'abîmer, ça ne rate jamais. Je vais avoir l'air fin, moi, quand je vais leur expliquer ça, aux Micoulet !

– C'est comme le Cyprien, dit Raymond, tu peux être sûr qu'on va l'entendre, parce qu'il nous avait bien recommandé d'en prendre soin.

Martial resserra les cordes sur la galerie et l'auto redémarra, mais plus doucement cette fois.

On parcourut une dizaine de kilomètres en silence ; puis il fallut, à la demande de la mémé, baisser toutes les glaces parce que l'air chargé de l'odeur de viande de porc devenait irrespirable. On dut rouler encore moins vite à cause des courants d'air. On ne riait plus.

Comme ils arrivaient au sommet d'une côte, un cimetière apparut sur la droite, à l'entrée d'un village aux maisons rassemblées dans un creux.

– Arrêtez-vous devant la grille, ordonna la mémé à Pierre.

Il obéit sans comprendre.

Martial s'était retourné et regardait sa mère avec étonnement. Soudain, son visage s'éclaira et il éclata de rire :

– Je n'y aurais pas pensé tout seul ! Allez, on descend ! Regardez les lettres qui nous manquent et tous au cimetière pour les rafler en vitesse sur les couronnes.

Quelques minutes plus tard, chacun jetait son butin dans le giron de la mémé qui était restée dans la voiture. Elle compta quarante-deux caractères métalliques. Il y aurait largement de quoi réparer la couronne avant de la rendre à ses propriétaires.

Au bout d'une demi-heure de route, Martial qui avait retrouvé sa belle humeur dit :

– Ça serait bien temps de manger un morceau. Moi, je commence à avoir la fringale. Je grignoterais bien quelque chose.

Ils s'arrêtèrent à l'ombre d'un bois, juste le temps de dévorer huit boudins et une terrine de pâté de foie.

Tous avaient grand appétit, sauf la mémé qui surveillait la route avec inquiétude. À un moment, elle fit appel aux yeux de Jean-Claude pour identifier l'uniforme qui venait au loin sur une bicyclette. Quand il lui eut affirmé que c'était celui d'un facteur – et non d'un gendarme –, elle goûta un peu de la charcuterie qu'elle avait faite la veille. Mais elle trouva que le boudin était fade et manquait de châtaignes et que le pâté avait un goût trop prononcé de laurier-sauce.

Ils arrivèrent à Saint-Junien. La belle petite cité était déjà en pleine activité. Ils durent s'arrêter à un carrefour pour laisser passer le cortège de la veuve Bonardieu. Toutes les têtes se tournèrent vers eux. Martial et son camarade se découvrirent, tandis que la mémé faisait le signe de la croix. Puis ils quittèrent les rues principales et pénétrèrent dans un quartier tranquille de jardins et de maisonnettes.

– C'est ici, dit le chauffeur en arrêtant l'auto devant un portail.

Il klaxonna deux fois et l'on entendit des pas sur le gravier. Les deux battants s'ouvrirent et les visiteurs virent un jeune homme trapu avec une tignasse frisée, des mâchoires épaisses et des yeux mornes.

– C'est quand même pas ton margoulin, celui-là avec ses yeux de mouton lourdaud ? demanda Martial.

– Non, c'est son commis.

Et pendant qu'il manœuvrait pour garer la voiture devant le perron, Pierre Lobeau expliqua que Gueule en or avait récemment acheté cette maison avec l'argent qu'il avait laborieusement amassé en huit mois de marché noir.

La mémé dit que c'était un bel exemple de réussite sociale qu'on devrait citer aux écoliers pendant les leçons de morale.

Ils venaient de descendre de l'automobile lorsque la porte de la maison s'ouvrit. Gueule en or apparut. Grand, mince, la quarantaine, costume clair en flanelle légère, chemisette bleu marine, souliers jaunes, visage aux traits durs, moustache fine comme tracée au crayon, cheveux noirs plaqués et pommadés, c'était le type parfait du maquereau des films d'avant-guerre.

Il descendit les marches du perron, passa devant la mémé et les enfants sans les regarder, s'avança vers les deux hommes et leur tendit la main. Il ordonna de détacher les sangles du porc et de le déshabiller. Pierre et le commis le transportèrent sur un brancard jusqu'à un petit bâtiment situé au fond de la cour. La famille Poutarot en deuil les suivit en cortège et pénétra derrière eux dans une pièce carrelée, nette comme une salle d'opération et où trônaient deux grandes glacières. Le porc fut posé sur l'étal. Gueule en or en fit le tour en tâtant la fermeté de la chair. Il se penchait, flairait et faisait la moue.

Martial que cette mimique commençait à agacer s'écria :

– Quoi ! Vous n'allez tout de même pas nous dire que cette viande est avariée ?

L'homme ne répondit pas immédiatement ; il poursuivit son examen et on lisait sur sa figure une expression de dégoût croissant.

Enfin, il se tourna vers Martial et lui dit :

– Si j'avais vu votre porc avant, je vous aurais dit de ne pas me l'amener, parce qu'il ne vaut rien pour moi.

Il marqua quelques secondes de silence et corrigea :

– Rien, ou presque rien.

Martial, dont le visage était devenu écarlate, demanda :

– Presque rien ?... Et pourquoi ?

– Parce qu'il n'a pour ainsi dire pas de graisse. Ce qui intéresse mes clients, ce n'est pas tellement le salé, c'est le lard, c'est les matières grasses...

– Il n'est quand même pas maigre pour son âge, coupa Martial en élevant la voix. Parce que chez nous, les porcs, j'aime mieux vous dire que ce n'est pas avec de l'eau claire qu'on les engraisse. Il faut voir comment ils sont soignés.

– En tout cas, moi, je ne peux pas vous donner grand-chose en échange... Tout au plus du tissu pour vous faire un costume et encore pas dans la première qualité.

– Et les souliers que vous m'aviez promis pour mon copain et pour les deux gars ? demanda Pierre qui commençait lui aussi à s'énerver.

– Je n'avais pas vu ce porc, je vous le répète et je ne pouvais pas me figurer qu'il n'était pas plus gras que ça.

Martial desserra sa cravate en disant que ses sangs étaient en train de s'échauffer et il fit un pas vers Gueule en or.

Celui-ci reprit sur un ton conciliant :

– Remarquez, les souliers, je peux vous les vendre en supplément. Pas cher, au prix coûtant. Mais uniquement parce que vous êtes les amis de Pierre et que je ne veux pas que vous repartiez mécontents de moi. Vous allez voir, ça va s'arranger. J'ai des chaussures solides qui datent d'avant-guerre. Ce n'est pas de demain qu'on en fabriquera des pareilles.

La mémé, qui n'avait pas ouvert la bouche depuis son arrivée, dit calmement à Martial et à Pierre, en désignant le porc :

– Rapportez-le dans l'auto. Nous repartons.

Elle marqua un temps et ajouta, sans même accorder un regard à Gueule en or :

– Cet homme croit qu'il va pouvoir nous voler comme au coin d'un bois parce que nous sommes venus de loin et il se figure que nous n'oserons pas rapporter la marchandise chez nous. Eh bien ! nous allons lui faire voir qu'il se trompe. Allez, en route !

Le visage de Gueule en or changea subitement d'expression. Pour la première fois, un large sourire découvrit la somptueuse denture qui justifiait son sobriquet.

– Ne nous énervons pas. Je ne vais quand même pas vous laisser ramener cette viande chez vous par une chaleur pareille ! Attendez, on va reparler de ça.

Mais la mémé sortit sans lui répondre.

– Je vous attends dans l'auto, lança-t-elle aux deux hommes.

Gueule en or les arrêta d'un geste :

– Ne bougez pas, je vais lui parler. Patientez encore un moment.

Il la rejoignit dans la cour. Les autres les virent discuter quelques instants, puis se diriger vers la maison d'habitation.

– Il a trouvé à qui parler, dit Pierre.

– Oui, mais c'est quand même une belle crapule. Il s'en est fallu de peu que je lui envoie mon poing dans la mâchoire.

Cinq minutes plus tard, la mémé les appela depuis une fenêtre du premier étage :

– Venez choisir le tissu et les souliers.

Lorsqu'ils repartirent, Gueule en or appelait la mémé « Madame » en la raccompagnant à la voiture. Il lui ouvrit la portière et l'aida à s'installer.

Les Poutarot ne devaient plus le revoir qu'en photo dans les journaux, après la libération de Limoges. Il était représenté de profil, les bras levés.

À cinquante centimètres de son dos était braqué le canon d'une mitraillette *Sten* que tenait un maquisard. Le cliché était accompagné de cette légende :

« L'heure des comptes va enfin sonner pour les seigneurs du marché noir. »

29

À quelques kilomètres de Saint-Junien, Pierre ralentit et dit :

– On va quitter la nationale. On sera plus tranquilles sur les petites routes.

La traction vira à gauche et s'engagea sur une route étroite qui serpentait entre des haies vives, des champs de froment et des prés bordés de chênes.

Il faisait très beau. La campagne s'étirait sous le ciel sans nuages. Parfois, entre les arbres, on apercevait dans lc lointain bleuté des coteaux aux lignes paisibles. C'était un paysage équilibré, modelé à la mesure humaine.

La mémé dit qu'ici la vie devait être plus douce que dans leurs collines de misère. Martial l'approuva : il fallait être complètement abruti pour s'accrocher pendant toute une existence à la roche et à la pierraille de leurs hautes terres. Même fermiers ou métayers, ils seraient plus heureux ici que là-haut. Mais chacun savait que c'étaient des mots en l'air et que, de retour à Saint-Sernin, il n'en serait jamais plus question.

Peu à peu, un clocher massif, puis des toits de vieilles tuiles émergèrent de la verdure. L'auto pénétra dans un bourg. Ils longèrent des vergers pleins de fleurs, puis ils descendirent la rue principale qui était avenante avec ses maisons coquettes serrées les unes contre les autres. Comme ils arrivaient au bas de la rue, Martial désigna une enseigne sur la droite : « CAFÉ DU CHÊNE ».

– Arrête-toi, dit-il au chauffeur. On va se rafraîchir.

La voiture stoppa devant le marché couvert, près de l'église. La mémé qui n'était jamais aussi altérée que son fils préféra ne pas descendre. Jean-Claude et Raymond demandèrent la permission d'aller se promener seuls.

– Oui, mais soyez là dans vingt minutes, sinon on repart sans vous, leur répondit Martial.

Les deux hommes s'installèrent à une petite table en ciment à la terrasse, derrière des troènes plantés dans des caisses, près du chêne géant qui justifiait le nom du café.

Les garçons remontèrent en flânant la rue principale. Il n'était pas loin de midi. Le cœur de la petite agglomération dont ils ne connaissaient pas le nom battait à un rythme tranquille. Des femmes bavardaient devant une épicerie. La plupart des portes et des fenêtres étaient ouvertes. Le charron et son apprenti cerclaient une roue fumante. On entendait ronronner une machine à coudre dans une chambre, tinter des casseroles dans les cuisines et sonner clair les coups de marteau sur une enclume au fond d'une forge. Le treuil du puits du champ de foire grinçait et des femmes repartaient avec des seaux d'eau fraîche. On apercevait par les volets mi-clos, dans la pénombre des salles à manger, des couverts qui attendaient sur des tables et la rue était pleine de bonnes odeurs de cuisine.

Il y avait deux énormes globes couleur de rubis et d'émeraude à la vitrine du pharmacien. Un boulanger, torse nu tout enfariné, prenait l'air sur le seuil de son magasin. Un tramway passa en brimbalant sur ses rails, s'arrêta un instant à la station, et repartit dans un bruit de ferraille. Puis le calme heureux retomba sur le village.

– On se sent drôlement bien ici, dit Raymond.

– Oui, on aurait envie d'y vivre, répondit Jean-Claude.

Il était midi. Des mères attendaient leurs enfants devant l'école enfantine. La porte s'ouvrit et des bambins accompagnés de leur maîtresse s'élancèrent avec des cris de joie.

Les deux garçons revinrent sur leurs pas et se dirigèrent vers la sortie du bourg. Ils passèrent devant l'église au clocher carré, puissamment fortifié par des contreforts rehaussés d'échauguettes, et ils se trouvèrent aussitôt dans la campagne avec sa fraîcheur et ses parfums d'herbe coupée. Ils se penchèrent au-dessus du parapet du pont pour voir couler la petite rivière qui jetait des éclats de lumière dans les feuillages. Des vaches étaient couchées sur la rive, dans la douceur de cette fin de matinée d'été.

En revenant, Raymond regarda le panneau sur le poteau indicateur planté à l'entrée du bourg et dit :

– Ici, on est à Oradour-sur-Glane.

Jean-Claude répondit :

– Oradour-sur-Glane, c'est un joli nom.

30

On était au début du mois de juillet. Le temps de récolter les graines de semences pour l'automne et pour l'année prochaine était venu, car la plupart des mauvaises herbes commençaient à mûrir.

Les trois garçons parcouraient la campagne avec leurs vélos. Chacun avait attaché sur son porte-bagages un carton divisé en quatre compartiments dans lesquels il classait les différentes espèces qu'il rapportait.

La boîte de Raymond était réservée au plantain, à la camomille romaine, à la moutarde des champs et à l'euphorbe ; celle de Jean-Claude au séneçon, à l'oseille des prés, aux boutons-d'or et aux bleuets ; celle de Milou aux fumeterres, aux cuscutes, à la jarousse sauvage et aux chardons. En outre, chacun portait en bandoulière un sac en fine toile qui était consacré aux coquelicots dont ils se disputaient la récolte, car c'était leur mauvaise herbe préférée. Milou l'admirait uniquement à cause de ses vertus prolifiques depuis qu'il avait lu dans un vieux livre qu'une seule capsule de cette plante peut contenir jusqu'à cinquante mille graines. Jean-Claude et Raymond l'aimaient à cause de la couleur éclatante de sa fleur qui se hausse à l'extrémité d'un long pédoncule hérissé de poils ; le premier, parce qu'il trouvait ce rouge somptueux lorsqu'il s'allie à l'or des blés mûrs ; le second, parce qu'il permet de repérer de loin la colonie de coquelicots, ce qui évite, disait-il, de faire beaucoup de pas pour rien.

Ils parcouraient chaque après-midi une vingtaine de kilomètres, traversant souvent des villages dont ils n'avaient jamais entendu les noms, prospectant les bords des chemins, les lisières des bois, les friches et même les terres cultivées.

Ils rentraient le soir, fatigués mais heureux et ils transportaient leur butin dans la chambre haute du vieux moulin qui, de jour en jour, se parfumait comme une herboristerie. Ils étalaient sur des journaux les graines qui étaient encore un peu vertes pour leur laisser achever leur maturation pendant quelques jours. Puis ils égrenaient à la main celles qui étaient mûres ou ils les battaient au fléau quand ils les avaient rapportées en gerbes, attachées par des ficelles à leurs épaules.

Milou surveillait attentivement le niveau des semences dans les caisses étiquetées et alignées le long des murs. De temps en temps, il y plongeait les bras avec volupté et ses yeux brillaient comme ceux d'un avare qui brasse son trésor. Parfois, il faisait ruisseler devant ses yeux une poignée de graines, face à la lumière du soleil couchant.

Hélas ! leur moisson fut interrompue à cause des doryphores.

Les années précédentes, on détruisait avec de l'arséniate de plomb ces insectes qui dévorent les feuilles des pommes de terre. Mais, en 1941, cet insecticide commença à se faire rare et les habitants de Saint-Sernin furent obligés de revenir à la méthode qu'ils avaient déjà utilisée au début des années 30, quand les doryphores avaient fait leur apparition en France, jetés, disait-on, par des aviateurs étrangers, américains selon les uns, russes ou allemands selon les autres. Et l'on vit des familles entières avancer accroupies dans les champs de pommes de terre, explorant les feuilles pour recueillir, dans des seaux à couvercle, les insectes, les larves et les feuilles portant des œufs orange agglutinés au revers de leur limbe.

Raymond et Jean-Claude furent mobilisés par Martial et Milou vint généreusement les aider.

Ils se mettaient tous les quatre au travail dès l'aurore, déjeunaient sur l'herbe, faisaient la sieste pendant les heures les plus chaudes et reprenaient l'ouvrage jusqu'aux dernières lueurs du jour.

Martial rentrait alors le premier pour s'occuper des bêtes restées à l'étable, après avoir confié aux deux garçons la mission d'exterminer les parasites qui avaient été recueillis, en les écrasant entre des pierres.

Parfois, depuis les champs limitrophes, des voisins leur criaient :

– Venez chercher nos doryphores. Vous les mettrez en bouillie avec les vôtres pendant que vous y serez.

– Comptez sur nous, répondait Milou. On les emporte et on va les piler sur la meule du vieux moulin. Mais avant, on va faire un crochet pour aller ramasser ceux des Bersier.

Tous les remerciaient de leur serviabilité. Quand la collecte était terminée, ils ne se dirigeaient pas vers le vieux moulin, mais ils couraient, un seau à chaque main, jusqu'au bord de l'un des champs de pommes de terre où Taupard et sa femme s'étaient échinés la veille, ou parfois le jour même, pour ramasser leurs doryphores. Ils n'y restaient que le temps de déverser leurs six seaux.

Raymond manifestait une grande sollicitude pour les larves :

– Videz-les doucement, recommandait-il aux deux autres. Faites attention à ne pas les écraser, ça a la peau plus fragile que des groseilles, ces petites bestioles. Ça serait malheureux de les détruire, parce que chacune mange plus que père et mère.

Les résultats dépassèrent largement leurs espérances. Au matin du cinquième jour, alors que vingt-quatre seaux seulement avaient été déversés, les champs de pommes de terre de Taupard offraient un spectacle si lamentable que Milou en les regardant en avait les yeux mouillés de larmes de joie. Les pauvres tubercules dressaient leurs tiges nues ainsi que des moignons. À peine restait-il, çà et là, quelques feuilles déchiquetées, mais chacune ployait sous le poids de dix ou douze larves qui broutaient, tête baissée, serrant les uns contre les autres leurs abdomens roses et rebondis, comme des porcelets autour de leur mangeoire. Les insectes adultes, eux, s'étaient envolés dès que la nourriture avait commencé à s'épuiser et étaient revenus, affamés, dans leurs champs d'origine où ils s'étaient remis à jouer des mandibules avec une ardeur décuplée.

Face à cette nouvelle prolifération, à cette recrudescence de boulimie, la population réagit énergiquement. On fit appel aux cousins et aux amis des villages d'alentour afin de renforcer les équipes de ramasseurs. Certains propriétaires purent alors s'enorgueillir de faire avancer à croupetons entre les rangs de pommes de terre des troupes de vingt-cinq personnes.

Le maire réunit le conseil municipal en session extraordinaire pour chercher le moyen de combattre cette catastrophe naturelle. Il fut décidé de demander immédiatement par téléphone à la préfecture une attribution prioritaire et exceptionnelle d'arséniate de plomb pour la commune sinistrée. Le forgeron qui revendait ce produit en fut abondamment approvisionné quelques jours plus tard. Juste au moment où commençait une période de violentes pluies d'orage qui rendirent l'insecticide inutilisable.

31

Quant à Milou et ses amis, ils ne s'intéressaient plus guère à ces incidences mineures, car ils étaient absorbés par l'étude d'un projet qui risquait de modifier profondément l'orientation de l'activité de leur entreprise.

L'affaire des doryphores les avait amenés à établir un parallèle entre les parasites végétaux et animaux, et ils avaient rapidement dégagé les avantages que présentent ces derniers.

– Beaucoup moins de fatigue pour nous : pas la peine de les éparpiller dans les champs comme les graines, disait Jean-Claude.

– Oui, on les pose au bord du champ et ils vont tout seuls à pied d'œuvre, enchérissait Raymond. Il n'y a pas besoin de leur faire voir le chemin. Et ça compte, parce que, pour nous, ça fait une sacrée économie de temps.

– Et il ne faut pas plus de deux minutes pour les déverser, précisait Milou. Et en deux minutes, il n'y a pour ainsi dire aucun risque de se faire prendre.

– Donc, on peut y aller en plein jour et on aura toutes nos nuits pour dormir, ajoutait Jean-Claude.

Puis il soulignait un autre avantage, d'ordre psychologique, celui-là :

– Ce que je trouve bien, moi, c'est qu'avec des bestioles comme les doryphores, on n'a pas à attendre très longtemps les résultats de notre travail. Quatre ou cinq jours, tout au plus. Tandis qu'il faut des semaines aux mauvaises herbes pour lever. Et tout ce temps, moi, ça me décourage.

Milou disait qu'il fallait considérer l'efficacité avant toute chose :

– Taupard a le temps de détruire toutes nos mauvaises herbes avant qu'elles fassent réellement des dégâts, justement parce qu'elles poussent trop lentement. Par contre, une attaque comme celle des doryphores est foudroyante. Ils tombent sur les récoltes sans crier gare, surtout si on les y apporte nous-mêmes. Et si Taupard reste deux ou trois jours sans revenir voir son champ, il ne peut plus rien faire contre eux. C'est trop tard, ils ont presque tout bouffé.

Raymond releva tout de même un inconvénient important :

– Mais pour ce qui est du stockage, c'est nettement moins bien que les mauvaises graines qu'on met dans des boîtes sans plus guère s'en occuper jusqu'au jour où on les sème. Les bestioles, pour les conserver en attendant de les emporter, il faudra les nourrir et surtout prendre des précautions pour les empêcher de se débiner. Tout ça, c'est du boulot !

Ils dressèrent une première liste de parasites. Afin de n'en oublier aucun, ils empruntèrent le manuel de sciences naturelles de l'aîné des Vialatou qui venait de terminer sa classe de 5e.

Tout d'abord, ils écartèrent les fantaisistes, les originaux, les artistes : le rynchite, un maniaque qui roule en cigare les feuilles sur lesquelles la femelle a pondu ses œufs ; la magnifique cétoine qui a des élytres d'un beau vert à reflets dorés, mais qui est trop délicate de la mandibule, car elle ne se nourrit que de pétales de rose ou de feuilles de vigne ; le bruche, autre artiste, qui sait transformer un petit pois sec en bille creuse à la peau finement ouvragée, mais qui fignole trop son travail et qui manque d'abattage.

Par contre, les exploits des termites lucifuges les emplirent d'admiration. Le livre de sciences naturelles leur apprit que, dans les Charentes, ces insectes avaient sapé les poutres de quelques maisons avec tant de persévérance qu'ils avaient fini par les faire écrouler, au grand étonnement des habitants rescapés, car ces vaillantes bestioles sont si discrètes qu'on ne soupçonne même pas leur présence, alors qu'elles travaillent modestement à l'intérieur des boiseries en laissant les pièces de charpente extérieurement intactes.

Les trois compères rêvèrent, imaginant Taupard sortant des décombres de sa maison tout couvert de gravats et le crâne bossué. Mais ils furent déçus, car, après avoir interrogé des troupes entières de ramasseurs de doryphores, personne ne put leur dire où l'on pourrait trouver même un seul couple de termites lucifuges. Et ce fut à regret qu'ils rayèrent le nom de ce parasite de leur liste.

Finalement, après avoir également éliminé pour diverses raisons les lucanes, les capricornes, les piérides du chou, les blattes, les chrysomèles, les scolytes, les dermestes et les forficules, leur liste ne comptait plus que quatre noms : les charançons du blé, les courtilières, les hannetons et les limaces.

Milou fit alors remarquer à ses amis qu'il serait stupide d'enfouir dans les champs de Taupard à la fois des courtilières et des vers blancs du hanneton, car, comme dans l'histoire du chou, de la chèvre et du loup, ceux-ci seraient rapidement mangés par celles-là qui en sont plus friandes que de racines. Ils supprimèrent donc aussi le nom de la courtilière de leur liste.

– Ça ne fait plus que trois, dit Milou. Et c'est mieux comme ça, parce qu'il ne faut pas s'éparpiller. Il vaut mieux connaître à fond trois espèces qu'essayer d'en manipuler dix au petit bonheur la chance.

Ils commentèrent les caractéristiques des trois parasites qu'ils avaient sélectionnés.

– Moi, dit Raymond, je sais qu'on peut faire confiance aux charançons parce que je les connais. Ça n'est pas des bricoleurs. Quand ils s'attaquent à un grenier de grains, ça ne rigole pas. Ils sont voraces comme des tablées de batteurs. À condition qu'ils soillent nombreux, quand ils sont restés dans un tas de froment, ce qu'ils laissent, on peut l'apporter directement dans la chaudière du porc, parce que ce n'est plus que du son.

Milou qui aimait la précision mathématique posa le problème de la façon suivante :

– Le livre de sciences explique qu'un seul charançon donne assez de petits pour bouffer un litre de blé. Étant donné que Taupard récolte environ six mille litres, combien faudrait-il de charançons pour détruire au moins le quart de sa récolte ?

– Mille cinq cents, répondit Jean-Claude après quelques secondes de réflexion.

– Je suis sûr qu'on en ramassera beaucoup plus que ça dans les rainures du parquet du moulin neuf. Elles en sont bourrées, dit Milou. Il y en a dans presque tous les sacs de froment qui arrivent. On jurerait que ces sales bestioles devinent qu'elles risquent de passer sous la meule et il faut voir comme elles se débinent à travers les mailles de la toile des sacs pour aller se cacher dans la première fente de bois qu'elles trouvent.

Après avoir rendu justice aux qualités nuisibles du charançon, ils célébrèrent celles de la larve du hanneton. Jean-Claude, à la demande des deux autres, dut relire à haute voix, pour la troisième fois, le paragraphe intitulé *Les ravages commis par le ver blanc : « Il vit deux ans sous terre, dévorant dans les champs de céréales, les potagers, les pépinières, toutes les racines qu'il trouve ; les plantes ainsi atteintes se fanent et meurent. C'est le plus terrible destructeur de nos cultures. Les vers blancs pullulent parfois dans la terre : sur un mètre carré de terrain où poussaient dix pieds de betteraves, on a compté jusqu'à 23 vers blancs, soit en moyenne deux vers à chaque pied ; des récoltes de betteraves ont été réduites par ces larves au cinquième de leur rendement habituel. »* [1].

Milou était autant enthousiasmé à la troisième lecture qu'à la première :

– Vous avez entendu ? «… au cinquième de leur rendement habituel… le plus terrible destructeur… » C'est quand même mieux que le liseron et le chiendent.

Pour la première fois de sa vie, Raymond admirait un livre :

– D'habitude, je n'aime pas beaucoup les bouquins. Mais en voilà un qui est autrement utile que celui de grammaire… Il y a des détails, des renseignements, des chiffres, et tout, et tout… Et les dessins !.. Visez-moi ceux-là, disait-il en posant son

1. V. Boulet & A. Obré, *Sciences naturelles*, 5e, 1940, Hachette.

index sur une planche de croquis. Ça, c'est la gueule de l'hanneton, grossie à faire peur, prête à mordre. À côté, on la voit toute démontée, en pièces détachées, quoi ! avec les mâchoires et tout le reste.

Après avoir feuilleté le livre quelques instants, Jean-Claude s'exclama :

– C'est encore mieux que je croyais ! Il y a le mode d'emploi pour élever les larves. Ils ont même prévu des travaux pratiques : au mois de mai, il faut se procurer des bocaux et les remplir de terre, puis y placer des hannetons. Peu de temps après, ils pondent. On peut voir leurs œufs et observer leur transformation en larves. Ils appellent ça des métamorphoses. Les vers blancs, il faut les nourrir avec des racines de laitue.

– Eh bien ! dit Milou, peu à peu, on va commencer à rassembler le matériel pour faire cet élevage. Et l'an prochain, au mois de mai, on ramassera des hannetons en grande quantité en secouant les pruniers ou les tilleuls le matin de bonne heure.

Raymond ajouta :

– On leur laissera le temps de fabriquer leurs larves et quand elles seront assez grosses, on ira les enterrer dans les champs de Taupard.

Jean-Claude dit :

– C'est dommage qu'on n'ait pas eu un livre aussi bien fait pour nous renseigner sur les mauvaises herbes. On n'aurait pas tâtonné comme on l'a fait…

Malheureusement, l'ouvrage passait sous silence les performances gastronomiques des limaces. Ils décidèrent qu'une expérience s'imposait afin de combler cette lacune. Milou proposa d'en déposer dans la haie qui bordait le jardin de Taupard où deux ou trois douzaines de pieds de laitue venaient d'être repiqués près d'un carré de choux déjà pommés.

– Prenons chacun un seau, dit Raymond. Après toutes les averses d'orage qui sont tombées, ça ne sera pas bien difficile de trouver des limaces rouges dans les prés.

– Sûrement, dit Milou. Et quand elles seront grimpées sur les salades, je te garantis qu'elles n'en auront pas pour longtemps pour les boulotter. Même qu'elles nous remercieront parce qu'elles n'ont certainement jamais rien brouté d'aussi tendre.

Les quatre douzaines qu'ils déversèrent à la fin de l'après-midi sous la haie vive n'eurent pas le temps de leur témoigner leur reconnaissance, car elles furent aussitôt détectées et avalées par les deux canards de Taupard, alors qu'elles formaient encore un magma rouge et baveux. Les trois garçons ne purent intervenir pour faire fuir les volatiles, car Léonie Taupard vint à ce moment cueillir des haricots verts dans son jardin. Ils assistèrent donc de loin, impuissants, au repas des canards. Mais ils les condamnèrent séance tenante à la déportation afin de reprendre en toute tranquillité leurs études sur la voracité des limaces.

Ils décidèrent de les capturer le lendemain au début de l'après-midi alors qu'ils somnolaient, aile contre aile, sur l'eau tranquille de l'écluse, à l'ombre d'un gros vergne.

En arrivant sur la berge, Milou dit à ses amis :

– Je vais faire comme si je me baignais. Ils ont l'habitude de me voir nager, alors ils ne se méfieront pas de moi quand je m'approcherai d'eux. Vous autres, vous allez avancer doucement dans l'eau, l'un à droite, l'autre à gauche, pour leur couper le passage au cas où je les manquerais.

Ils se déshabillèrent et se laissèrent glisser tout nus dans la rivière, entre les iris. Le mâle, un vétéran qui avait survécu à de nombreuses batteuses, tourna la tête vers eux sans manifester la moindre inquiétude. Milou nagea d'abord vers le milieu de l'écluse, puis il revint lentement vers les animaux qui étaient toujours immobiles côte à côte. Quand il fut suffisamment près d'eux, il lança brusquement sa main sur le mâle. Il y eut des cris, des battements d'ailes, des jaillissements d'eau, des mouvements confus, et quand la dernière gerbe liquide fut retombée, Jean-Claude et Raymond virent que Milou avait réussi à empoigner les pattes du canard d'une main, tandis que de l'autre il maintenait le cou et le bec furieux à bonne distance de son épaule nue.

– Jean-Claude, la cane s'envole ! Arrête-la ! cria Raymond.

Mais elle survola le garçon en l'aspergeant d'eau, puis elle alla se poser sur l'autre rive.

– Vite ! Donnez-moi le sac ! ordonna Milou.

Raymond le saisit sur la berge et le présenta béant à son ami qui y jeta son prisonnier sans ménagements. Ils sortirent de la rivière. Le sac fut ligaturé en un clin d'œil et ils s'élancèrent tous les trois à la poursuite de la femelle qui courait dans le pré, ailes écartées. L'herbe piquait leurs pieds nus, fouettait leurs cuisses ; les sauterelles fusaient autour d'eux. Milou brandissait une épuisette. La cane affolée tentait de s'envoler, mais elle retombait lourdement sur le sol, puis elle zigzaguait de nouveau devant les garçons nus et ruisselants. Enfin, Jean-Claude l'obligea à faire demi-tour et à revenir vers Milou qui, d'un coup d'épuisette, l'immobilisa, accroupie dans l'herbe.

Quelques instants plus tard, elle était, elle aussi, emprisonnée dans le sac qui fut ficelé sur l'un des porte-bagages et, sans prendre le temps de se sécher, les trois garçons se rhabillèrent et enfourchèrent leurs vélos.

Ils sortirent du village à toute vitesse, actionnant les timbres de leurs machines et chantant à tue-tête pour couvrir les cris de leurs victimes. Ils abordèrent la route en forte pente qui longeait la rivière et la descente vertigineuse commença. Ils se penchaient dans les virages. Leurs pédales effleuraient la chaussée. Le vent collait les chemises trempées sur la peau.

Après trois kilomètres de course folle, Raymond qui était en tête quitta brusquement la route pour s'engager dans un sentier qui menait à un bosquet où ils s'arrêtèrent. Tout près, on entendait bruire une petite cascade.

– On va les lâcher ici, dit Milou. Ils finiront bien par arriver tout seuls à la rivière.

Ils dénouèrent les liens et virent sortir avec stupéfaction deux volatiles entièrement blancs. Ils éclatèrent de rire lorsqu'ils comprirent que le sac fourni par Milou avait contenu de la farine.

– On dirait des cygnes, dit Jean-Claude.

– Même si Taupard les croisait sur son chemin, il ne les reconnaîtrait pas, ajouta Milou.

Les deux canards, eux-mêmes, semblaient étonnés en se regardant l'un l'autre.

Enfin, ils s'ébrouèrent, poussèrent des cris nasillards et s'enfuirent, cahin-caha, vers leur nouveau destin.

Ils ne revinrent au village que cinq jours plus tard. Ils arrivèrent amaigris, boitillant, traînant la palme, avec dans les yeux cette lueur étrange que l'on voit à ceux qui reviennent de loin.

Pendant leur absence, la seconde vague de limaces avait pu opérer en toute tranquillité dans le jardin des Taupard, si bien que Milou annonça un soir à ses amis :

– Venez voir. Ça vaut le déplacement. Les choux ont l'air de grosses pelotes de dentelle, mais les salades, elles n'ont plus l'air de rien du tout, étant donné qu'il n'y en a plus. Elles ont toutes été coupées au ras des racines.

Quelques minutes plus tard, Jean-Claude et Raymond, le visage enfoui dans la haie, purent constater que Milou avait dépeint le tableau sans exagération.

– Une grêle d'orage avec des grêlons gros comme des noix n'aurait pas fait forcément plus de dégâts, fit Raymond.

Jean-Claude prédit une famine à brève échéance dans le monde des limaces.

– Oui, ça fait beaucoup de bouches à nourrir pour un si petit jardin, sans compter celles des deux Taupard, reconnut Raymond. D'autant plus que l'autre soir, je leur ai apporté en renfort un gros panier à salade d'escargots. J'avais peur que les limaces toutes seules ne soillent pas à la hauteur de la situation.

– Moi, c'est avant-hier que j'ai balancé une quarantaine de limaces rouges en supplément, parce que je n'étais pas tranquille moi non plus, avoua Milou.

– Ce serait surprenant si quelque chose arrivait à pousser là-dedans, conclut Jean-Claude.

Il n'y avait, en effet, aucun avenir pour des légumes dans un jardin aussi intensément gastéropodé.

32

Pourtant, malgré ces résultats encourageants, les trois amis décidèrent qu'ils ne se lanceraient pas dans des innovations encore mal étudiées, qu'il était plus sage, pour cet été, de ne pas modifier le plan prévu et de continuer de rassembler les graines des mauvaises herbes en vue des futures semailles d'automne. L'utilisation massive des parasites animaux fut donc reportée à l'année prochaine.

Raymond dit :

– Le livre de sciences naturelles explique bien comment il faut s'y prendre pour élever des vers blancs, mais nous devrons apprendre tout seuls à élever des charançons dans des boîtes pleines de blé et des limaces sous du grillage fin. Et comme ça, on les aura sous la main quand on en aura besoin.

Milou eut une illumination :

– Et pourquoi ne ferait-on pas la même chose avec les mauvaises herbes ? Au lieu d'aller chercher nos semences au hasard, chez Pierre ou chez Paul, on pourrait les récolter chez nous à partir de graines qu'on aurait mises en terre nous-mêmes, exprès pour la reproduction.

– Oui, mais où les cultiverait-on ? demanda Jean-Claude.

Milou montra de la main une parcelle étroite envahie de ronces et qui s'étirait sur une cinquantaine de mètres entre la rivière et le chemin.

– Dans le temps, quand le vieux moulin était habité, cette bande de terre servait de jardin. Il suffirait de la défricher.

– Ça serait long, mais pas bien difficile, dit Raymond. On pourrait le faire petit à petit en passant l'hiver. On arracherait tout ce qui a poussé là-dedans, même les noisetiers qui sont au milieu. Après, on défoncerait la terre à la bêche et on pourrait semer au printemps.

Jean-Claude était enthousiasmé :

– Ce sera un beau jardin. Il y aura des allées bien propres et des carrés bien tracés. Nos mauvaises herbes seront bien alignées, bien sarclées pour que d'autres mauvaises herbes ne viennent pas les empêcher de grandir. Et l'eau ne leur manquera pas. Il n'y aura qu'à se pencher pour remplir les seaux dans la rivière.

Milou continua :

– Il y aura des carrés de coquelicots, des parterres de bleuets, des bordures d'oseille sauvage, des planches de boutons-d'or ou de plantain… Personne n'aura jamais vu un jardin pareil.

– Ça va entièrement changer notre façon de travailler, dit Raymond.

En effet, jusqu'alors, ils n'avaient été que des cueilleurs, mais ils allaient devenir des éleveurs et des cultivateurs. Ils venaient de franchir le fossé qui avait séparé dcux techniques, deux mondes de la Préhistoire : celui du Paléolithique et celui du Néolithique.

Jean-Claude et Raymond furent contraints de renoncer aux longues randonnées à vélo dans la campagne, car la saison de garder les vaches dans les prés était revenue. Ils durent se contenter de récolter les mauvaises graines qui poussaient dans le voisinage des pâtures où ils menaient leur bétail.

Milou partait donc seul pour de lointains villages. Mais chaque soir, tout en emmagasinant sa moisson, il faisait le compte rendu de sa journée à ses amis.

– Des fois, leur disait-il, des paysans me trouvent dans un champ avec ma boîte en bandoulière et mon sécateur à la main. Alors, ils me demandent ce que je fais. Je leur dis que je ramasse des plantes pour qu'on les étudie à l'école pendant les leçons de choses. Mais, après le 14 Juillet, quand on sera en vacances, je ne sais pas ce que je leur raconterai. Neuf fois sur dix, ils me disent : « Viens avec moi, petit, je vais t'emmener dans un autre champ et tu vas voir qu'il y en a beaucoup plus qu'ici et qu'elles sont encore plus belles. » Alors, je les suis en tenant mon vélo par le guidon. Des coups, c'est vrai, elles sont plus belles, mais le plus souvent, je me fais avoir et je comprends que le gars m'a emmené dans une terre qui lui appartient et qu'il veut profiter de l'occasion pour la faire désherber gratuitement.

– Il y a du monde qui sont canailles, dit Raymond.

Un soir, Milou raconta à ses amis :

– Aujourd'hui, j'en ai trouvé un, un vieux presque plié en deux. Quand je lui ai eu expliqué ce que je cherchais, il m'a dit : « Va dans mon champ de blé, tu y trouveras un endroit qui est tout couvert de jarousse bien mûre. Emporte tout ce que tu pourras mettre sur ton porte-bagages. Si tu veux, pour que tu en mettes encore plus, je te donnerai un vieux sac. Et quand tu auras fini, viens boire un coup de cidre chez moi, tu l'auras bien mérité. C'est la dernière maison du village. » Je ne lui ai pas dit non parce qu'il faisait tellement chaud que j'en avais la langue toute sèche. Il m'en a fait boire quatre verres de son cidre et le vélo allait un peu de travers quand je suis reparti. En plus, il m'avait bourré les poches de gâteaux. Alors, ça m'a donné une idée. Je me suis dit qu'à partir d'aujourd'hui, je ne perdrai plus mon temps à chercher au hasard. Dès que je verrai un homme sur le bord d'une route, je lui demanderai s'il a un champ qui a beaucoup de mauvaises herbes. Et je vous parie qu'il y en aura qui me donneront quelque chose pour ma peine.

C'est ainsi qu'il rapporta certains soirs un grand sac en papier plein de cerises, un pot de confiture de myrtilles, cinq *galétous* [1] enveloppés dans des pages de L'*Union Agricole*, une vieille toupie et une montre sans boîtier.

1. Crêpes faites avec la farine de sarrasin.

33

Pendant que Raymond gardait les vaches, Jean-Claude prospectait les bordures des chemins.

Il y en avait six ou sept qui partaient de Saint-Sernin et rayonnaient autour du village avant de se ramifier en sentiers vers la vallée, vers les sommets boisés ou vers les landes.

Il les aimait tous, mais par les chaudes journées d'été, il préférait, parce qu'il présentait trois aspects très différents, celui qu'on appelait le Chemin des *Peux*, c'est-à-dire des puys.

Du village jusqu'à un ruisselet qui descendait à la rivière, il était sombre et mystérieux, car il était profondément encaissé, caché sous une galerie de hauts noisetiers aux cimes entrecroisées en berceau et aux vieux troncs meurtris d'année en année par les moyeux des charrettes. C'était une longue galerie d'ombre illuminée çà et là par des trouées de soleil. Les entrées des champs qu'il desservait s'ouvraient dans les murailles de verdure comme des portails d'église, sur des éblouissements de lumière. Des flocons de laine, des crins de bœufs, des poignées de foin, des épis de blé y restaient accrochés, même au cœur de l'hiver, aux branches des noisetiers et aux épines des églantiers.

Dès qu'on pénétrait sous la voûte de branchages, on était assailli par les senteurs qui stagnaient dans l'air immobile. Le parfum miellé de l'aubépine y avait régné au début du printemps. Celui des jacinthes, plus capiteux encore, lui avait succédé en mai. L'été était venu et avait enlacé aux branches des noisetiers des lianes de chèvrefeuille dont le parfum envoûtant dominait tous les autres le long de la galerie, étouffant presque l'odeur du suint qui rôdait longtemps après le passage des troupeaux de moutons.

En arrivant près du ruisseau, le chemin se rétrécissait entre deux rives de sureaux en fleur ; puis il émergeait tout à coup de son tunnel de fraîcheur et l'on entrait sans transition dans une zone de chaleur, de murmures d'eau sur les cailloux, de hautes herbes crépitantes de grillons et de criquets ; une zone zébrée par les éclairs bleus du martin-pêcheur, éclaboussée par les sauts des grenouilles.

Le chemin devenait alors souriant et flânait le long du petit cours d'eau. On y respirait à pleines narines des parfums de menthe sauvage, on franchissait ensuite un minuscule pont de pierres mangées de mousse.

Sur l'autre rive, le chemin musardait entre deux pacages. Il semblait hésiter avec regret avant de s'élancer à l'assaut des hautes pentes. Comme pour prendre son élan, il décrivait encore deux larges lacets le long des prés bordés de châtaigneraies, et attaquait franchement la côte, à travers les vastes étendues de bruyère inclinées vers le midi.

Pendant plusieurs centaines de mètres, il grimpait à découvert, rectiligne, sous le brasier de l'été. Une lumière métallique, éblouissante, coulait du ciel, ruisselait sur les feuilles des houx, s'irisait sur les toiles d'araignées et ricochait sur le mica des vastes roches qui affleuraient çà et là. Tout autour, à perte de vue, au-delà des immenses étendues de bruyère d'un rose délavé sous la clarté trop crue, le paysage vibrait dans l'air surchauffé, avec des genévriers ombrés de noir et de bleu.

Jean-Claude s'élevait dans un monde de torpeur et de silence, la gorge un peu angoissée et les pieds brûlants dans ses espadrilles à semelles de corde. Il suivait avec précaution les sillons laissés par les roues des charrettes, attentif à ne pas poser le pied sur un aspic enroulé au soleil.

À quelque cent mètres du sommet qu'on appelait le « Peu de la Grande Bruge », le chemin obliquait brusquement à droite et ceinturait le mamelon. Alors apparaissait, au pied de l'autre versant, un bois de chênes niché au creux des monts. Ceux qui passaient par ces bruyères désertes savaient qu'une source les attendait comme une récompense dans cet îlot de fraîcheur ; et ils s'arrêtaient un instant, fascinés par cette oasis qui tremblait comme un mirage dans l'air brûlant.

Dès qu'il voyait ce bois, Jean-Claude n'essayait plus de contenir son impatience. Il s'élançait et dévalait la pente à une vitesse folle, insensible aux ajoncs qui lui griffaient les jambes. Il arrivait, haletant dans l'ombre du bois et, sans ralentir sa course, il quittait le chemin et pénétrait dans une longue allée d'herbe très fraîche, entre deux haies de fougères. C'était là que se trouvait la source. Il se laissait tomber, enfonçait son visage dans l'eau glacée qui bouillonnait et buvait à perdre haleine.

Quand il était rassasié, il se couchait sur le dos. La ruche qui bourdonnait dans sa tête s'apaisait peu à peu et il restait là longtemps, immobile, les yeux fermés.

34

Martial et Marcelline avaient fixé la date de leur mariage au début du mois d'août. Il fut décidé que la noce aurait lieu chez les Michaudon. Mais ceux-ci ne voulurent pas s'engager avant d'avoir obtenu une dérogation spéciale de la mairie pour servir, ce jour-là, un repas hors des normes imposées par le Ravitaillement aux différentes catégories de restaurants. De plus, il fut convenu qu'en raison des restrictions, les Poutarot fourniraient la totalité des denrées solides, les denrées liquides restant du ressort des aubergistes.

Donc, trois jours avant la cérémonie commença le massacre des lapins et de la volaille. Mais, comme la chaleur était vive, sitôt qu'un animal avait été dépouillé de son pelage ou de son plumage, Raymond et Jean-Claude le transportaient chez les Michaudon qui le mettaient dans leur glacière.

Or, c'était la période de la distribution des rations alimentaires du nouveau mois et souvent les garçons étaient obligés d'attendre longtemps, assis dans un coin, qu'on s'occupât d'eux, car il y avait des heures de grande presse tant qu'il restait des pâtes, du sucre, de l'huile, du café ou du savon sur les étagères. Parfois, il se formait des queues de quinze ou vingt personnes devant la porte, ce qui faisait dire avec orgueil à Louise Michaudon que leur épicerie commençait à ressembler à celles de Limoges qui réussissaient à étirer sur le trottoir des files de plus de cent personnes, même en hiver.

Ces jours-là, François Michaudon, les manches de chemise retroussées, la casquette en bataille, se démenait de rayon en rayon et de cliente en cliente. Et, si sa femme était absente, il ne savait plus où donner de la caisse.

Mais la plupart du temps, elle était là, installée derrière le petit bar du débit de boissons contigu à l'épicerie. Les clients entraient par la boutique et sortaient par la buvette après avoir remis tickets et argent à Louise qui se tenait assise, l'air important, le double menton tremblotant et le buste bien droit, comme la caissière du Grand Café derrière son comptoir. Bien qu'elle fût d'une taille médiocre, elle regardait les gens de haut, car sans être encore très riche, elle était déjà très arrogante. Ses ciseaux, qui pendaient en sautoir sur sa poitrine, étaient l'emblème de sa puissance, car elle n'avait pas sa pareille pour transformer, en un instant, une carte d'alimentation toute neuve en dentelle. Quelques éclairs d'acier et les carrés de papier multicolores tombaient comme des flocons.

Depuis que la quasi-totalité de la population de la commune avait été pratiquement contrainte de s'inscrire chez elle, elle avait changé sa façon de parler. Elle ne disait plus comme avant-guerre « trente sous, une chopine ou une livre », mais « un franc cinquante, un demi-litre ou cinq cents grammes ». Elle obligeait son mari à annoncer d'une voix forte, depuis la boutique, la quantité de marchandises vendues et le nom de la cliente. Au lieu de dire familièrement, en patois, comme autrefois : « Tiens, Louise, marque donc un paquet de chicorée Leroux pour l'Hortense ! », il lançait : « Et une chicorée Leroux, une ! pour Mme Bersier ! » Et sa femme notait aussitôt le prix de la marchandise sans jamais commettre la moindre erreur à son désavantage. Elle avait une mémoire infaillible : elle connaissait par cœur toutes les lettres des tickets de ravitaillement valides pendant le mois en cours et on pouvait la croire quand, par exemple, elle affirmait que les lettres DK de mai, qui n'avaient pas été honorées en raison de la pénurie de matières grasses, donnaient droit, en août, à deux cents grammes de confiture ou à un savon à barbe.

Passé cette courte période d'effervescence, Louise accrochait des écriteaux à sa vitrine afin de ne plus être dérangée inutilement. Elle en avait composé un jeu très varié. Au bas de la gamme, se trouvaient les inscriptions ne mentionnant l'absence que d'un seul produit (« Plus de sucre » ou « Plus de café », par exemple). Puis venaient celles qui formaient des doublés (« Ni pâtes ni savon »), puis des triplés (« Ni huile, ni fromage, ni beurre »), et ainsi de suite, jusqu'à la liste complète des denrées épuisées qui constituait le bouquet final avec une douzaine de noms, et qui apparaissait généralement aux alentours du 15 de chaque mois. La mémé disait, à ce sujet, que Louise aurait pu se dispenser d'écrire cette inutile énumération en la remplaçant simplement par « Rien de rien ».

De tous les produits d'épicerie, le sucre était, à Saint-Sernin, le plus convoité. Mais les Poutarot n'en manquaient pas encore à cette époque, car la mémé en avait stocké chaque fois que la guerre avait menacé d'éclater. Elle disait qu'en ces circonstances, chacun achète ce qu'il peut : les riches de l'or, les autres du sucre et que le kilo de sucre est le lingot du pauvre. C'est ainsi qu'au cours des trois dernières années d'avant-guerre, pendant lesquelles Hitler avait soumis l'Europe à la douche écossaise, des boîtes étaient venues s'entasser par strates sur les solides étagères de la lourde armoire en merisier. On trouvait, en partant du bas, la couche de l'invasion de la Rhénanie, en 36 ; celle du retrait de l'Italie de la S.D.N., en 37 ; celle de l'Anschluss, en mars 38 ; celle de l'ultimatum de Prague, en septembre 38, juste avant la conférence de Munich ; celle du pacte de non-agression germano-soviétique d'août 39 ; enfin, la couche la plus épaisse, celle qui correspondait à la déclaration de la guerre, en septembre 39.

Les Poutarot avaient donc aisément pu en apporter en quantité suffisante aux Michaudon pour la préparation du repas de noce. Mais ils avaient dû s'endetter pour des mois en empruntant chez les uns et chez les autres des rations de café national qui étaient composées d'un tiers de vrai café et de deux tiers de n'importe quoi. Ils avaient patiemment trié le contenu de ces paquets afin de rejeter les morceaux de châtaignes grillées, de glands, ainsi que les divers produits non identifiables qui les composaient.

François, en recevant le sucre des Poutarot, avait conté à Martial la mésaventure qui lui était arrivée à la fin de l'hiver.

– Figure-toi qu'un après-midi, ça pouvait être le 15 de mars, et même je me rappelle qu'il pleuvait. Je vois entrer, sur les deux heures, la grande Vialatou. Elle commence par me demander du sucre en supplément pour faire de la tisane à son Néné qui marche sur ses dix ans. À l'écouter, il était au lit avec la grippe et une fièvre carabinée. Note bien qu'elle avait eu sa ration au commencement du mois, comme les autres. Mais il y en a qui ne savent pas économiser.

– Eh ! oui, dit Martial, les premiers jours, elles sucrent, elles sucrent sans penser à rien et le 15 elles n'en ont plus.

– Voilà, c'est ça. J'ai beau leur dire : « Vous n'avez qu'à compter les morceaux et faire la division par trente ou trente et un, selon le nombre de jours du mois – et ça, le plus bête des gamins de la grande école saurait le faire – et du sucre, vous en aurez tous les jours. Pas beaucoup, d'accord, mais tous les jours. » Mais ça, elles ne veulent pas le comprendre. Bref, celle-là, elle s'est mise à pleurer et à me supplier. Je lui disais : « Je n'en ai pas, ma pauvre femme. Vous me le paieriez dix fois ce qu'il vaut que je ne pourrais pas vous en donner un seul morceau. » Mais elle ne voulait pas s'en aller avant que je lui aie juré que c'était bien vrai.

– Celle-là, je la connais bien. Dans le genre crampon, on ne fait pas mieux, dit Martial.

– Bon. Elle restait là, plantée devant moi, et je ne pouvais rien lui jurer du tout parce que j'avais encore les rations des Nicoulaud qu'ils n'étaient pas encore venus chercher, je ne me rappelle plus pourquoi. Et elle le sentait que je ne pouvais pas le lui jurer. À la fin, j'ai eu le malheur de le lui dire. Alors, si tu l'avais entendue, elle s'est remise à me prier et supplier, des larmes plein les yeux. « Donnez-m'en ! Si les Nicoulaud ne sont pas venus, c'est qu'ils n'en ont pas besoin maintenant. Donnez-m'en pour mon Néné, le pauvre, qu'est si tellement malade ! »

– Je vois la suite, dit Martial. Tu t'es fait couillonner et tu lui en as donné sans tickets.

– Oui, une livre. Mais ce que tu ne peux pas deviner, c'est ce qui s'est passé après. D'abord, elle est partie après m'avoir remercié, presque à m'embrasser : « Je n'oublierai jamais ce que vous venez de faire pour mon Néné. Et je vous jure que je ne le dirai jamais de ma vie à personne que vous m'en avez donné, du sucre. Vous pouvez avoir confiance en moi… »

François Michaudon fit une pause. Il rejeta sa casquette en arrière, croisa les bras sur sa poitrine et son visage prit l'expression du plus profond dégoût. Puis il poursuivit :

– Eh bien ! tu me croiras si tu veux, mais elle n'avait pas encore fini de traverser le bourg, que je vois entrer ici quatre femmes qui se mettent à hurler avant même d'avoir fermé leurs parapluies : « Ah ! vieux menteur ! quand on vous en demande, du sucre, vous n'en n'avez pas ! Mais pour la Vialatou, vous en trouvez. À se demander quelles saletés elle a pu faire pour s'en faire donner ! » Et ces garces, elles avançaient toutes en même temps, les parapluies levés sur moi. Crois-moi, Martial, de ma vie, je n'ai jamais eu autant peur d'être battu que ce jour-là. Et ça a duré une bonne demi-heure. Elles m'en ont dit de toutes les couleurs et avec des mots que personne ne pouvait croire qu'elles savaient. On ne peut pas se figurer comme des femmes qui ont l'air honnêtes peuvent être mal embouchées. Elles m'ont même sorti des grossièretés que je n'avais jamais entendues pendant que je faisais mon temps. Et tu le sais, j'étais comme toi dans les cuirassiers, et les cuirassiers ne mâchent pas leurs mots.

– Oui, dit Martial, dans les cuirassiers, les mots ne nous faisaient pas peur. Par exemple, on appelait une putain une putain et pas autrement.

– Mais je leur ai tenu tête parce que je me disais :

« François, si tu leur cèdes, si tu leur donnes un seul morceau de sucre, ce n'est pas quatre qui vont venir aussitôt que celles-là seront parties, mais c'est toutes celles de Saint-Sernin, et aujourd'hui, ça sera le dernier jour de ta vie, parce que tu vas te faire assassiner à coups de parapluie par des bonnes femmes en furie. »

L'épicier s'épongea le front et conclut :

– Finalement, elles sont parties. Mais le Néné qui était si tellement malade, je l'ai vu passer sur la place, le soir même, alors qu'il pleuvait toujours, sans rien sur la tête, avec son lance-pierres à la main pour essayer de casser les tasses des poteaux électriques. Tout ça, c'est pour te dire qu'il n'y en a peut-être pas de mieux placés que nous dans l'épicerie pour voir comment le monde est rusé.

Martial et les deux garçons vinrent encore une fois chez les Michaudon la veille du mariage, à la tombée de la nuit, apporter les dernières denrées nécessaires au repas de noce.

François les fit entrer dans la cuisine, une vaste pièce qui ouvrait par une porte-fenêtre sur le potager. Jean-Claude se dit qu'avec un peu de bonne volonté, les carottes des premières planches auraient pu sauter en quelques bonds directement dans les fait-tout. Il y faisait une chaleur d'enfer, car la grande cuisinière ronflait, chargée de casseroles et de poêles. De plus, un grand feu clair dansait dans la cheminée sous un chaudron ventru. L'eau bouillante chantait, la graisse grésillait et les couvercles vibraient gaiement. Et, par-dessus tout, il y avait un puissant parfum de cèpes qui mijotaient avec des ris de veau dans une sauce.

La longue table était couverte de victuailles, car le repas du lendemain était prévu pour trente-cinq personnes. Des fruits et des légumes étaient amoncelés à une extrémité : des fraises fraîchement cueillies, des haricots verts, des tomates, des échalotes et des oignons pelés. Au milieu de la table se trouvaient les œufs, la farine, le beurre et le sucre pour la pâte à tarte, ainsi que des saladiers pleins de crème et des terrines de lait pour les entremets. À l'autre extrémité, on voyait sur une planche à découper aussi large que la table des morceaux de poulet dorés qui avaient rissolé dans l'huile, des croûtons frottés à l'ail et beurrés, des cubes de lard, du gras et du maigre, du persil, des petits oignons…

Martial suivi des deux garçons visitait la cuisine avec émerveillement. Il soulevait les couvercles, se penchait sur les casseroles, humait les arômes et ses narines se dilataient avec volupté.

– C'est un sacré repas que vous nous préparez. Demain soir, à part nous, il n'y en aura pas beaucoup qui pourront se vanter d'en avoir fait un pareil.

– Oui, répondit François. Mais avec la Louise, crois-moi, ça ne va pas être notre nuit de noces, à nous. On ne va pas se coucher de bonne heure.

Puis il prit l'un des paniers et demanda :

– Qu'est-ce que vous m'apportez de plus ?

– C'est des truites que j'ai commandées en supplément à Guizou parce que j'avais peur que ça ne fasse pas tout à fait assez à manger. Faut pas oublier qu'il y aura beaucoup d'invités de la ville, surtout du côté de la Marcelline. Et ceux-là, il ne faudra pas se contenter de leur en promettre, il faudra leur en donner. Tu penses, depuis plus d'un an qu'ils ne mangent pas à leur faim ! Et je ne voudrais pas qu'ils puissent dire qu'ils sont repartis chez eux avec la fringale, le jour de ma noce.

Raymond souleva le linge qui recouvrait les poissons et dit :

– Avec mon cousin, on les a toutes vidées. Il y en a quarante. Regardez comme elles sont belles. Et on ne risque pas de leur trouver un seul hameçon dans la gueule, parce que, le Guizou, il ne sait pas ce que c'est, un hameçon. Il les prend toutes à la main sous les roches. C'est beau de le voir faire. Il tâtonne un petit moment et vlan ! il sort la main de l'eau et la truite vole dans le pré.

Jean-Claude regardait les poissons sans mot dire. Il pensait à sa truite que Jeanne Thevenet lui avait escroquée et il se disait qu'il n'y en avait aucune d'aussi grande et d'aussi belle parmi les quarante qui étaient là. Il savait aussi que, de sa vie, aucune autre ne lui paraîtrait aussi merveilleuse que la sienne. À son âge, il avait déjà compris que ce que nous avons perdu avant d'en avoir joui devient unique et irremplaçable dans notre souvenir.

François ouvrit la glacière pour y placer les truites. Ce fut à ce moment que la voix de Louise Michaudon leur parvint, tragique, à travers le plafond :

– François, Martial ! Montez vite ! Je crois que le pépé vient de mourir.

Michaudon ne se précipita pas aussitôt dans l'escalier. Il prit le temps de refermer la glacière, de s'essuyer les mains et de déplacer des casseroles sur la cuisinière en disant :

– Il fait sûrement semblant d'être raide. Il m'a déjà joué cette comédie deux fois. Un coup pour rien, seulement pour faire l'intéressant. Et un autre coup pour avoir un verre de cognac que je lui refusais. Viens. Montons voir ça.

Quand Raymond et Jean-Claude furent seuls, ils goûtèrent la crème à la vanille en y plongeant plusieurs fois l'index. Puis ils burent chacun une gorgée de vin blanc au goulot de la bouteille. Au premier étage, les deux hommes et l'épicière parlaient à mi-voix.

Un peu plus tard, les marches grincèrent. Ils redescendaient. Raymond se brûla la langue en avalant précipitamment une cuillerée de sauce aux champignons.

Louise entra dans la cuisine, le visage défait, soutenue par son mari. Martial l'aida à s'asseoir et François lui fit boire d'un trait un grand verre de vin blanc. Elle se mit aussitôt à gémir et à sangloter :

– Je lui parlais et il est mort d'un seul coup. Sa tête est tombée en avant comme quand on s'assoupit.

Jean-Claude et Raymond avaient conscience qu'ils vivaient une minute historique qui compterait dans les annales de Saint-Sernin.

Louise hoquetait :

– Ses cent ans, il les aurait eus dans cinq mois à peine... Et il a fallu qu'il parte avant !... C'est un malheur ! On aurait eu la T.S.F. et les journalistes ici, avec notre photo dans *Le Courrier du Centre*..

– Oui, ç'aurait été un honneur pour la famille, convint François. Surtout que des centenaires, n'en a pas qui veut à notre époque.

Il déboucha une bouteille de vin rouge et en versa dans deux verres. Les deux hommes trinquèrent.

Louise renifla et larmoya :

– Ce qui me console un peu, c'est qu'il ne pourra pas raconter, là où il va aller, qu'on ne l'avait pas poussé pour qu'il y arrive à ses cent ans. Il avait des dispositions. C'est vrai. Mais nous, de notre côté, on faisait tout ce qu'on pouvait pour l'aider.

– Tout le monde le sait bien que vous vous occupiez comme il faut de lui, tu n'as pas besoin de le dire, fit Martial en posant sa grosse main sur le bras de Louise qui lui répondit :

– Tu veux dire qu'on était toujours aux petits soins. Du matin au soir, c'était du souci qu'on se faisait. « Pépé, ne te lève pas encore. Tu peux bien essayer de dormir un peu plus… », « Mets-toi dans le fauteuil, tu seras mieux que sur cette chaise qui est toute raide… », « Ne reste pas ici, tu es dans le courant d'air ou alors prends ta casquette, la chaude, celle qui est doublée de lapin avec les oreilles qui se rabattent, sans ça tu vas t'enrhumer… » Et c'était toute la journée comme ça.

– C'est comme pour le manger, reprit François. Toujours les meilleurs morceaux pour lui. Et la nourriture, on ne la lui économisait pas. Celui qui dirait le contraire mentirait. « Allez, pépé, reprenez du gigot, on va quand même pas le couper en tout petits morceaux… Mangez cette saucisse. Qu'est-ce que c'est ?… deux fois rien. Il n'y a pas besoin d'avoir faim… »

– On ne le contrariait jamais. On lui passait ses quatre volontés, même toutes les bizarreries qui lui traversaient la tête.

– Oui, figure-toi, Martial, qu'il nous a réveillés une nuit pour nous dire qu'il voulait un parapluie neuf… Tu te rends compte, un parapluie neuf en pleine nuit ! D'autres n'auraient vu que le côté risible de ça, étant donné qu'il ne sortait jamais qu'assis dans son fauteuil sous le tilleul et qu'il se mettait à gueuler à la première goutte de pluie pour qu'on le rentre à l'abri. Mais nous, on lui a promis qu'on le lui achèterait le lendemain et il l'a eu, son parapluie. Il s'en est amusé pendant trois jours. Il l'ouvrait à tout moment, n'importe où, flop ! d'un seul coup, sans crier gare, au risque d'éborgner les autres. Après, il ne l'a plus regardé et ça a été fini. Il est encore là-haut, tout neuf, le parapluie.

– Et le coup qu'il s'était emmanché dans la tête qu'il fallait lui acheter une brosse à habits exprès pour lui tout seul, pour quand la batteuse viendrait à

Saint-Sernin. À cause de la poussière quand on le mettrait dehors, qu'il disait… Et on ne te raconte pas tout… Il y en a beaucoup qui l'auraient envoyé promener avec ses lubies, mais nous, on ne le contrariait pas, il avait ce qu'il demandait… Mais tout ça, c'est fini, maintenant !

Et, soudain, Louise éclata en sanglots. Elle sortit son mouchoir de sa poche et dit d'une voix lamentable :

– Regarde, il n'est même pas propre comme il faudrait. Faut que j'en change.

Puis elle se leva et ajouta :

– Je remonte là-haut pour l'arranger un peu dans son lit.

François, à son tour, essuya une larme, car l'émotion montait à mesure que descendait le niveau du vin rouge dans la bouteille.

Puis, sans transition, il éclata de rire en débouchant une seconde bouteille.

– Je rigole, dit-il, parce que je pense au chaud lapin qu'il a été toute sa vie. Même à soixante-quinze ans, il était toujours leste de la main et de la braguette. Souvent, pour la fête, on embauchait des jeunes filles comme extra, mais il fallait faire attention qu'il ne reste pas seul avec elles, sinon, il nous aurait fait avoir des histoires.

Martial se mit à rire lui aussi :

– Ce que tu dis, ça me fait penser aux blagues qu'il envoyait, encore à cet âge, aux filles quand elles passaient en pédalant, les genoux un peu trop hauts et la jupe retroussée. Il leur criait : « Baisse le capot, on voit le moteur ! ». Et un jour, je me suis marré, parce que la Mathilde des Micoulet-du-haut, qui est maintenant mère de famille depuis longtemps, mais qui n'avait guère plus de vingt ans à cette époque et pas sa langue dans sa poche, pas plus qu'aujourd'hui, lui a répliqué : « Vous pouvez le regarder, pépé, mais des moteurs comme celui-là, ils ne sont plus pour votre manivelle. » Alors lui, aussi sec : « Viens, petite, je vais te la faire voir, ma manivelle. Comme ça, tu pourras te rendre compte qu'elle n'est pas rouillée et qu'elle est encore capable de démarrer un moteur comme le tien ! »

Le vin baissait dans la seconde bouteille et ils riaient maintenant bruyamment en évoquant d'autres paillardises de l'ancêtre.

– Pour ça, c'était un joyeux, dit François. Il a été veuf à cinquante ans et tu peux être sûr qu'il en a eu quelques-unes depuis. Ce n'est qu'après avoir passé les quatre-vingts que j'ai compris que c'était fini quand il a commencé à me dire : « Tu ne peux pas savoir ce que c'est dur de l'avoir molle !... »

Soudain, ils se turent et se recomposèrent des visages tristes, car ils entendaient les pas de Louise dans l'escalier.

Elle s'assit et l'on prononça des paroles de circonstance : ce qui était consolant, c'était de penser qu'il n'avait pas souffert, que c'était une belle mort et chacun s'en souhaita une semblable pour plus tard, bien sûr, seulement quand le moment serait venu. Puis, Martial et Louise soupirèrent, en disant que c'était bien vrai, lorsque François énonça :

– Oui, mais voilà, on ne choisit pas !

Enfin, quand Martial estima qu'il n'était plus indécent de ramener la conversation à ses préoccupations, il demanda :

– Et à part ça, qu'est-ce que ça va changer pour demain ?

Les deux Michaudon se regardèrent. Ils n'avaient pas encore pensé à l'incidence que l'événement pouvait avoir sur le repas de noce. Ils paraissaient embarrassés. Après quelques secondes d'hésitation,

Louise déclara qu'il n'était pas question de laisser attabler trente-cinq personnes qui riraient et chanteraient dans la grande salle, alors qu'au-dessus de leurs têtes, de l'autre côté du plafond, son père serait allongé tout raide dans son habit noir.

François approuva ces paroles et ajouta que s'ils faisaient cela, les gens les critiqueraient tous, tant les Poutarot qu'eux, les Michaudon.

Martial posa alors clairement le problème : puisque, d'une part, on avait un mort, et d'autre part, une noce et qu'il était inconvenant de réunir le tout sous un même toit, il était évident que, pour se tirer d'affaire, il était nécessaire de disposer de deux maisons, l'une pour le pépé, l'autre pour la noce. Une fois ces données établies, on aboutissait logiquement à l'une des deux solutions suivantes :

– soit le pépé chez les Michaudon, la noce chez les Poutarot ;

– soit la noce chez les Michaudon, le pépé chez les Poutarot.

Mais on comprit très vite que ni l'une ni l'autre solution n'était réalisable. En effet, lorsqu'on examinait la première, on s'apercevait que s'il était facile de créer une navette pour transporter à travers le village rapidement les plats de la cuisine aux tables des invités en recrutant du personnel jeune et capable de conduire un vélo d'une seule main, il était, par contre, impossible de trouver chez les Poutarot un local suffisamment grand pour loger les trente-cinq convives. Seule la grange aurait pu convenir, mais elle était aux trois quarts pleine de gerbes non battues.

Quant à la seconde solution qui consistait à transporter le pépé chez les Poutarot, elle fut abandonnée à peine abordée, car Louise se mit aussitôt à trembler du double menton et à glapir avec des trémolos qu'il faudrait lui passer sur le corps pour sortir le pépé de chez elle.

Martial, sans doute effrayé par l'idée d'être contraint à accomplir cet outrage au-dessus de ses forces, battit en retraite le premier.

Puis le débat s'enlisa.

La bonne solution leur apparut une demi-heure plus tard, en même temps que le fond de la seconde bouteille de vin rouge. Et ce fut Raymond qui la leur suggéra :

– Après tout, on n'est que cinq à savoir qu'il est mort…

Le visage de Martial s'illumina.

– Oui, il a raison ! Pour nous cinq, il est mort. Mais pour tous les autres, il est encore vivant… Et il peut bien le rester jusqu'à demain soir quand le repas de noce sera fini.

François se rallia immédiatement à cette proposition, mais Louise fit quelques manières avant d'accepter de paraître convaincue. Elle affirmait que cette supercherie porterait sûrement tort au pépé « là où il allait » et que le déclarer mort avec vingt-quatre heures de retard risquait de le faire très mal voir pour son éternité.

Enfin, elle se laissa convaincre et cette solution fut adoptée. Il fut convenu que seule la mémé serait admise à partager le secret.

– Et, si demain les invités s'étonnent de ne pas voir le pépé, qu'est-ce qu'on leur répondra ? demanda François.

Martial n'hésita pas une seconde :

– On leur dira : « Hier soir, il s'est un peu refroidi et depuis, il n'a pas quitté son lit. »

– Oui, après tout, on ne leur mentira pas tellement.

Martial était satisfait. Il vida son verre et se leva. Avant de sortir, il demanda :

– J'ai entendu dire que le pépé avait fabriqué lui-même son cercueil avant de ranger définitivement ses outils de menuisier. Est-ce que c'est vrai ?

– Oui, c'est vrai, répondit Louise. Son cercueil l'attend depuis vingt-cinq ans, sous une housse, dans une chambre, là-haut. Il l'a même fait revernir à neuf, il n'y a pas deux mois. On aurait dit qu'il le sentait qu'il en aurait bientôt besoin.

François précisa :

– Pour son cercueil, il avait fait abattre un chêne exprès, avant la guerre de 14. Comme qui dirait en 8 ou 10. Et il s'y connaissait en arbres ! Fallait voir le sujet qu'il avait choisi ! C'en était un qui était quillé au coin du pré des Sagnes, mais à un endroit pas humide du tout et avec une sacrée épaisseur de terre pour laisser courir les racines à l'aise. Il avait une bille longue, bien droite. Je le connaissais, parce que quand j'étais gamin, j'avais remarqué, avec les autres de mon âge, que les geais aimaient y bâtir, surtout dans une grosse touffe de lierre à mi-hauteur.

– Les geais, c'est souvent comme ça, dit Raymond. Les geais et les merles.

– Les merles, pas souvent, corrigea Martial. C'est moins haut qu'ils font leur nid. Surtout dans les buissons d'aubépines.

– Alors, nous, dans ce temps, on réussissait tout juste à les grimper, ces nids, en se faisant faire la courte échelle par les plus grands et encore en leur mettant les pieds sur la tête. Vous pouvez voir que je ne blague pas quand je parle d'une belle bille.

– Oui, de par chez nous, c'est bien rare des chênes qui donnent du bon bois de travail, parce qu'ils sont presque tous esquintés par la gelure.

– Alors, et seulement quand le bois a été bien sec, le pépé a pris ses mesures à lui, en long et en large, et il s'est mis à l'ouvrage en s'appliquant, il faut bien le dire, plus que s'il avait travaillé pour un autre, et pourtant, les cercueils, ça n'était pas sa partie. Il n'en faisait jamais. Il raisonnait comme ça : « De tous les meubles que j'ai fabriqués dans ma vie de menuisier, c'est celui-là qui me servira le plus longtemps, il faut donc qu'il soit bien fait. » C'est pour ça qu'il avait fait débiter des planches deux fois plus épaisses que pour un cercueil ordinaire. C'est presque un monument, si bien qu'il y a des années que je me demande comment on le descendra. Lui, il ne s'était pas préoccupé de ça, il l'avait bâti en assemblant les planches directement dans la chambre où il est.

– Eh oui ! dit Martial en reprenant ses paniers, les vieux, souvent ça pense : « Moi, je fais ce que j'ai dans ma tête, et après moi, vous autres, débrouillez-vous. »

35

Les tables avaient été disposées en fer à cheval dans la salle de bal des Michaudon. Les couverts étincelaient sur les nappes blanches égayées de bouquets de dahlias et de bouteilles de vin cacheté.

Contre le mur, un meuble bas était couvert de chapeaux que les dames avaient posés pêle-mêle en entrant. Il y en avait de toutes les couleurs, de toutes les formes, car à aucune époque la mode ne fut plus fertile dans ce domaine que pendant l'Occupation. C'étaient des cascades de plumes vaporeuses, des débauches de voilettes, de rubans, de tortillons de tulle, de fleurs de soie ou de velours. Elles y avaient également posé leurs sacs à main, la plupart de forme carrée avec de longues bandoulières, spécialement conçus pour aller à vélo.

On venait de servir l'apéritif. Les mariés trônaient comme il se doit aux places d'honneur, face à la fenêtre. Martial avait les tempes ruisselantes de brillantine et les pommettes encore plus vivement colorées que d'habitude. Le rasoir avait rendu son menton carré luisant. Il se tenait droit, massif, majestueux dans son costume neuf que le porc espiègle avait payé de sa vie et qui était bleu à rayures blanches et orné d'un œillet rose à la boutonnière

Marcelline était tendrement appuyée contre son épaule, les yeux humides, pleins de bonheur, douce, blanche et plantureuse dans sa robe bleu clair, paraissant presque frêle par contraste avec son géant de mari.

La grand-mère Pauline était assise à côté de son fils, un peu tassée sur elle-même, l'air fatigué. Elle parlait rarement et regardait l'assistance entre ses paupières plissées, avec un sourire figé et un peu triste.

Les deux parentèles avaient pris place sans presque se mélanger l'une à l'autre, se faisant face aux ailes symétriques des tables.

L'aile des Poutarot se subdivisait elle-même en deux groupes distincts : les Poutarot des villes et les Poutarot des champs. Ces derniers étaient aisément reconnaissables, car ils étaient passés la veille ou l'avant-veille par les mains du coiffeur de leur village dont les énergiques coups de ciseaux et de tondeuse avaient dégagé au bas des nuques et autour des oreilles de larges zones de peau blanche qui n'avaient pas vu le soleil depuis longtemps.

Côté Marcelline, les invités (des employés de bureau ou des décorateurs sur porcelaine) avaient l'air nettement plus distingués. On voyait – tout au moins au début du repas – qu'ils savaient faire un nœud de cravate, tenir une fourchette et un couteau, boire à petites gorgées et utiliser une serviette de table. On devinait également à leur ton mesuré qu'ils avaient l'habitude de parler poliment à des supérieurs hiérarchiques. Aussi, ce ne fut que longtemps après celles du clan Poutarot que leurs vestes quittèrent leurs épaules, que leurs manches de chemise se retroussèrent et que leurs femmes se déchaussèrent discrètement sous les tables.

Trois de leurs jeunes filles étaient passées au clan opposé, assises à côté de leurs cavaliers aussi gauches et intimidés que s'ils avaient été condamnés à les épouser sur-le-champ. L'une d'elles avait les paupières d'un mauve pâle que Jean-Claude et Raymond n'avaient vu qu'aux dragées du baptême de Sylvette. Et quand elle était arrivée, le matin, les chiens de Saint-Sernin avaient jugé l'assortiment des couleurs de sa toilette si remarquable qu'ils devaient en rester enroués jusqu'au lendemain.

On venait de lever les verres pour la troisième fois à la santé et au bonheur des nouveaux époux, lorsqu'un retardataire, un jeune homme d'une vingtaine d'années, entra en titubant légèrement. Il s'arrêta à la porte et cria, les bras écartés :

– Vive la mariée !

– Il a trouvé le moyen d'aller boire l'apéritif ailleurs, dit quelqu'un.

C'était le filleul de Marcelline. Il avait une tête ronde, des joues roses, des yeux de joyeux drille et des cheveux noirs plaqués en ailes de corbeau qui se rejoignaient sur la nuque. Il paraissait tout excité.

Depuis le matin, il n'avait cessé de se livrer à des facéties, puis il avait brusquement faussé compagnie à la noce pendant la cérémonie à l'église.

On lui indiqua sa place, mais il resta debout derrière sa chaise et cria une seconde fois :

– Vive la mariée !

Puis il annonça aussitôt qu'il allait chanter une chanson intitulée *Les Trois Orfèvres*. Et, sans prendre le temps de souffler, il attaqua le premier couplet, malgré quelques protestations qui s'élevèrent dans l'assistance.

C'était l'histoire de trois messieurs qui, ayant été invités à dîner, avaient tenu, pour montrer qu'ils n'étaient pas des ingrats, à faire plaisir individuellement à chacun de leurs hôtes. Jean-Claude et Raymond écoutaient, vivement intéressés. Mais juste au moment où les orfèvres allaient témoigner leur gratitude à la bonne, la chanson s'interrompit brutalement, parce que quatre mains s'étaient agrippées aux pans de la veste du chanteur, l'obligeant à s'asseoir. C'étaient celles de sa mère et de sa tante entre lesquelles sa place avait été réservée. Elles lui interdirent de continuer de chanter, l'avertissant sévèrement qu'en cas de récidive, il serait privé de vin pendant tout le repas. Martial tenta de lever le veto disant que personne n'aimait plus que lui la politesse du langage, mais qu'une fois n'était pas coutume, et qu'il n'avait pas entendu cette chanson depuis l'époque de son régiment ; mais les deux sœurs, que d'autres approuvèrent, demeurèrent inflexibles, prétextant, premièrement, qu'on ne chante qu'à la fin des repas ; et, deuxièmement, que cette chanson n'était pas à mettre dans toutes les oreilles, surtout la suite et la fin qui étaient tellement polissonnes qu'il fallait être la dernière des créatures dévergondées pour l'entendre jusqu'au bout.

– Qu'est-ce que c'est qu'un orfèvre ? demanda Sylvette à la cantonade.

Les deux sœurs triomphèrent :

– Vous voyez, les questions commencent !

Une autre dame dit :

– Les gosses de maintenant veulent être renseignés. Ils demandent ce que les gros mots veulent dire. Et ils ne se contentent pas de moitiés d'explications. Ce n'est plus comme nous dans notre temps, qu'on n'osait même pas poser une question ou qu'on nous aurait répondu par une claque si on avait osé.

Une cousine de Marcelline désigna sa fille, une blondinette maigrichonne de l'âge de Sylvette, et dit :

– C'est comme celle-là, elle veut toujours tout savoir. Vous l'avez sûrement entendue, ce matin, à l'église, pendant la messe, quand elle a lancé à haute voix, alors que tout le monde avait la tête baissée : « Maman, regarde, qu'est-ce qu'il a eu, comme accident, celui-là ? Il a ses mains et ses pieds qui saignent... » Alors, j'ai levé les yeux et j'ai vu que c'était le Christ en croix qu'elle me faisait voir. Je ne savais plus où me mettre. J'avais beau lui dire : « Tais-toi ! Tais-toi ! », elle continuait : « Maman, à cause de quoi il saigne, le monsieur ? » Je m'attendais à un sermon public du curé, dans le genre : « Si vous aviez fait l'éducation religieuse de cette enfant, elle ne poserait pas ces questions stupides dans une église. » Heureusement, il n'a rien dit. Mais ça n'a pas été fini. Elle n'a pas arrêté de tirer sur ma robe et, pour avoir la paix, j'ai été obligée de lui expliquer à voix basse les malheurs du Christ. Enfin, les trois ou quatre que je me rappelais, parce que mon catéchisme, il ne date pas d'hier... Si mon mari n'était pas prisonnier en Allemagne, il aurait pu mieux lui expliquer ça que moi, parce que, lui, il a été élevé à l'école libre.

Elle contait cette anecdote en souriant, heureuse de sentir les regards converger vers elle. Elle avait une trentaine d'années, et était très belle, le teint clair, les cheveux cuivrés, les lèvres charnues. Raymond la fixait avec une admiration non dissimulée, ce qui fit penser à Jean-Claude que Martial ne se trompait pas lorsqu'il disait que les Poutarot étaient des experts instinctifs en femmes.

Tout à coup, les conversations se turent et il y eut un long murmure d'étonnement : les deux Michaudon venaient d'entrer suivis d'une jeune fille de l'Assistance publique qui leur servait d'extra. Chacun portait deux énormes corbeilles de pain blanc, du pain de boulanger, du pain comme celui d'avant-guerre, avec une croûte dorée qu'on devinait craquante et une mie légère, aérée de nombreux alvéoles. Les applaudissements crépitèrent. Quand ils cessèrent, l'aubergiste dit :

– Ce n'est pas nous qu'il faut applaudir, mais Martial qui a voulu vous faire cette surprise, et surtout le meunier et le boulanger qui ont pris de gros risques.

Les ovations redoublèrent, puis tous se penchèrent sur les corbeilles pour admirer ce beau pain. Il y avait de la gravité et du respect dans les yeux. Personne ne tendait la main pour en prendre une tranche. On entendait :

– Sentez-moi cette odeur de froment !

– C'est autre chose que cet infect mortier de son cuit qu'ils nous obligent à manger.

– Il y avait si longtemps qu'on n'en avait pas vu qu'on ne se rappelait plus que c'était si blanc, du vrai pain.

– Dans le temps, on n'en faisait pas de cas, on trouvait que c'était tout naturel d'en avoir à volonté.

– Et on n'était pas souvent content. On se plaignait au boulanger : « Cette miche est trop cuite… Ce grand pain ne l'est pas assez. »

– À l'armée, il y en avait même qui en jetaient, de ce beau pain blanc !

La mémé dit en souriant mélancoliquement qu'il en était de même de toutes les choses de la vie, surtout de la jeunesse et des personnes qu'on aimait : on ne les appréciait à leur vraie valeur que lorsqu'on les avait perdues.

Puis les citadins parlèrent des restrictions en plaisantant, car ils savaient que ce jour-là, au moins, ils allaient en être à l'abri :

– J'ai vu un dessin humoristique dans un journal. Il y avait une très longue file de personnes qui faisaient la queue, avec les paniers, les cabas et, au loin, très loin, en tête de la file, on apercevait un poteau avec une pancarte dans un terrain vague. Et le dernier arrivé demandait aux autres : « Pourquoi fait-on la queue ? » Et ils lui répondaient : « La pancarte là-bas, c'est un permis de construire une épicerie qui est affiché. Les travaux doivent commencer la semaine prochaine. »

– Et la blague qu'on dit partout : « Je vous offrirais bien une tasse de café si j'en avais ; mais voilà, je n'ai pas de sucre et je n'ai même pas de charbon pour le faire chauffer. »

– Et la définition du troc : « Donne-moi de quoi que t'as, je te donnerai de quoi que j'ai. »

– Et la réponse des chansonniers à Hitler quand il a fait ramener, l'hiver passé, les cendres de l'Aiglon aux Invalides en croyant amadouer les Parisiens : « Les cendres, on s'en fout. C'est du charbon qu'il fallait nous envoyer à la place ! »

L'oncle de Marcelline qui était un homme grand, sec et presque chauve, avec de petits yeux malicieux, profita de quelques instants de silence pour commencer à dire d'une voix forte :

– Moi, quand je vais dans une maison que je ne connais pas, je ne me mets jamais à table sans avoir fait une visite à la cuisine. J'en viens. Martial n'a pas voulu faire imprimer des menus et il a eu raison de préférer vous faire aller de surprise en surprise. Je peux même dire de merveille en merveille. Et votre étonnement qui a commencé avec le pain blanc va se poursuivre tout au long de ce repas dont nous rêverons tous longtemps. Je ne veux pas tout dévoiler, mais je vais vous dire simplement que j'ai vu un civet de garenne qui mijote doucement dans sa sauce noire et épaisse et que, rien qu'à le sentir, c'est comme si on l'avait déjà sur la langue avec son parfum d'ail, de lardons, de thym, de vin chaud, d'oignons, de persil et de laurier.

Martial souriait d'aise en écoutant ce nouvel oncle qui savait si bien parler, en caressant ses moustaches, des bonnes choses de la table et qui était arrivé le matin de son Périgord avec deux paniers d'osier à couvercle pleins de bouteilles de vin de Bergerac et de boîtes de pâtés de foie gras.

Tout à coup, Michaudon entra précipitamment. Il s'approcha de Martial et se pencha pour lui parler à l'oreille. Le visage du marié devint subitement inquiet.

– Qu'est-ce qui se passe ? demandèrent des voix.

Mais Martial se leva brusquement sans répondre, en renversant sa chaise dans sa précipitation.

Les invités, muets, regardaient les deux hommes traverser la salle à grands pas.

– Raymond et Jean-Claude, venez ! dit Martial en se retournant avant de passer la porte.

Les deux garçons sortirent à leur tour, tout étonnés.

– Allons dans le jardin, dit François, nous y serons plus tranquilles pour parler.

Dès qu'ils furent tous les quatre à l'extérieur, Martial expliqua à voix basse aux garçons :

– Voilà, je vous ai demandé de venir parce que vous étiez avec nous hier soir quand le pépé est mort et que, depuis un moment, il se passe quelque chose de nouveau et de très grave. Un homme qui se trouvait il y a cinq minutes chez la mère Cul de Satin sort d'ici à l'instant. Il est venu prévenir François que deux contrôleurs sont là-bas, en train de l'interroger et de fouiller partout. Vous comprenez, ils cherchent sûrement des choses qu'elle n'a pas le droit de vendre.

– Alors, ils vont sans doute venir ici après ? demanda Raymond.

– Oui, c'est à craindre, dit François. Et c'est pour ça que nous devons parer le coup sans perdre une minute.

– Ce qui est à redouter, c'est qu'ils trouvent le pépé tout raide sur son lit de mort avec les autres qui rigolent en bas, alors qu'on a même pas été dire à la mairie qu'il a passé l'arme à gauche, dit Martial.

– Le pépé, dit François, à la rigueur, ça pourrait s'arranger parce que, après tout, ce n'est pas leur service, la déclaration des morts. Les viandes, l'huile, le beurre et tout le reste, ça passerait, parce qu'on est couverts par l'autorisation de la mairie. Mais ce qui ne passerait pas, c'est le pain blanc. Et par-dessus le marché, il est frais, alors que des boulangeries ont été fermées uniquement parce qu'on y avait vendu du pain même pas blanc, mais qui avait été cuit le jour même. Et on trinquerait tous. En tête le meunier et le boulanger, puis moi, puis toi, Martial…

– Et celui qui le sentirait le plus durement passer, ce serait le meunier, parce qu'il a déjà été condamné. Il irait en prison à tout coup, dit Martial.

Raymond proposa :

– Alors, il faut tout cacher en vitesse : le pépé et le pain.

– Le pépé, répondit Martial, on va le laisser où il est. On dira aux contrôleurs qu'il vient de mourir. Ils n'iront pas le tâter pour savoir s'il est encore tiède ou déjà froid.

François l'approuva :

– D'accord, mais il faut que les gens de la noce soient au courant pour que les contrôleurs ne les trouvent pas en train de chanter en arrivant. Ça la foutrait mal !

Martial dit :

– Oui, je vais le leur annoncer.

Puis il se mit à rire et ajouta :

– Ça va sûrement jeter un froid !

– Juste avant de manger, remarqua Raymond, ça risque même de couper l'appétit à plus de quatre.

– Tant pis, il faut le faire, mais ce qui presse le plus, c'est de camoufler le pain. Où va-t-on le fourrer ? demanda François.

Martial fit un geste évasif.

– Si on avait eu un peu plus de temps, on aurait pu l'emporter chez nous. Ils ne l'auraient pas trouvé, mais maintenant c'est trop tard, on risquerait de les rencontrer en chemin. Il faut donc le cacher chez toi.

– Oui, mais où ?

Tous les quatre demeuraient perplexes. Plusieurs cachettes furent proposées, mais aucune ne parut absolument sûre.

Les minutes passaient. De temps en temps, Jean-Claude allait observer la rue avec angoisse. Raymond avait le front barré de trois profonds sillons verticaux, ce qui chez lui était le signe d'une intense activité intellectuelle. Martial se grattait la tête en s'enduisant les doigts de brillantine. Soudain, son visage s'illumina. Il frappa sa paume gauche de son poing droit et s'écria :

– Ça y est ! J'ai trouvé… le cercueil !

Les autres le regardaient, éberlués.

– Oui, dans le cercueil du pépé ! On va l'apporter dans sa chambre, à côté de lui et après, on y mettra tout le pain. On rabattra le couvercle et ce sera un cercueil innocent qui attend son mort, un point, c'est tout. Vous pensez bien qu'ils ne le feront pas ouvrir. Même s'ils en avaient l'idée, ils n'oseraient pas.

François se mit à rire :

– Ça, c'est une riche idée !

– Ce qui m'y a fait penser, c'est que j'ai appris, il n'y a pas longtemps, qu'un boulanger de je ne sais plus quelle commune avait transporté toute une fournée de pain blanc dans un caveau en construction pour que les contrôleurs ne la trouvent pas chez lui.

Jean-Claude était écœuré :

– Du pain dans un cercueil ! Mais c'est dégoûtant. Moi, je n'en mangerai pas après.

– Pourquoi ça serait dégoûtant ? demanda Martial. Le cercueil est tout propre, vu qu'il n'a jamais servi. Il y a bien des maies qui ne sont pas aussi propres que lui.

François dit à Jean-Claude :

– Tu n'as pas besoin de t'inquiéter, parce qu'on va envelopper tout le pain dans des linges, celui qui est sur les tables et toutes les miches qui sont encore entières.

– Et il ne restera pas longtemps dans le cercueil, ajouta Martial. Un contrôle, c'est l'affaire d'une petite heure au plus et, sitôt qu'ils seront partis, tout le pain reviendra sur les tables. Et « Bon appétit, messieurs dames ! ». Ça va un peu nous retarder pour commencer à manger, c'est tout. Ça va faire l'occasion de boire un ou deux apéritifs de plus en attendant.

François décida :

– Allez, il ne faut plus perdre de temps, maintenant. Toi, Martial, va expliquer ce qui se passe à ceux de la noce. Et vous, les deux garçons, je vais vous donner une nappe. Vous la tiendrez tendue à chaque bout et vous passerez devant les tables pour collecter le pain. Moi, je vous suivrai pour voir s'ils rendent bien tout. Parce qu'il y en a peut-être qui seraient assez canailles pour en garder sur leurs genoux. Ce n'est pas la peine de s'affoler parce que les contrôleurs en ont encore au moins pour une demi-heure chez la mère Cul de Satin, mais il ne faut pas lambiner quand même.

Martial n'y alla pas par quatre chemins. Il assena les deux informations coup sur coup aux invités sans leur laisser le temps de reprendre leurs esprits. À peine venaient-ils de lever les yeux au plafond en apprenant qu'un cadavre était au-dessus de leur tête qu'ils les rabaissèrent sur les tables en suivant le geste de la main qui leur désignait le pain qui allait leur être enlevé sur-le-champ.

Dans le désordre et le brouhaha qui suivirent, il n'y eut qu'un seul invité qui ne perdit pas son sang-froid : le filleul de Marcelline. Debout sur sa chaise, la main gauche sur le cœur, le bras droit levé, comme Rouget de Lisle dans le livre d'histoire, il chanta enfin *Les Trois Orfèvres* sans être interrompu ; puis il enchaîna aussitôt avec une autre chanson dont il n'indiqua pas le titre, mais que Raymond et Jean-Claude, qui l'écoutaient en accomplissant leur collecte, trouvèrent émouvante, car elle contait qu'une grand-mère conservait pieusement, pendues dans son escalier, de chères reliques ayant appartenu au grand-père décédé.

Vers quatre heures de l'après-midi, alors que les invités avaient juste fini de manger la sauce du civet de garenne avec une petite cuillère, et qu'ils parlaient à mi-voix par respect pour le mort, on apprit que les contrôleurs avaient quitté Saint-Sernin, mais que, de toute façon, les Michaudon n'avaient aucune raison de redouter leur visite, car ces fonctionnaires appartenaient à la mondaine.

Les aubergistes rapportèrent aussitôt le pain sur la table. Mais dès la première bouchée, il se révéla immangeable, car il était imprégné d'une infecte odeur de produit chimique. François Michaudon se souvint alors que le pépé lui avait dit, lorsqu'il avait fait revernir son cercueil quelque temps avant de mourir, qu'il en avait également fait badigeonner l'intérieur avec un insecticide pour combattre les vrillettes qui en avaient attaqué le bois.

36

Dès le mois de juillet, Jean-Claude avait eu l'idée de confectionner un herbier.

Il s'était procuré de grandes feuilles de papier à dessin, de la colle et des vieux journaux dont il avait tapissé le fond d'un carton à vêtements qu'il transportait attaché sur le porte-bagages du vélo de son oncle.

Il choisissait après de longues hésitations les plantes qu'il jugeait dignes de figurer dans sa collection. Il attendait patiemment leur floraison complète, et alors il les arrachait en ayant soin de ne pas endommager leurs racines, puis il les plaçait avec précaution dans le carton, entre les pages des journaux, pour les transporter au vieux moulin.

Il lavait soigneusement les racines dans la rivière, puis il faisait sécher lentement ses végétaux à l'ombre sur le plancher de la salle haute.

Plus tard, il les étalait entre des feuilles superposées qu'il plaçait sous des presses rudimentaires faites de planches matelassées de papier et chargées de grosses pierres. Il les visitait tous les jours, dépliant délicatement les pétales et les feuilles froissées.

Enfin, lorsque les plantes étaient momifiées à sa convenance, il les fixait sur les feuilles de papier à dessin. Puis, quand il avait trouvé leurs noms dans la vieille flore qu'il avait empruntée à l'armoire-bibliothèque de l'école, il les recopiait en calligraphiant en ronde ceux qu'il trouvait les plus beaux : éperon de chevalier, robin en guenilles, mignonnette, char de Vénus, delphinette, clochette des blés, amourette, capuchon de moine, lampette, miroir du temps…

Après avoir demandé à Raymond comment s'appelaient certaines plantes en patois, il écrivait *Trénuge* sous Chiendent, *Chausside* sous Chardon des champs, *Pétareau* sous Digitale et *Japissous* sous Capitules de la bardane commune.

Un jour, après six semaines de travail, il montra sa collection à ses amis.

Entre autres, ils purent admirer la vesce ou jarosse qui grimpe autour des tiges de blé et qui a des fleurs ailées comme des papillons rouges et, plus tard, des gousses de graines qui éclatent au soleil ; la persicaire qu'on nomme aussi renouée à cause des nœuds de sa tige et qui a des feuilles en forme de lance et des épis d'un beau rose ; la nielle qui forme des taches rouge violet dans les champs de blé ; le laiteron ou palais de lièvre qui a des fleurs jaunes aux pétales très serrés ; la folle avoine qui essaie de passer inaperçue, par mimétisme, dans les champs de céréales, avec ses minuscules épis qui tremblotent au vent ; la moutarde sauvage avec ses fleurs jaunes groupées en bouquets épais…

Il avait également collé sous chaque planche, à côté de la plante, quelques échantillons de ses graines. Celles du coquelicot étaient minuscules et rougeâtres. Certaines, comme celles du pied de baudet ou tussilage, portaient des aigrettes. D'autres ressemblaient à de minuscules brosses. D'autres, enfin, étaient des akènes frangés de cils... Trois îlots étaient vigoureusement cernés de rouge et signalés par la mention . POISON VIOLENT – DANGER DE MORT. C'étaient les graines de la digitale, de l'ivraie enivrante et de la sinistre éthuse, dite « petite ciguë », qui contribua tant à la popularité de Socrate.

Milou et Raymond furent vivement intéressés. Celui-ci disait, penché sur les planches :

– C'est autrement mieux que des dessins dans un bouquin. Là, tu vois tout en vrai, même si les couleurs passent un peu au séchage.

Puis il proposa de confectionner un long panneau d'affichage en bois afin d'y coller toutes les feuilles de la collection de Jean-Claude. Milou dit :

– Et en commençant l'an prochain depuis le printemps, et en s'y mettant tous les trois, je suis sûr qu'on arrivera à rassembler quatre fois plus d'échantillons.

Puis, comme il y avait plus de trois semaines qu'ils n'avaient pas visité les terres de Taupard, ils partirent pour une longue tournée d'inspection.

Ils ne furent pas déçus.

Ils montèrent d'abord voir le champ de sarrasin que Raymond et Milou avaient ensemencé en plein jour pendant que Jean-Claude faisait le guet. Ils s'arrêtèrent, émerveillés. On aurait dit une prairie de hautes herbes. À peine distinguait-on, çà et là, grâce aux épis en fleur, quelques touffes de blé noir.

Raymond était fou de joie. Il dit sans modestie :

– Ah ! je suis content de moi. Pour la première fois que je semais, je ne l'ai pas loupé, ce champ.

Milou remarqua :

– Les crêpes et les galétous ne leur feront pas mal au ventre cette année, aux deux Taupard.

– Ils n'oseront pas moissonner ça pour le faire passer à la batteuse. C'est tout juste bon à faire du fourrage pour les vaches, dit Raymond.

Ils visitèrent ensuite les champs de betteraves, de carottes, de navets et de rutabagas. Ceux-là avaient déjà été sarclés deux fois. Mais les trois semeurs y étaient revenus après les sarclages, avec leurs paniers pleins de graines, les soirs de pleine lune, avant d'aller se coucher. Et un jeune gazon d'un beau vert tendre recommençait de monter à l'assaut des plantes fourragères et des légumes.

Leur joie atteignit des sommets lorsqu'ils virent les trois champs de pommes de terre. Chacun d'eux était un petit chef-d'œuvre. Le chiendent y formait de larges zones d'un vert cru piqué d'une infinité de clochettes de liseron. On ne voyait plus une tige feuillue de pomme de terre. Et pour cause : les doryphores qui y avaient été déversés à pleins seaux en avaient dévoré les feuilles et les herbes parasites recouvraient la plupart des moignons restants.

– Ce que tu disais pour les galétous, fit Raymond, c'est pareil pour les patates. Ça m'étonnerait qu'il fasse une indigestion de frites avec celles-là.

Milou riait :

– Oui, je crois qu'il pourra seulement s'en servir pour jouer aux billes avec sa femme, parce qu'elles ne doivent pas être guère plus grosses que ça, ses patates.

Jean-Claude demanda :

– Combien de temps ça va lui prendre pour nettoyer toutes ces mauvaises herbes ?

Raymond réfléchit :

– Une semaine au moins par champ avant d'avoir remis la terre bien propre. Et, si minables qu'elles sont, il faut quand même qu'il les récupère, ses patates, parce qu'elles feraient des pousses qu'il faudrait arracher l'année prochaine.

– Et aussi bien le chiendent que le liseron, il faut enlever le moindre petit bout de racine, comme tu l'as vu avec nos expériences, sinon ça repartira l'an prochain. C'est un travail de longue haleine que je ne voudrais pas avoir à faire, dit Milou.

– Moi non plus, fit Raymond. Tu vois, au lieu de faire ça, j'aimerais mieux être obligé de revenir à l'école.

– Rassure-toi, ce n'est pas nous qui le ferons, répondit Milou.

Comme ils se préparaient à reprendre leurs vélos, ils virent venir les deux sœurs Paugnat, deux vieilles bigotes, courtaudes, rondes, joufflues et moustachues, éternellement vêtues de noir des pieds à la tête, et qui se ressemblaient comme deux perles d'un même chapelet. Elles s'arrêtèrent et regardèrent le champ un moment en silence.

– C'est-y Dieu possible de voir ça ? dit l'une d'elles.

– Et toutes ses terres sont dans cet état. Et uniquement les siennes. C'est le Ciel qui le punit de sa méchanceté et ce n'est que justice, répondit l'autre.

Milou dit à mi-voix en donnant le premier coup de pédale :

– Le ciel, mon cul, oui !

37

Taupard avait l'habitude de dire qu'il aimerait mieux se casser une jambe plutôt que de ne pas avoir, malgré les restrictions, au moins vingt-cinq litres de vin d'avance dans sa cave.

Son vœu fut exaucé au double de ses espérances un matin de la fin du mois d'août : il perçut cinquante litres de vin (la ration mensuelle du couple à laquelle s'ajoutait l'allocation spéciale de battage) et il se cassa les deux jambes en descendant le tonneau à la cave, car ses pieds ayant glissé sur la première marche, il dégringola les douze autres sur le dos et s'étala sur le sol, juste à temps pour recevoir sur les tibias le fût qui rebondit ensuite contre la muraille où il se fracassa.

Alertée par le bruit, sa femme accourut, le traita de bon à rien à cause du vin perdu et, à tout hasard, de soûlaud, bien qu'il ne fût que neuf heures du matin. Mais, contrairement à ses habitudes, il ne releva pas ces insultes : il ne les avait pas entendues, parce que ses oreilles étaient déjà pleines de sang et surtout parce qu'il était évanoui.

Outre les fractures, il s'était fait un trou dans la tête en tombant sur un picot qui se trouvait dans la cave. Et, tandis que l'ambulance l'emmenait à l'hôpital, le bruit commença à circuler que la mort pourrait bien entrer par ce trou. Les plus optimistes de ses ennemis disaient que le dicton qui affirme que ce sont les meilleurs qui s'en vont les premiers pourrait bien être démenti bientôt. Les autres, c'est-à-dire le reste des habitants du village, pensaient qu'il s'en remettrait rapidement, car, disaient-ils, les bêtes sauvages ont une vitalité extraordinaire.

Dès que Raymond apprit l'accident, il songea à Milou et il dit à son cousin :

– Viens, on va aller lui annoncer la nouvelle. Il n'est sans doute pas encore au courant. Tu vas voir sa tête quand il va apprendre ça. Il n'a pas fini de rigoler... Tu ne peux pas savoir comme je suis content d'être le premier à le lui dire.

Et le grand gaillard se frottait les mains, car il savait qu'on éprouve un plaisir presque aussi vif en annonçant une bonne nouvelle à un ami qu'en en annonçant une mauvaise à un ennemi.

Ils coururent à l'écluse.

Ils trouvèrent Milou qui, ainsi que Maître Cornille lorsqu'il eut constaté que son secret était découvert, était assis tristement devant son moulin, la tête entre les mains et les coudes aux genoux.

Ils furent déçus, car il avait déjà appris l'accident. Et, à leur grand étonnement, il se mit à se lamenter :

– C'est une catastrophe ! Le voilà estropié des jambes et de la tête... Et il va peut-être mourir. À l'heure qu'il est, l'ambulance emporte sûrement un cadavre à l'hôpital. En arrivant, ils vont débarquer un mort si froid qu'ils trouveront que ce n'est pas la peine de le mettre dans un lit, mais directement dans un cercueil, avec des bougies autour. C'est une catas-tro-phe !...

Les deux autres, qui ne comprenaient pas cette pitié, étaient interloqués.

– Qu'est-ce qui te prend ? Tu blagues ou quoi ? demanda Raymond.

– Moi, blaguer !... Je te jure que je n'en ai pas envie. Un malheur pareil, ça me ferait plutôt pleurer... Qui aurait pu prévoir ça ce matin ? Je l'ai vu un quart d'heure à peine avant. Il ramenait ce barricou du diable dans son tombereau et il marchait devant ses bœufs, fier comme un vieux pou sur une cravate neuve. Il avait sa casquette en arrière, sa figure rouge et ses yeux rigolards. Et méchant comme d'habitude. Le temps que je l'ai regardé, je lui ai vu foutre un maître coup de pied au cul au plus petit des Pécoud parce qu'il ne se tirait pas assez vite de son chemin et, aussitôt après, il a déplié un coup de guyade sur les reins du chien rouge des Micoulet, sans raison, uniquement pour le plaisir. La forme des grands jours, quoi !... Ah ! non, personne ne pouvait deviner ce qui allait lui arriver.

Il se tut un instant et fut soudain pris par un accès de colère :

– Mais, bon sang ! Il ne pouvait pas descendre son barricou comme tout le monde ?... avec des madriers et des cales pour le retenir. Ce n'est pas permis d'être aussi mal dégourdi !

– Est-ce que tu ne te foutrais pas de nous, par hasard ? demanda Raymond. Tu ne vas quand même pas essayer de nous faire croire que tu le plains ?

Milou le regarda avec des yeux ronds :

– Qui t'a dit que je le plaignais, cette charogne, ce blaireau, ce putois ?

Puis il s'indigna à l'idée d'être soupçonné par ses amis d'un sentiment aussi bas :

– Mais vous ne comprenez donc rien ? Quand je dis que son accident est une catastrophe, ce n'est pas à lui que je pense, mais à nous.

– À nous ? Et pourquoi ? demanda Raymond.

Milou fut si profondément navré par le caractère débile de cette question que ses bras en tombèrent.

– Mais, grand couillon, tu ne vois donc pas plus loin que le bout de ton nez !... Alors, à ton avis, dis-moi ce qu'on va faire de tout notre stock de graines... Tu ne penses tout de même pas qu'on va lui ensemencer ses terres pendant qu'il sera à l'hôpital entre la vie et la mort ? Et probablement plus près de la mort que de la vie !

– Tu as raison, dit Jean-Claude, on ne peut pas faire ça, ce serait une lâcheté.

Milou affectionnait les termes techniques presque aussi difficiles à prononcer qu'à écrire, mais il détestait les grands mots qui se rapportent à la morale ou aux sentiments.

– La lâcheté, je m'en fous, répondit-il avec une grande douceur dans la voix, mais je n'ai pas envie qu'on se crève à semer des graines que Taupard ne verra peut-être jamais lever, parce que, les morts, c'est bien rare qu'ils rouvrent les yeux quand on les leur a fermés. Donc, pas question de semer. Et toutes nos graines qu'on a eu tant de mal à rassembler, elles risquent bien de nous rester sur les bras. Voilà pourquoi je dis que c'est une catastrophe.

– Mais enfin, dit Raymond, je n'y comprends rien. Tu voulais lui faire du mal pour te venger. Il lui en arrive pire que tu pourrais lui en souhaiter, et sans qu'on s'y attende ! Et tu n'es pas content ? Tu ne sais pas ce que tu veux, alors ?

– Si. Mais le mal, je voulais le lui faire moi-même. Je n'avais pas besoin de son barricou pour me donner un coup de main. Je l'aurais eu à l'usure pendant des années s'il avait fallu. C'était tout juste commencé. Et un jour, bien plus tard, quand j'aurais été plus costaud que lui et que je n'aurais pas risqué de me faire dérouiller, je serais allé lui dire que les mauvaises herbes, c'était nous... Et c'est ça qui aurait été ma vengeance. Mais si on me l'enlève maintenant que tout était bien préparé, je ne suis pas content du tout. Voilà l'explication.

La matinée fut morose. Malgré la pluie qui ne cessa de tomber, ils pêchèrent dans l'écluse, mais sans presque se parler. Même les goujons boudaient les vers de vase. Milou lançait sa ligne rageusement. À un moment, son hameçon s'accrocha dans la branche basse d'un chêne au-dessus de l'eau. Il s'avança sur une roche pour tenter de le décrocher. Mais la pierre était mouillée et ses pieds glissèrent. La ligne cassa et Milou tomba assis dans l'eau jusqu'au cou, la bouche déformée par les jurons. Il s'en alla, tout ruisselant, vers le moulin neuf pour changer de vêtements. Il arriva malencontreusement au milieu d'une scène de ménage qui avait éclaté entre ses parents. Il reçut, sitôt entré, et à toute volée, la gifle que sa mère n'osait pas donner à son père.

Ce fut vraiment une sinistre matinée.

Vers le soir, Léonie Taupard revint de Limoges et s'arrêta sur la place pour répondre aux questions des Michaudon. Bientôt, un petit attroupement se forma autour d'elle. Milou et Raymond s'y joignirent et apprirent que Taupard avait été opéré l'après-midi, qu'on l'avait ramené méconnaissable dans sa chambre, la tête enveloppée de pansements, qu'on lui donnait à boire de l'eau avec une petite cuillère – Vous ne le croiriez pas, de l'eau ! à lui... – et que le chirurgien ne pouvait pas encore dire s'il était hors de danger de mort.

Léonie conclut paisiblement :

– À mon avis, pour qu'il s'en tire, il faudrait un miracle !

Milou entraîna Raymond à quelque distance du groupe et lui demanda :

– Ça va chercher dans les combien, un cierge qu'on fait brûler dans les églises pour les miracles ? Tu le sais, toi ?

– Non, je ne le sais pas, mais ça m'étonnerait si ça existait encore, les cierges. On ne trouve même plus de bougies sans tickets !...

Il réfléchit un instant et dit :

– Remarque, chez nous, il en reste une, de bougie. Elle est à moitié neuve... Si t'en as besoin, t'as qu'à le dire, je te la prêterai en douce.

– Ce n'est pas que j'y crois beaucoup, mais on pourrait peut-être essayer. On ne risque rien après tout. Elle est longue comment ta bougie ? demanda Milou.

– Comme ça, répondit Raymond en écartant en compas son index de son pouce.

– Je ne sais pas, dit Milou, si ça ferait pareil qu'un cierge. La flamme, je ne dis pas. Mais la taille n'y serait pas. Ça paraîtrait peut-être un peu regretté.

38

Raymond et Jean-Claude apprirent la nouvelle qui les frappa de stupeur un soir du début de septembre, alors qu'ils venaient de ramener les bêtes du pré où ils les avaient gardées tout l'après-midi.

C'était un soir doux et un peu triste avec des senteurs d'humus mouillé, des senteurs de fin d'été. Il avait plu, mais le soleil reparaissait entre les nuages du couchant et projetait un gigantesque arc-en-ciel qu'admirait Sylvette, campée au milieu de la cour. Elle tentait d'ameuter tous les Poutarot et le chien pour les inviter à venir partager sa joie :

– C'est un pont de toutes les couleurs. Venez tous le voir. S'il est encore dans le ciel cette nuit, je vous assure que ça sera rudement beau. Il a une jambe qui est plantée pas bien loin d'ici, de l'autre côté de la rivière. Moi, je veux aller voir ça de près.

Mais personne ne répondait à son invitation, car sa grand-mère et sa tante étaient dans la cuisine, son oncle, son frère et son cousin dans l'étable, occupés à faire rentrer le bétail.

Quand les vaches furent attachées à leurs chaînes, Martial emmena les garçons dans la grange et leur annonça :

– Il y a la Léonie qui est venue pendant que vous étiez aux champs. D'abord, elle nous a dit que les médecins n'étaient pas prêts à donner un bon de sortie à Taupard parce qu'il ne se remettra jamais complètement de cet accident. Il n'a plus sa tête à lui. Il tremble des babines et il est maigre à en être méconnaissable. Une chose est sûre, c'est qu'il a fait plus de misères au monde qu'il en fera. Bon. Quand elle m'a eu expliqué ça, elle m'a proposé de prendre leurs terres en fermage, parce qu'elle ne veut pas entreprendre de les travailler toute seule. Et en un sens, elle n'a pas tort. La place d'une femme n'est pas aux manches de la charrue, derrière la queue des bœufs. Ça sera déjà pas mal si elle peut faire aller, sans personne, le jardin, les prés, les vaches et les veaux.

Jean-Claude entrevit la catastrophe et réagit le premier :

– Mais ce n'est pas possible de les lui louer ! Tu les as vues, ses terres, tonton ? Elles sont toutes vertes de mauvaises herbes !

– Oui, intervint Raymond, les herbes y sont tellement épaisses qu'on ne voit plus qu'elles et il faudrait être rudement malin pour deviner ce qui a été semé dessous.

Et il ajouta hypocritement :

– On pourrait presque croire qu'elles ont été semées !

Martial les regardait, étonné :

– Et vous avez vu ça, vous autres ? Eh bien ! on peut dire que les jeunes gars d'aujourd'hui savent mieux regarder autour d'eux que nous quand on avait leur âge. Ce n'est pas moi qui aurais été remarquer ça tout seul, même à plus de quatorze ans.

– Oh ! nous, on a vu ça, comme ça, par hasard, en passant. Tout à fait par hasard, fit Jean-Claude avec modestie.

– Eh bien ! figurez-vous que, moi aussi, je le sais dans quel état elles sont leurs terres. Et il faudrait qu'un qui est du métier soit aveugle pour ne pas avoir remarqué à quel point elles sont abolies. On en parlait l'autre jour avec les autres. De mémoire d'homme, personne n'avait vu ça à Saint-Sernin. Mais ne vous inquiétez pas, ça ne me fait pas peur. Ça ne sera pas la mer à boire.

Ce futur soudain inquiéta Jean-Claude.

– Mais tu n'es sans doute pas encore décidé, tonton. Tu ne lui as pas donné de réponse pour de bon ?

Martial sourit et répondit :

– Si, c'est fait : je lui ai dit que je les prenais, ses terres.

La stupéfaction des garçons fut telle qu'il les regarda un instant, amusé.

– Ça vous épate, hein ! Eh bien, moi, je suis comme ça – et je crois bien que tous les Poutarot d'avant moi étaient pareils –, quand les choses me conviennent, je me décide d'un seul coup, sans tourner des heures autour du pot. Et je vais vous l'expliquer, ce qui m'a empêché d'hésiter. D'abord, il y a deux bras de plus dans la famille : ceux de Marcelline et vous avez pu le voir aussi bien que moi, le travail de la terre ne lui fait pas peur et elle ne se débrouille pas si mal que ça pour une qui ne l'avait jamais fait avant. De plus, Raymond ne va plus revenir à l'école à la rentrée, à moins que le père Marty accepte de le reprendre, vu qu'il n'aura pas encore tout à fait ses quatorze ans au mois d'octobre. Enfin, justement à cause de toutes ces mauvaises herbes, j'ai pu obtenir de la Léonie un prix de fermage assez bas pendant les deux premières années. La discussion n'a pas été longue. Elle a été d'accord immédiatement. Et sitôt d'accord, sitôt fait. Tope là, c'est dit ! Un papier, de l'encre, un porte-plume... Et on a écrit et signé une sorte d'engagement vite fait, mais qu'on ne peut plus se dédire parce que c'est écrit et signé. En règle, quoi !... Un coup de buvard dessus !... Et terminé ! Voilà comme je suis en affaires, moi.

Raymond et Jean-Claude se regardaient, consternés.

Martial poursuivit :

– Comme je l'ai dit à votre grand-mère et à Marcelline, il y a au moins une bonne quinzaine de journées à ne pas fourrer les deux pieds dans le même sabot, à s'y atteler du matin au soir pour remettre toutes ces terres en état de travail. Alors, pas de temps à perdre, on commence demain matin, sitôt le soleil levé. Et quand je dis « on », ça veut dire nous tous. On partira tous en chœur, à la pique du jour, sauf la mémé qui viendra nous apporter le repas de midi et qui repartira après. On travaillera tout le matin et on ne s'arrêtera que le temps de manger et de faire une petite pause. Et, aussitôt après, au travail !... Plus tôt ce sera fini...

Martial prit un temps et sortit de la poche de sa veste deux objets enveloppés dans du papier.

– Mais comme je vais vous bousiller une quinzaine de jours de vos vacances, je vous ai fait un petit cadeau. Je sais bien que ça ne compensera pas, mais ce sera toujours ça ! Voilà, aujourd'hui, pendant que vous étiez partis, il y a des gens de je ne sais pas où qui sont passés dans les maisons pour acheter ce qu'on voulait leur vendre. Ça fait déjà sept ou huit mois qu'ils viennent faire leur trafic à Saint-Sernin, mais c'est la première fois qu'on les voit chez nous. Bref, ils ont deux valises pleines de bidules, des savonnettes d'avant-guerre, du vrai café, des livres, des peignes, des stylos Et. si on veut, ils paient ce qu'ils achètent avec ça. Nous, on leur a laissé des œufs et des pommes de terre et ils nous ont donné de leur marchandise à la place. Alors, j'ai pensé à vous et voilà ce que je leur ai pris pour chacun de vous deux.

Il déplia le papier et tendit deux stylos de pacotille aux garçons qui reconnurent aussitôt le modèle que Raymond avait dérobé à Taupard le jour où il leur martyrisait le nez !

Les premières secondes d'ahurissement passées, Jean-Claude demanda :

– Et il y a longtemps qu'ils les distribuent leurs stylos ?

– Depuis qu'ils viennent. Peut-être depuis l'hiver passé. Les autres du village en ont presque tous et ils disent qu'ils n'écrivent pas si mal que ça, ces stylos. Ils ont des plumes en verre, vous verrez !

Les deux garçons étaient abasourdis. Ils sortirent de la grange et allèrent dans le jardin, et se laissèrent tomber sur le banc de bois sous le lilas.

– Eh ben ! mon vieux, fit Raymond, on peut dire qu'on en a pris plein la gueule en même pas cinq minutes.

– Plein la gueule pour pas un rond, ajouta Jean-Claude qui avait retrouvé son accent de Belleville.

Ils firent le point.

D'abord, il n'était pas certain que le dénonciateur fût Taupard, puisque ces stylos avaient pu être achetés par n'importe qui, non seulement à Saint-Sernin, mais n'importe où ailleurs. Ensuite, ce qui était terrible, c'était de penser qu'ils allaient être obligés de détruire eux-mêmes toutes les herbes qu'ils avaient eu tant de mal à semer.

– Non seulement on a loupé Taupard qu'on visait,

mais nous, on ne s'est pas ratés. On s'est piégés nous-mêmes comme des rats, alors qu'on n'est même plus sûrs que c'était lui le salaud, dit Raymond.

Jean-Claude était atterré. Il resta longtemps silencieux, puis, lui qui pourtant détestait les mots grossiers, il explosa :

– On est des cons, quoi ! des vrais cons !

– Il n'y a pas que les autres qui sont des cons, dit Raymond avec philosophie. De toute façon, on est toujours un con pour quelqu'un. L'avantage, c'est que, dans cette affaire, si on se tait, personne ne le saura et ne se foutra de notre figure. Mais pour ce qui est des vacances, on peut faire une croix dessus. Il a dit quinze jours pour pas nous faire peur, mais je suis sûr que ça ne sera pas fini le jour de la rentrée

39

Ces journées de travail champêtre leur parurent interminables. Ils partaient dans l'aube fraîche de septembre, mal réveillés, marchant dans les chemins d'un pas engourdi derrière Martial et Marcelline qui, eux, allaient, bras dessus bras dessous, joyeux, parfois s'embrassant ou se chuchotant des mots tendres à l'oreille.

Milou, qui s'était porté volontaire par solidarité, ne tardait guère à venir les rejoindre. Son visage était souriant, comme d'habitude, mais en y regardant plus attentivement, on remarquait que ses traits étaient durs et que dans ses yeux brillait une lueur froide inaccoutumée.

Ils commencèrent par désherber les champs de pommes de terre. Les trois garçons avançaient les premiers, côte à côte. Ils coupaient à la faucille ou arrachaient à la main les mauvaises herbes afin de dénuder grossièrement le sol. Derrière eux, Martial et Marcelline déterraient à la houe les malheureux tubercules qui végétaient, atrophiés par l'attaque des doryphores et asphyxiés par les plantes parasites. Plus tard, après avoir recueilli une récolte ridicule, on laissait sécher les tiges et les racines, puis on les brûlait. Martial pouvait alors labourer et herser plusieurs fois la terre retournée afin de la débarrasser en profondeur des rhizomes qui s'y trouvaient encore.

Ce jour-là, ils travaillaient tous les cinq dans le champ où les garçons avaient fait leurs premières semailles à la clarté de la pleine lune.

Martial, avant de commencer, examina les lieux et dit :

– Regardez ce que c'est les bizarreries de la nature. Partout il y a du chiendent et du liseron, sauf sur cette partie là-bas où la terre est à peu près propre. La démarcation est absolument nette. Allez savoir pourquoi !

Les trois amis se regardèrent. Eux, ils savaient : c'était la zone d'ombre que Milou avait généreusement épargnée cette nuit-là.

Les premières heures furent pénibles à cause de la rosée. Ils avançaient courbés, la faucille à la main, les mollets et les bras trempés. Ils fauchaient ou arrachaient comme ils pouvaient les touffes enchevêtrées de chiendent et de liseron en les saisissant à poignée comme des crinières. Milou était animé d'une sorte de rage rentrée. Parfois, alors qu'il tirait de toutes ses forces, le buste en arrière, sur une plante trop fortement enracinée, les tiges cédaient brusquement et il tombait à la renverse, le dos sur la terre humide. Mais, à cause de la présence de Marcelline, il n'avait même pas la compensation de crier les deux ou trois nouveaux jurons dont il avait fait l'acquisition pendant la récente période de battage.

Vers une heure, alors que le soleil avait séché la rosée depuis longtemps et qu'ils mouraient tous de faim, ils virent enfin arriver le panier des victuailles sur le chemin. Il avançait lentement balancé au rythme des sabots traînants de la mémé qui le portait pendu à son bras, tandis que le chien, les naseaux collés à la vannerie tressée, semblait le pousser du museau.

Ils se réunirent dans la châtaigneraie au bord du chemin pour prendre leur repas sur la mousse. La mémé remit à Martial un mot que Léonie avait apporté pour lui le matin même à la maison. Tandis qu'il le lisait, son visage devenait de plus en plus joyeux. Quand il eut terminé, il s'adressa à Milou :

– Voilà ! Elle m'écrit qu'elle a fait signer hier à Taupard la lettre que je lui avais dictée pour qu'il retire sa plainte contre ton père. J'avais mis ça comme condition à la location des terres, mais je n'avais pas voulu t'en parler avant d'être sûr que ça marcherait. Elle a accepté sans discuter, d'autant plus facilement que cette affaire de tribunal ne l'intéresse pas. Elle a même dit que s'il s'était fait caresser plus souvent les côtes de cette façon, ça lui aurait corrigé un peu le caractère. Bref, il a signé sans même comprendre ce que c'était, tellement il a la tête dérangée. Et la Léonie, elle a aussitôt envoyé la lettre au procureur. C'est donc fini. Ton père peut être tranquille maintenant. J'aurais voulu le lui annoncer moi-même, mais tu vois bien tout le travail qu'on a… Alors tu le lui diras…

Milou se fit répéter la nouvelle, il la répéta lui-même plusieurs fois, il remercia Martial, bégaya, essuya une larme, rit et dit :

– Ça alors, c'est formidable ! Ils vont en tomber assis. Ça va rudement les soulager. Surtout ma mère. Elle ne vit plus depuis que mon père a été convoqué par le juge d'instruction et qu'il l'a inculpé pour coups et blessures volontaires sous prétexte que ce salaud de Taupard l'accusait. C'était vrai, d'accord, il lui avait passé une tannée... Mais c'était quand même injuste, parce que le juge ne pouvait pas le savoir que c'était vrai. Il n'avait pas de preuves.

Il but d'un trait le verre d'eau rougie que lui tendait Marcelline et poursuivit :

– Ça va les soulager, mais moi aussi, ça va me soulager, parce qu'il ne se passait pas une journée sans que ma mère me foute une torgnole. Une seule, mais toujours sur la même joue. À tel point que je m'apprêtais à lui dire qu'elle change un peu de côté, sans ça, moi, à la longue, je vais avoir la gueule toute de travers, comme ça, fit-il en tordant la bouche.

– Elle était tellement inquiète. Il fallait qu'elle passe ses nerfs sur quelqu'un, dit Martial. Et je parie que c'était pour des deux fois rien qu'elle te l'alignait cette gifle quotidienne.

– Hier, ça va peut-être vous faire rire, j'y ai eu droit parce que j'avais remplacé une seule lettre par une autre dans un mot de son cahier de recettes de cuisine.

Tout le monde s'étonna :

– À cause d'une seule lettre ?

– Oui, une seule. Figurez-vous qu'elle copie des fois ses recettes au crayon noir. Alors un coup que je m'embêtais tout seul à la maison, il y a déjà longtemps, j'ai feuilleté son cahier et j'en ai lu une, de recette, pour faire un gâteau. Ma mère avait écrit à un endroit : « Parfumez votre pâte à l'anis. » Et moi, pour la faire rigoler quand elle le lirait – parce qu'en temps normal, elle aurait rigolé –, j'ai eu l'idée d'effacer l'i avec une gomme taillée en pointe et de le remplacer par un u. Et elle est tombée dessus hier soir. Voilà, c'est tout.

Les Poutarot éclatèrent de rire par rafales échelonnées. La mémé et Jean-Claude les premiers et Raymond le dernier, seulement quand Jean-Claude lui eut soufflé la phrase modifiée à l'oreille.

Martial jubilait :

– Eh bien, mon gaillard ! Imagine que ta mère ait prêté son cahier à une qui soit un peu simplette et qu'elle ait voulu suivre ta recette à la lettre, c'est le cas de le dire, tu lui aurais fait faire de la bonne pâtisserie, mon lascar !

– Ce qu'il y a d'embêtant, c'est que, des lettres, je lui en ai changé dans une bonne dizaine de mots et je ne peux même pas les corriger parce qu'elle a mis le cahier sous clef. Alors il se peut que la gifle d'hier soir ait des petites sœurs sans tarder.

Il y avait dans le panier deux grosses omelettes aux girolles encore tièdes. Marcelline servit chacun copieusement. Jean-Claude remarqua que les rôles étaient inversés depuis la première visite de sa tante, le dernier jour de la fenaison. Maintenant, c'était elle qui remplissait le verre de Martial dès qu'il avait bu une gorgée de vin et qui lui présentait les chanteaux de pain qu'elle avait taillés. C'était également elle qui se préoccupait de savoir s'il était bien installé et si le soleil qui filtrait entre les branches ne l'éblouissait pas. Mais pour Pataud, l'ordre du protocole demeurait inchangé : ce fut lui qui eut encore droit à la première tranche de pain durci de la tourte.

Quand il fut repu, Martial s'étira, bâilla et dit aux trois garçons, avant de s'allonger sur la mousse de la châtaigneraie :

– Les prunes de notre terre de la Grande Gorce, qui n'est pas bien loin d'ici, doivent être mûres. Vous devriez y aller voir en coupant à travers champs et nous en rapporter pour compléter le dessert. Mais emportez le panier et n'oubliez pas de prendre un bâton pour vous expliquer avec les vipères si vous en trouvez sur votre chemin.

Après cinq minutes de marche, ils arrivèrent au pied du prunier chargé de fruits bien mûrs. C'était un arbuste qui avait poussé là, près de la lisière de la forêt, on ne savait comment, sans y avoir été planté, et qui, bon an mal an, donnait une abondante récolte de prunes d'une grosseur médiocre, peu sucrées, plutôt aigrelettes, mais d'une saveur très agréable. Les Poutarot présents et passés lui devaient des piles de tartes, des ribambelles de pots de confiture, deux ou trois dents cassées et quelques coliques.

Raymond, le nez en l'air sous l'arbre, cracha un noyau et dit :

– Vous pouvez me croire : quand c'est les prunes, les vacances sont pour ainsi dire foutues et la rentrée d'octobre est bien vite arrivée. La première fois que j'ai fait attention à ça, je n'étais pas bien grand. Je crois même que c'était seulement la deuxième année que j'allais à l'école. Mais depuis, j'y pense tous les ans et ça m'a toujours gâté le plaisir d'en manger, des prunes. Je leur trouve comme un arrière-goût...

– Dommage, dit Jean-Claude, parce qu'elles sont fameuses, cette année.

– Choisis celles que les guêpes ont entamées. C'est les meilleures. Ces bestioles s'y connaissent bien mieux que nous, on peut leur faire confiance. Mais va pas avaler la guêpe avec si elle est encore dedans la prune. Il paraît qu'il y a un homme qui s'est fait piquer comme ça dans le gosier, eh ben ! mon vieux, ça s'est mis à enfler du côté des amygdales et il est resté plus d'une journée sans pouvoir respirer la plus petite goulée d'air.

– Il est mort, alors ? demanda Jean-Claude un peu inquiet.

Son cousin le rassura :

– Non, parce que ça a quand même fini par désenfler et il a pu recommencer à respirer après.

Jean-Claude éclata ae rire en se tournant vers Milou.

Mais celui-ci avait l'air absent. Il grignotait une prune sans y prêter attention, en laissant errer son regard au loin sur la vallée.

Raymond lui mit la main sur l'épaule.

– Alors, ça ne va plus, vieux ? Pourtant t'étais vachement content tout à l'heure…

– Même encore je suis content, mais ce qui me gâche mon plaisir, c'est de penser que toutes nos mauvaises herbes qui étaient si bien réussies sont pour nous maintenant. C'est comme un qui crache en l'air et que ça lui retombe dessus. Pareil ! Et encore, heureusement que personne ne le sait, parce qu'on en entendrait parler toute notre vie, des terres à Taupard. Et en plus, je pense à toutes nos graines qu'on a stockées au vieux moulin. Qu'est-ce qu'on va en faire ?

– On les videra dans la rivière et on n'y pensera plus.

– Ça me ferait quand même mal au cœur, parce qu'il y en a un sacré tas depuis que vous n'êtes pas venus. La semaine dernière, je suis allé en ramasser sous la batteuse pendant qu'elle était à Saint-Sernin. J'arrivais en fin de battage comme celui qui vient donner un coup de main et les batteurs m'aidaient à remplir et à ficeler mon sac, puis à le charger sur le porte-bagages.

Jean-Claude demanda :

– Combien de kilos as-tu rentrés ? Cinq ?… dix ?…

– Cinquante, confessa Milou. Je ne voulais pas qu'on soit dépourvus si Taupard avait guéri.

Raymond fit un sifflement d'admiration, puis il passa son bras autour des épaules de son ami et lui dit, sur un ton enjoué :

– Moi, je crois qu'on devrait se changer les idées. Depuis qu'on s'occupe des graines, on n'a même plus le temps de causer aux filles. Alors, voilà : j'ai pensé qu'on devrait profiter des derniers beaux jours de la saison pour se taper un festin de goujons. Je suis sûr qu'on en a plus de deux cents dans notre vivier. Même que les premiers qu'on a pris, ça fait deux mois maintenant, doivent se demander si on n'est pas cinglés de les garder derrière le grillage à rien en faire. On pourrait inviter quelques filles. J'en ai touché deux mots à la grande Micoulet-du-bas. Elle m'a dit que, puisqu'il y avait des goujons à manger, elle trouverait facilement deux ou trois copines pour venir avec elle à l'écluse.

– Il nous faudra de l'huile, et ça ne sera pas le plus facile, dit Jean-Claude.

– Chacun se débrouillera pour en ramener de chez lui. Trois poêles suffiront. On s'y mettra tous pour vider les goujons et pour les préparer. On allumera des feux entre les pierres. Plusieurs foyers. Une fille au bout de la queue de chaque poêle. Et sitôt les goujons essuyés et roulés dans la farine, vlan ! dans l'huile bouillante. Sans explications. Et bien dorés, bien croustillants, puis aussitôt dans les assiettes avec du sel dessus ! On sera comme des bourgeois ! Bon Dieu ! je m'y vois déjà...

Les deux cousins observèrent Milou en attendant son approbation.

Il finit par dire sans conviction :

– Oui, c'est sûrement une bonne idée. Faudra qu'on en reparle. On verra.

Ils secouèrent l'arbre, ramassèrent un panier de prunes et revinrent vers la châtaigneraie où les autres membres de la famille se trouvaient encore. Comme ils les rejoignaient, Pataud se mit à aboyer et ils virent venir un homme dans le chemin, un chercheur de champignons, car il avait des bottes, un bâton et des musettes en bandoulière. Raymond l'observa et dit à mi-voix :

– Celui-là, je le connais. C'est Verteilloux de Marsaneix.

Martial rit.

– Moi aussi, je le connais. Je le connais tellement bien que je lui ai un peu frotté les oreilles l'autre jour à une batteuse. Et depuis, c'est lui qui ne me connaît plus. Quand on se croise, il ne me dit plus rien.

Puis, pour plaisanter, Martial redressa fièrement le menton en affectant l'attitude de la dignité offensée et il dit en roulant les r :

– Il ne me dit rien, mais je ne lui réponds pas. Je suis aussi fier que lui.

L'homme approchait. La cinquantaine, grand, osseux, perché sur des jambes maigres comme des échasses, il posa un instant sur les Poutarot ses yeux d'un bleu délavé, des yeux étranges, à demi couverts par de lourdes paupières de volaille, puis il continua son chemin.

– Vous avez vu ces yeux bizarres ? chuchota Marcelline. À croire qu'il ne peut même pas soulever ses paupières.

La mémé dit que seul l'étonnement pouvait lui faire ouvrir ses yeux tout grands. Elle raconta qu'elle avait eu l'occasion de voir ce très rare phénomène un matin de février 1930. Il avait gelé blanc pendant la nuit et elle se trouvait, par hasard, à la mairie quand on vint annoncer à cet homme – il était alors conseiller municipal – que sa femme, qui avait découché depuis l'avant-veille, venait d'être retrouvée, en train de nager, tout habillée, entre deux eaux, dans une mare qui ne lui appartenait même pas. Elle précisa qu'elle pouvait ainsi témoigner que ses yeux étaient du même bleu dans la partie cachée que dans la partie visible. Puis elle demanda à son fils pour quelle raison il avait jugé nécessaire de lui frotter les oreilles.

– C'était l'autre semaine à la batteuse des Micoulet-du-haut. On en était à la fin du repas du soir. Ça s'est mis à parler de politique. Je ne vous dirai pas qui c'est qui a commencé, parce que sur le moment je n'y ai pas prêté attention. Mais celui-là, il aurait mieux fait de se mordre la langue et vous allez voir pourquoi. Alors, aussitôt, vas-y !... Et Pétain par-ci, et Pétain par-là, et Laval... et Daladier... et Staline... et Thorez... et Paul Reynaud... et les autres. Ils y ont tous passé. Il y en a même un qui a été chercher Colbert pour prouver je ne sais même plus quoi. Et puis, tout d'un coup, il y a eu un moment que plus personne ne disait rien. Vous savez ce que c'est dans les conversations, ça cause, ça cause... Tout le monde veut parler à la fois, et puis brusquement, il y a un grand trou de silence au milieu. C'est là que l'autre âne qui vient de passer a laissé tomber : « De toute façon, Pétain et Laval, c'est des mous. Même ceux de Paris, les Doriot et les autres, sans être des mauviettes, ils n'iraient pas assez loin s'ils avaient le pouvoir. Non, ce qu'il nous faudrait, en France, pour en mater plus de quatre qui en ont bien besoin, ce serait un type à poigne pour serrer la vis, un dur dans le genre d'Hitler. Et moi, j'y verrai bien Hitler lui-même. »

– Hou ya ya !... fit Milou.

Martial poursuivit :

– Remarquez qu'il avait bu un coup de trop et, comme ça ne lui arrive pas souvent, c'est bien possible qu'il supporte mal le vin. Je ne dis pas le contraire. Mais tout ce qu'il a dégoisé, il l'a sorti froidement comme un qui a bien réfléchi à la question. C'est ce qui m'a frappé. Alors, j'ai vu rouge. Je me suis levé en vitesse de mon banc, et le Verteilloux, tout grand qu'il est, je l'ai arraché du sien, je l'ai plié en deux et je l'ai pris à bras-le-corps, un bras sous les genoux, l'autre autour des épaules. Je l'ai emporté sans savoir ce que j'allais en faire. Heureusement, j'ai vu le coupe-racines au fond de la grange, alors je l'ai laissé tomber assis dedans, le cul en avant. J'ai pris la manivelle d'une main et de l'autre j'appuyais de toutes mes forces sur sa tête pour le maintenir assis dans la gueule de la machine, le cul tout contre les lames. Alors, je lui ai dit : « Tu la vois, la manivelle, eh bien ! si tu répètes seulement les quatre premiers mots de ce que tu viens de dire, je vais lui faire faire un premier tour et les lames vont te découper une rondelle à chacune de tes fesses, comme dans du jambon. Et, si peu que tu insistes, dans un moment, tu n'auras plus de cul du tout, parce qu'il va tomber en tranches dans le panier qui est dessous. Des tranches, il n'y en aura pas beaucoup, d'accord, parce que, du cul, tu n'en as pas bien épais. Mais après, pour t'asseoir, je ne sais pas comment tu feras. Allez, décide-toi ! Choisis… »

– Il a eu peur ? Il n'a plus rien dit ? demanda Marcelline qui était devenue toute rouge.

– Peur ?… L'animal !… Il m'a ri au nez et il m'a répondu qu'il ne retirerait pas un mot, parce qu'il savait qu'il avait raison et que ce qui pouvait arriver à son derrière ne l'intéressait pas. Figurez-vous qu'ils ont dû s'y mettre à quatre pour me faire lâcher la manivelle et à deux pour le déboîter de la gueule du coupe-racines, tellement je l'y avais enfoncé. Et c'est Jean-Michel Micoulet qui l'a jeté dehors en lui criant que l'an prochain il aille aux batteuses en Bavière ou en Silésie si ça lui plaisait, mais qu'il ne remette plus jamais les pieds ici. Pour finir, tous les batteurs qui s'étaient levés de table se sont mis à l'insulter pendant qu'il traversait la cour.

– Je ne m'imaginais pas, dit Marcelline, qu'il pouvait y avoir dans ces villages de nos collines des hommes pour admirer Hitler.

– Il est pire que Cantalou, alors, tonton ? demanda Jean-Claude.

– Ce n'est pas pareil et loin s'en faut. Cantalou, lui, il est pour Pétain, mais ça ne va pas plus loin. Et encore, il s'est un peu calmé depuis le coup que sa sœur lui a fait avec les cocardes anglaises et qui lui a valu d'être radié de la Légion. De toute façon, il s'est toujours contenté de japper. Tandis que l'autre, le Verteilloux, il était Croix-de-Feu avant-guerre. C'était sans doute le seul qu'il y avait de par chez nous. Et les Croix-de-Feu… tu es encore trop jeune pour comprendre, mais ceux-là, ils étaient pour la manière forte, pour la dictature, comme Hitler et sa clique ou ses copains Mussolini et Franco. Verteilloux avait même essayé d'endoctriner des gens en allant dans les maisons avant le coup manqué de février 34. Mais, comme il en était ressorti deux ou trois fois en courant, avec un chien accroché par les dents à son fond de pantalon et avec sûrement des sifflements dans les oreilles à cause des pierres qui lui frôlaient la tête, il n'avait plus insisté.

Milou était indigné. Grâce à ses fonctions de lecteur de journal attitré aux appointements de trente sous par semaine chez la mère Ronzeau, il était certainement l'écolier de France le mieux au courant des événements politiques et militaires de son époque. Il comprit donc immédiatement la portée des propos tenus par Verteilloux et il dit :

– C'est un franc salaud, quoi !

Martial poursuivit :

– Le soir en question, les autres étaient tellement en colère qu'ils parlaient de guetter un jour, à trois ou quatre au coin d'un bois, pour lui passer une volée qu'il aurait bien méritée, ma foi. Mais, je leur ai dit : « Vous savez ce que ça risque de coûter au meunier, ce genre de règlement de compte ! Alors, il vaut mieux que vous restiez tranquilles. Il faudra attendre plus tard, pour lui faire payer la note, mais ça viendra ! »

Milou paraissait heureux. Il demanda à Martial :

– Et si quelqu'un lui faisait des vacheries en douce, et que ça se sache, un jour, plus tard, justement… Qu'est-ce qu'ils en penseraient, les autres ?

– Des méchancetés à cette carne ? Il n'y en aurait aucun pour le plaindre, le Verteilloux. Et tout le monde ici irait l'embrasser, celui qui lui ferait des misères. Mieux, ça serait du patriotisme. Il faudrait le féliciter et peut-être le décorer !

Milou rayonnait. Après un instant de réflexion, il demanda :

– Est-ce que sa propriété est grande, à ce Verteilloux ?

Martial parut étonné :

– À peu près comme la nôtre, mais ses terres sont mieux rassemblées. Pourquoi me demandes-tu ça ?

Milou ne répondit pas. Il regarda ses deux amis en souriant. Puis il dit à Marcelline :

– Cette omelette aux girolles était vraiment fameuse. S'il en restait, j'en reprendrais bien un peu, si vous vouliez… Je ne sais pas ce que ça veut dire, mais je me sens tout à coup un drôle d'appétit.

La jeune femme le resservit abondamment.

– Mange à ta faim, mon garçon, surtout que rien

ne t'oblige à passer tes journées de vacances à venir travailler avec nous.

Milou, la bouche pleine, dit :

– Justement, cet après-midi, je ne vais pas pouvoir rester avec vous. D'abord, je vais aller annoncer la grande nouvelle à mes parents et après, il faudra que j'aille à la mairie pour relever au cadastre le plan de notre terre du moulin pour savoir où se trouvent exactement les bornes. Mais je reviendrai vous aider demain matin.

– Est-ce que je pourrai aller avec lui ? demanda Jean-Claude, je n'ai jamais vu de plan cadastral.

– Moi non plus, dit Raymond.

– Très bien. Autorisation accordée pour l'après-midi. Vous êtes libres ! répondit Martial.

La mémé plissa les paupières et observa les trois garçons l'un après l'autre, mais elle ne dit rien et son visage ne laissa pas deviner ce qu'elle pensait.

Pendant que Milou finissait de dévorer son supplément d'omelette, Jean-Claude allongé sur la mousse se laissait aller à la rêverie. Il vit l'image de Verteilloux debout devant son champ de blé que fleurissaient, innombrables, des bleuets et des coquelicots comme s'ils y avaient été semés. L'ahurissement avait fait relever complètement les paupières épaisses de l'homme et l'on voyait la totalité de ses yeux pâles.

CHEZ LE MÊME ÉDITEUR
Romans

LES CAYOL
CŒUR DE CHÊNE**
JULIEN***
LA JUNON****
par Raymond Leclerc
L'inoubliable saga
d'une famille tissant à fines mailles
l'âme secrète des campagnes.

LE CRI DE L'OISEAU ROUGE
par Edwige Danticat
L'épopée bouleversante d'une jeune Haïtienne
à travers quatre générations de femmes.

LE VISAGE
par Michel Clermont
Une femme mystérieuse ensorcelle
le cœur d'un peintre génois.

LE COFFRET
par Allen Kurzweil
En France, au XVIIIe siècle, les aventures picaresques
et galantes d'un jeune adolescent dont les entreprises
insolites bouleversent le destin.

LES DAMES DU LAC
LES BRUMES D'AVALON**
par Marion Zimmer Bradley
Plus qu'un roman historique, une épopée envoûtante
qui relate la lutte sans merci de deux mondes inconciliables.

AU SOLEIL DES LOUPS
L'ENVOL DES CYGNES**
par Dominique Rebourg
Au cours de la guerre qui ravage la Bretagne,
en 1362, deux hommes, pour l'amour d'une femme,
s'affrontent dans un duel sans merci.

LES LANCES DE JÉRUSALEM
par Georges Bordonove
L'amour fou d'une jeune fille qui changea en lumière
le désespoir d'un roi lépreux de seize ans, vainqueur de Saladin.

LES ARMES A LA MAIN
par Georges Bordonove
Un grand roman d'amour étroitement lié à l'épopée tragique
de la Guerre de Vendée en 1793.

LA CASTE
par Georges Bordonove
Une passion si éclatante que la mort même ne pourra détruire.

DEUX CENTS CHEVAUX DORÉS
par Georges Bordonove
Un officier romain raconte sa funeste passion
pour une princesse gauloise.

LA FIANCÉE DU LAC
par Philippe Porée-Kurrer
Après « Maria Chapdelaine », le dénouement heureux
d'une superbe histoire d'amour.

LE CHEVAL DE BOIS
par Carmen Doucet
Une histoire d'amour qui piétine, désintègre l'univers d'un paysan.

Achevé d'imprimer en juin 1999
sur presse Cameron
par ***Bussière Camedan Imprimeries***
à Saint-Amand (Cher)

N° d'Édit. : 489. — N° d'Imp. : 992521/4.
Dépôt légal : octobre 1995.

Imprimé en France